SOLO UNA NOCHE JUNTOS

DEBORAH COOKE

Traducido por
LAUREN IZQUIERDO

DEBORAH A. COOKE

FLATIRON 5 FITNESS - ESPAÑOL

Recién salidos de la universidad, cinco amigos con un sueño unieron fuerzas para lograr el éxito. Diez años después, su exclusivo gimnasio, Flatiron 5 Fitness, es el destino más popular de Manhattan. La gente acude en masa a F5F para ponerse en forma, para tener suerte e incluso para enamorarse. Los socios fundadores han sido inmunes al hechizo romántico de F5F, al menos hasta ahora...

1. **Solo una cita falsa**
   (Tyler & Shannyn)

2. **Solo una vez más**
   (Kyle & Lauren)

3. **Solo una noche juntos**
   (Damon & Haley)

4. **Solo un héroe local**
   (Cassie & Reid)

5. **Dos bodas y un bebé**

SOLO UNA NOCHE JUNTOS

UNO

29 de diciembre — Ciudad de Nueva York

Ella se veía tan frágil.

Damon siempre tenía que detenerse y recuperar el aliento ante la primera vista de su madre. Antes había sido por su belleza y la sonrisa que podía hacer que todo saliera bien. Ahora, era porque nada volvería a salir bien. Él nunca se acostumbraría al cambio en ella. Él simplemente no quería que ella viera nunca el horror en su expresión.

Todas las semanas desde abril, él dejaba el F5F a las cinco en punto. La historia era que él tenía una cita con Natasha. Eso era cierto.

Pero Natasha no era un interés romántico. Era su mamá.

Y ella lo necesitaba más que nunca.

Desde su diagnóstico, Damon se había ido a casa todos los viernes por la noche, a la casa en Queens donde había crecido. Él ayudaba a su madre, al principio con tareas pequeñas y luego con tareas más complicadas. Él no recordaba cuándo había empezado a cocinar para ella por lotes, llenando el congelador con los alimentos que a ella le encantaban. Parecía que él siempre lo había hecho, porque a ella no le gustaba cocinar para ella misma, pero desde el invierno anterior, él lo había hecho cada vez más.

Luego él se mudó de casa en julio, cediendo su apartamento tipo estudio en el centro, para que ella no estuviera sola por la noche mientras pasaba por su primera ronda de quimioterapia. Él había ido y venido del club.

Para agosto, él había tenido que contratar a alguien para que estuviera con ella todos los días. Eso había sido ignorando las objeciones de su madre, después de que ella se cayera y se rompiera la muñeca mientras él estaba en el trabajo. El médico había estado de acuerdo en que ella no debía estar sola después de eso, y Damon se sintió aliviado. Los viernes por la noche se habían convertido en su tiempo juntos, la noche libre del acompañante. Casi lo había matado ir al Puerto de Harte para la boda de Ty en septiembre, pero su madre había insistido y el acompañante se había quedado ese fin de semana. La mamá de Damon pasó la quimioterapia y la radiación sin que la leucemia entrara en remisión. El oncólogo recomendó otra ronda de tratamiento más agresiva.

Luego, en noviembre, justo después del Día de Acción de Gracias, ella se volvió a caer. Esa vez, se rompió la cadera y la ingresaron en el hospital.

Damon la observaba dormir y repasaba su reunión anterior con el oncólogo. La conclusión era que el cáncer no respondía al tratamiento. Se había extendido a su sistema nervioso y, aunque el oncólogo no se rendía, Damon comprendía las perspectivas. Había opciones alternativas y él había donado más sangre para el trasplante de células madre, pero tenía que afrontar la verdad.

El tratamiento no funcionaba.

Su madre nunca volvería a casa y él no podía soportar decírselo.

Él sabía que ella preferiría estar en un entorno familiar, pero era mucho más sencillo para ella obtener la atención que necesitaba permaneciendo en el hospital. El equipo la estaba apoyando, pero Damon temía que no fuera suficiente.

No había buenas opciones, excepto ir a verla con la mayor frecuencia posible. A él le gustaba ir de noche, cuando el hospital estaba relativamente tranquilo. Él había dispuesto que ella tuviera una habitación privada y la mejor atención, pero nada iba a detener los cambios en su cuerpo.

Damon sabía cómo terminaría la historia. Él no quería que terminara, pero tampoco estaba seguro de cuánto tiempo podría soportar que continuara. Él había pasado tiempo solo en la casa esa noche, preparándose la cena, empacando algo para su madre en caso de que ella quisiera comer, eligiendo algunas fotografías para llevar con él. Podrían hacer que ella recordara tiempos mejores.

Cuando él llegó al hospital, después de haber atravesado con dificultad una fría noche de diciembre, su madre estaba durmiendo. Ella estaba de espaldas a la puerta, su hombro delgado incluso debajo de la manta. Ella siempre había sido delgada, bailarina, pero ahora era poco más que huesos. Su respiración era más superficial, como si incluso el sueño fuera menos reparador que antes. Ella estaba conectada a un monitor cardíaco y él observó la visualización de su pulso por un momento.

Su corazón todavía estaba trabajando demasiado. Él había hablado con el médico sobre eso y los riesgos de la cirugía para reparar su cadera. Habían hablado de su capacidad para cualquier cirugía, dado el cáncer en su médula y su pronóstico.

No había buenas respuestas y Damon odiaba eso.

Su madre siempre había estado llena de una determinación tan feroz, una mujer que aparentemente podía lograr cualquier cosa por la fuerza de su voluntad. Damon siempre había pensado que eso provenía de su entrenamiento de ballet, tal vez de su educación en la Rusia soviética. Ahora, ella estaba disminuida, como si ese espíritu de lucha la hubiera abandonado. Él se preguntaba por qué ella se había rendido.

Él deseaba saber cómo hacer que ella se preocupara lo suficiente como para luchar.

Él se quedó mirándola durante largos momentos, dolorido por su pérdida inminente. Su padre había muerto cuando él era joven y Damon no tenía hermanos. Todo lo que él había hecho había sido por su madre, para que ella se sintiera orgullosa de él, para no defraudarla. Había tantas cosas que él nunca le había contado.

Él no estaba seguro de cómo iba a continuar sin ella.

Damon ni siquiera quería pensar en eso.

Él tenía sus amigos y socios en F5F, por supuesto, pero ellos sabían muy poco sobre su vida privada. Él siempre había sido un solitario. Damon siempre había guardado sus secretos. Él siempre se había sentido como un extraño en el equipo, que un día se despertarían y se darían cuenta de que él no tenía suficientes cosas en común con ellos. Él había pensado que la privacidad era algo bueno, o al menos una cuestión de supervivencia, hasta que se dio cuenta de que pronto estaría completamente solo.

Era cierto lo que decían: el amor te debilitaba, porque es algo que podrías perder.

Damon dejó su bolsa de mensajero en la silla y se quitó la chaqueta. Se inclinó sobre su madre y la besó en la mejilla. Sus párpados se agitaron, luciendo tan delgados como el papel, y por un segundo, su peor miedo se hizo realidad cuando ella lo miró sin reconocerlo.

Luego sonrió y su corazón comenzó a latir de nuevo. "Damon", susurró ella, su voz débil.

"Hola", respondió él, colocando su peso en el costado de la cama. "¿Cómo están todos esos dolores y molestias hoy?"

"Todo duele, pero las quejas no lo cambiarán."

"¿Tienes hambre? Te traje un poco... "

"No gracias." Ella sonrió y se alejó de él, dejándolo desatar la parte de atrás de su bata. Sin embargo, sé que puedes ayudar con el dolor. Tu puedes hacer cualquier cosa."

"Eso es lo que siempre dijiste", le recordó él. "Podemos hace cualquier cosa."

Su sonrisa se volvió triste. "No precisamente cualquier cosa."

Damon vio que ella entendía más de su situación de lo que él se había dado cuenta. Él tenía la garganta apretada por la verdad, pero no podía hablar con ella al respecto. Él no era bueno con las confidencias y la intimidad. En cambio, forzó una sonrisa. "Empecemos entonces y solucionemos algunos de esos problemas."

Estaba oscuro afuera de las ventanas del hospital y los sonidos eran silenciados por el pesado vidrio. Él podía ver el horizonte de Manhattan, pero la ciudad podría haber estado a miles de kilómetros de distancia, o ser simplemente un telón de fondo pintado en una cortina. Incluso el ajetreo del hospital era el ruido de fondo, muy pocos pasos o voces y ninguna alarma. Se sentía como si estuvieran en un pequeño espacio privado propio.

Él giró a su madre hacia su estómago con cuidado, asegurándose de que no se doblaran tubos o cables y que no hubiera peso en las articulaciones. Habían dicho que su muñeca se estaba curando lentamente, el hueso se estaba uniendo debido a su descanso, pero el cáncer no estaba ayudando.

Él había aprendido todo lo que podía sobre masajes, solo para aliviarla de sus viejas heridas de baile. Él recordaba a su papá dándole masajes a su mamá. Damon nunca había imaginado que ella necesitaría mucho más. Él se movía lentamente, escuchando su respiración, asegurándose de que nada le doliera.

Una vez en su estómago con la almohada colocada correctamente, suspiró. "Esta es la mejor parte de mi semana", susurró ella y Damon sonrió mientras vertía aceite de masaje en su palma.

"La mía también, mamá." Él le aplicó la loción por la espalda, ignorando la forma en que sobresalían los huesos. "La mía también."

Él sentía satisfacción cuando la tensión desaparecía de su cuerpo bajo su toque.

Al menos él no estaba completamente impotente, aunque estaba más cerca de eso de lo que le gustaba.

***

HALEY HABÍA oído hablar de él, por supuesto. El misterioso hombre que se presentaba todos los viernes por la noche para darle un masaje a la Señora Natasha Pérez. El hijo apuesto y misterioso, si ella escuchaba a las otras enfermeras. Había mucha especulación sobre él y todo lo que hacía, y sobre el tipo de relaciones que tenía.

A Haley no le importaba mucho su vida social. A ella lo que la intrigaba era la diferencia en los gráficos de su madre. Como enfermera interesada en terapias alternativas, Haley siempre había querido saber más sobre cómo aliviar las molestias, sin importar cómo se hiciera. No se podía negar que Natasha dormía mejor y más profundamente cada viernes por la noche.

Él también iba otros días y horas, y la historia es que la llamaba todos los días, pero el viernes por la noche, después de que las salas se calmaban, él aparecía como un reloj.

¿Era su presencia, como único hijo de la señora Pérez, o sus masajes lo que marcaba la diferencia? Haley había cambiado de turno, solo para verlo por sí misma.

Ese viernes por la noche, poco después de la medianoche, se había parado en la puerta de la habitación de la madre de Damon y había mirado. Ella estaba en su descanso de la sala de cardiología y tenía veinte minutos. La puerta estaba parcialmente cerrada, lo que mantenía a Haley fuera de la vista y limitaba lo que podía ver. Desde ese punto de vista, ella solo podía ver el borde del monitor cardíaco, pero ella podía escuchar su salida. Incluso sin leer la pantalla, había escuchado que el pulso de la Señora Pérez se desaceleraba a un ritmo de reposo constante y agradable.

Ella no podía ver bien al hijo desde ese ángulo, además, él estaba de espaldas a la puerta. Él era más grande de lo que Haley había esperado, tonificado como alguien que hacía mucho ejercicio. Su cabello era oscuro, casi negro, y él estar parecía bronceado. Su chaqueta había sido arrojada sobre una silla y él vestía una camiseta y jeans. Ella podía ver los músculos de su espalda y los brazos flexionados mientras le daba un masaje a su mamá. Sus anchos hombros tensaban la camiseta y ella podía ver el final de un tatuaje en la parte superior de su brazo, debajo del dobladillo de la manga. Sus manos se movían rítmicamente sobre las extremidades de su madre mientras le hablaba en voz baja.

Haley no estaba segura de si era una peor elección quedarse en la puerta y escuchar a escondidas, o declararse y arruinar el estado de ánimo que él había creado. Ella escuchó el monitor cardíaco y se quedó quieta.

Solo mirar sus manos era fascinante.

Sin embargo, sus jeans le quedaban un poco demasiado bien para que su propio ritmo cardíaco estuviera disminuyendo.

¿Cuánto tiempo había pasado desde que ella había envuelto sus piernas alrededor de un hombre? Demasiado tiempo, a juzgar por la respuesta de su cuerpo a la vista de un hombre deliciosamente en forma. Ella siempre se rescataba rápidamente de las relaciones, no queriendo profundizar demasiado, no queriendo estar atada, no queriendo sacrificar sus ambiciones. Durante el último año, más o menos, le había parecido demasiado molesto preocuparse por los hombres. Sin embargo, observaba al hijo de la Señora Pérez y se daba cuenta de que había estado ignorando sus necesidades básicas.

Ella tragó, miró fijamente y consideró arreglar eso.

"Hay algo que debería decirte, mamá", dijo él. Damon tenía una bonita voz profunda, relajante y sexy a la vez. "Algo que te dije hace mucho tiempo que simplemente no es cierto."

"Nunca me mientes."

"Bueno, lo hice una vez. Me he sentido culpable por eso desde entonces."

Su mamá suspiró. "Siempre podrías habérmelo dicho."

"Lo sé. Pero nunca parecía haber tiempo. Estas noches en las que estoy aquí contigo, se siente como si no tuviéramos nada más que tiempo."

Eso no era estrictamente cierto. Haley se mordió el labio. Ella había leído los gráficos de Natasha. El tiempo no estaba del lado de la mujer mayor. Ella esperaba que el hijo supiera la realidad que tenían por delante.

Quizás por eso estaba confesando.

"Todavía no me lo estás diciendo", dijo la Señora Pérez, con humor en su tono. Haley sonrió ante el sonido. Con demasiada frecuencia, escuchaba el dolor en las voces de pacientes como ése.

El hijo no respondió por un momento. Él levantó la sábana y comenzó a trabajar en las piernas de su madre. Acariciaba desde el tobillo hacia arriba, sus manos en forma de V, dando vueltas lentamente a través de la carne. Su mamá suspiró.

Haley se mordió el labio. La vista de esas grandes manos bronceadas en la pierna esbelta y pálida de la mujer mayor, la ternura en su toque, el consuelo que le estaba brindando, era suficiente para hacer que sus lágrimas subieran. La bondad era un poco rara en el mundo, en opinión de Haley.

"Es difícil saber por dónde empezar", murmuró él finalmente.

"Al principio", sugirió su madre, y él se rió entre dientes.

"Tú querías nietos", dijo él. "Creo que ese fue el comienzo."

"Un niño es el comienzo", susurró ella. "Creemos que es la culminación del amor, el resultado, pero la concepción es realmente el comienzo."

El hijo no respondió. El hecho de que su dedo anular estuviera desnudo le decía a Haley que él podría estar soltero. O divorciado y soltero de nuevo. De cualquier manera, la dirección de la conversación y su silencio sugerían que estaba solo y que no tenía hijos.

Ella sabía que debía irse.

Ella sabía que no tenía derecho a escuchar.

Pero se dijo a sí misma que estaba observando su técnica y aprendiendo.

Él era bueno. Los monitores mostraban el efecto terapéutico de su toque. La Señora Pérez estaba casi dormida y tranquila. Su pulso se había ralentizado aún más y sus gráficos mostraban que pedía menos analgésicos los sábados. Era increíble.

"Seguías preguntándome sobre mujeres, sobre el matrimonio, sobre los bebés," continuó el hijo, con un matiz de exasperación en su tono. Él apartó la sábana a un lado y trabajó en sus muslos, sus movimientos lentos y reverentes. "Y luego, un día, me preguntaste si era gay." Él se inclinó un poco más hacia el masaje mientras trabajaba más alto. "Y dije que sí".

"Lo recuerdo", dijo su madre con suavidad.

"Pero estaba mintiendo", admitió él, inclinándose para dejar un beso en su hombro. Fue un gesto tierno, uno que hizo que la lágrima de Haley amenazara con liberarse. El amor entre madre e hijo era casi palpable. El monitor cardíaco emitió un pitido constante mientras sus manos sujetaban la parte posterior de la cintura de su madre. "Respira ahora, mamá. Inspira cuando mis manos estén aquí, luego exhala cuando las mueva. Dentro y fuera. Dentro y fuera. Lentamente. Elimina el dolor con cada respiración."

La Señora Pérez hizo lo que le dijeron y Haley se encontró respirando al mismo ritmo. Habría sido meditativo, si no hubiera estado tan fascinada por el hijo de la paciente.

"Estaba mintiendo porque no quería que te decepcionaras más", continuó él con esa voz aterciopelada. "No quería que estuvieras esperando algo que no estaba seguro de que sucedería." Él guardó silencio durante un largo momento. "No estaba seguro de que la mujer adecuada estuviera realmente ahí, así que mentí."

"Lo sé", dijo su madre en voz baja.

"¿Lo sabías?" Sus manos se congelaron por un momento, luego reanudó su masaje.

Su madre rió suavemente. "Lo sabía, Damon. Siempre lo supe."

Damon. Su nombre era Damon.

La voz de su madre se volvió somnolienta. "Siempre me haces sentir mejor", murmuró ella mientras él bajaba por sus brazos hasta la punta de sus dedos. "¿Qué haría yo sin ti?"

"No tienes que prescindir de mí, mamá."

"Pero tú tendrás que prescindir de mí".

Haley vio que él estaba sorprendido. Él no estaba asombrado, así que sabía la verdad, pero él pensaba que su madre no. Haley podría haberle dicho que los pacientes siempre comprenden su situación con más claridad de lo que sus médicos y familiares se daban cuenta. "No lo pienses, mamá. Relájate."

"Pero lo pienso. Pienso en ti."

"¡Mamá!" Damon se pasó una mano por el pelo y Haley vislumbró su perfil mientras miraba los monitores. El pulso de Natasha estaba aumentando de nuevo, su agitación deshacía todo lo que él había logrado.

"No quiero que estés solo".

"Entonces, quédate," dijo él, su tono razonable.

"No es una broma, Damon." Ella le agarró los dedos con urgencia y él se detuvo para mirar hacia arriba. "La encontrarás", dijo su madre con tranquila convicción. "La encontrarás, Damon, si te permites buscarla, y luego no estarás solo cuando yo me haya ido."

"No vas a ir a ningún lado pronto, mamá", comenzó Damon, y Haley supo que estaba equivocado. Ella no quería que él fuera engañado. Según su experiencia, a las personas les iba mejor si tenían tiempo para prepararse para la verdad. Ella había revisado los gráficos de su madre. Su leucemia no respondía al tratamiento. En todo caso, estaba empeorando y extendiéndose más rápido.

Haley debió haber hecho algún sonido leve, la más mínima queja, pero Damon la escuchó. Él giró y su mirada se cruzó con la de ella. Él era incluso más guapo de lo que esperaba y estaba molesto. Ella vio la ira brillar en sus ojos oscuros y su mirada sin pestañear la hizo plenamente consciente de su transgresión sin que él dijera una palabra.

Ella se sonrojó, odiando haber sido atrapada, pero sin arrepentirse de lo que había escuchado. Ella dio un paso atrás cuando él frunció el ceño, luego giró en el pasillo y se apoyó contra la pared del pasillo, con el corazón acelerado. Ella cerró los ojos y lo vio de nuevo, y su corazón se aceleró.

Damon.

No es gay.

Muy intenso.

¿Cómo se vería cuando sonriera?

Ella suponía que él se transformaría, de un ángel oscuro en un galán irresistible. Ella cerró los ojos, tratando de recuperar el aliento antes de volver a su turno.

Y esas manos. ¿Cómo sería sentirlas en su propia piel? Ella sería como mantequilla en poco tiempo, cálida y suave, y luego...

No. Ella no fantasearía con el hijo de la Señora Pérez.

Al menos no cuando él estaba a sólo cinco metros de distancia.

Haley tenía que recuperarse y regresar a la sala de cardiología.

Ella se quedó con los ojos cerrados por un momento más. El pasillo estaba en silencio, solo el murmullo de voces que llegaban desde la estación de enfermeras en el otro extremo del pasillo. Ella podía oír a los pacientes roncando y durmiendo, más de uno murmurando, las tuberías de calefacción crujiendo y el ruido del tráfico muy abajo. Una ambulancia entró en la sala de emergencias y Haley escuchó los sonidos familiares de actividad, pero a distancia. Había sonado una sirena, por lo que el paciente estaba vivo. Habían detenido la sirena una vez que la ambulancia estuvo en los terrenos del hospital ya que él o ella, estaba estable. Como siempre, ella dijo una pequeña oración por el bienestar de ese extraño.

Era un viejo hábito, uno que su madre le había enseñado, y Haley ni siquiera pensaba en eso. Ella simplemente lo hacía. Su madre siempre decía que no podía haber demasiadas oraciones por nadie. Haley las imaginaba como pequeños pares de alas doradas, volando desde sus labios hasta los oídos del divino.

Ella escuchó a Damon murmurar a su madre y asumió que el masaje se había reanudado. El pitido del monitor volvió a disminuir y Haley sonrió.

Realmente él tenía un don.

¿Había alguna forma de que ella pudiera aprender a hacer lo mismo? Ella había estudiado y tomado cursos, pero a Haley le parecía que había un componente emocional en el éxito del masaje de Damon, o incluso uno místico. Era algo más que técnica. ¿Qué había querido decir cuando le dijo que lo presionara hacia afuera? ¿Él había asumido el dolor de su madre para aliviarla? Era una idea intrigante, pero no imaginaba que él tuviera prisa por compartir más secretos con ella.

Había algo familiar en él, algo que Haley no había notado hasta que él la miró directamente. ¿Ella lo conocía? Ella estaba bastante segura de que no, pero era difícil deshacerse de ese presentimiento. Ella no podía señalar la razón y se quedó pensando en ella, escuchando el monitor cardíaco. La conversación en la habitación se detuvo. Ella supuso que la señora Pérez se había quedado dormida.

¿Dónde podría ella haber visto a Damon antes?

¿Cómo podría haberlo visto y no recordarlo?

Haley ni siquiera escuchó sus pasos. Ella no se dio cuenta de que él se había apartado del lado de su madre, hasta que la punta de su dedo aterrizó en su hombro. El toque inesperado la hizo saltar y su corazón dio un brinco de nuevo cuando encontró a Damon justo a su lado, esa oscura mirada clavada en ella. Ella se estremeció hasta los dedos de los pies.

Luego ella hirvió a fuego lento, solo un poco.

"¿Siempre escuchas las conversaciones de otras personas?" preguntó él, en voz baja para no perturbar el sueño de su madre.

Haley estaba segura de que se sonrojaba de la cabeza a los pies. "Estaba mirando, en realidad."

Él arqueó una ceja y ella supo que eso no sonaba mucho mejor. Muy cerca, Haley sentía todo el peso de su atención. Él era más alto que ella y más ancho que ella, aparentemente todo músculo...

Y fue entonces cuando supo dónde lo había visto antes. Era el tipo en la valla publicitaria de ese gimnasio del centro, Flatiron 5 Fitness.

Ponte duro en F5F.

Entonces, ella sabía cómo se veía él casi desnudo.

La boca de Haley se secó. Por supuesto, todo el área metropolitana de Nueva York sabía cómo se veía él casi desnudo, porque esos anuncios estaban en todas partes, pero aun así, ella sentía que estaba hablando con una superestrella.

Una superestrella muy sexy, cuya atención estaba completamente fija en ella.

Ella tartamudeó un poco, consciente de que él todavía estaba esperando su respuesta. "Tenía curiosidad por la frecuencia cardíaca de tu mamá. Baja mucho los viernes por la noche y ella duerme mucho mejor. Incluso toma menos analgésicos. Escuché de las otras enfermeras que le dabas un masaje a tu mamá todos los viernes, así que quería ver."

"¿Por qué?"

"Estoy interesada en terapias alternativas tanto para cuidados de rutina como para cuidados paliativos. En particular, quiero saber cómo marcar la diferencia incluso cuando no puede haber una cura. Los beneficios de terapias como el masaje no están tan bien documentados como sería ideal, sino que son más anecdóticos. Yo no tenía claro si era tu presencia o tu masaje la razón, así que quería ver." Haley sabía que estaba parloteando, pero no podía detenerse. Ella asintió con la cabeza hacia la habitación de su madre. "Esto parece un ejemplo perfecto de una mejora debido al masaje."

La expresión de Damon se volvió cautelosa entonces, y ella se dio cuenta de que él entendía la situación de su madre. "Entonces, quieres estudiarla..." Su opinión al respecto era clara.

"No. Quiero aprender."

Fue solo cuando él miró hacia su madre que sus rasgos se suavizaron. La visión de su amor casi le rompe el corazón a Haley.

"Quiero ayudar." Ella le puso la mano en el brazo, la compasión la hacía atrevida. Ella tuvo una idea y la soltó antes de que pudiera pensarlo mejor. "Probablemente tienes un trabajo y una familia y no puedes estar aquí todo el tiempo", dijo ella, sus palabras salieron rápidamente. "Si pudieras enseñarme lo que haces por tu mamá, podría darle un masaje otras noches."

Él la miró con sorpresa. "¿Tú podrás hacer eso?"

Haley pensó en horarios y turnos. Ella lo haría en su propio tiempo solo para aprender más. "Puedo hacer que suceda."

Sus ojos se entrecerraron. "¿Tu harías eso?"

"Sí", dijo Haley, sintiendo en este momento que ella haría casi cualquier cosa para mantener a este hombre hablando con ella.

Se enderezó un poco, su mirada se iluminó. "Ibas a decir algo, cuando le dije a ella que no se fuera."

Haley miró al suelo. No le correspondía a ella decírselo, si él no lo sabía.

Él se aclaró la garganta y sus siguientes palabras fueron roncas. "¿Tengo razón al esperar que no tendrías que ayudar por mucho tiempo?"

Haley volvió a tener ese nudo en la garganta. "No soy el médico de tu mamá".

"Pero tú lo sabes."

Ella asintió.

Él suspiró. "Hablé con el oncólogo hoy", admitió él en voz baja, había derrota en su tono.

Haley levantó la cabeza y lo miró a los ojos. "Lo siento."

"Yo también."

Sus miradas se aferraron durante un largo momento, uno en el que Haley tuvo miedo de tomar un respiro y arriesgarse a romper el hechizo.

Luego se encogió de hombros. "Pero eso no cambia nada. Será mejor que comencemos si vas a poder ayudar."

"Buena idea." Haley no empezaba hasta la tarde del día siguiente, así que tal vez podrían encontrarse por la mañana...

Pero Damon tenía otras ideas. Su tono se llenó de determinación. "¿Cuándo terminas tu turno?"

"A las dos."

Él asintió con la cabeza y Haley sentía que él se había hecho cargo de la situación, dejándola atrás. "Todavía estaré aquí. ¿Tu casa o la mía?"

"¿Disculpa?"

Él sonrió solo un poco, la esquina de su boca se levantó de una manera que lo hacía lucir impredecible y muy sexy. "¿Cómo planeas aprender masaje?"

"Bueno, he estudiado libros y hay maniquíes en el aula..."

"No", dijo él rotundamente. "La práctica es la mejor manera. Tienes que sentirlo. Te doy un masaje, luego tú me das un masaje."

Si ella se había sonrojado antes, ahora la piel de Haley estaba en llamas. Su voz se elevó. "No estoy segura de que eso sea profesional."

"Pero sería efectivo". Su sonrisa se ensanchó, sus ojos brillaban. Él se divertía a costa de ella, lo que no detuvo el sonrojo de Haley; de hecho, solo lo empeoró. "No pensé que las enfermeras tuvieran miedo de tocar a las personas."

Él se burlaba de ella, al igual que su hermano Brad, pero era mil veces diferente, ya que él no era su hermano. Peor aún, ella pensaba que él era muy atractivo y él parecía saberlo. Haley estaba más roja que una remolacha[1], se sentía como si la hubieran atrapado en más de una forma y se encontraba casi completamente sin poder hablar.

"No, no, claro que no." Ella cerró la boca, odiando el sonido de su propio nerviosismo, y le lanzó una mirada.

"Oh, entonces lo que más te interesa es la teoría en lugar de la práctica."

Él estaba tan seguro de entenderla, y tenía tanta razón, que Haley quería sorprenderlo. "Tal vez ha sido así", admitió. "Quizás es hora de cambiar".

Él cruzó los brazos sobre el pecho y se apoyó contra la pared a su lado, con los ojos tan oscuros y la mirada tan consciente que Haley no podía apartar la mirada. "¿Tu casa o la mía?" preguntó él de nuevo.

"Mi casa", dijo ella con una confianza que no sentía. "Iremos a mi casa, pero solo para recibir lecciones de masaje."

"De acuerdo." Él le ofreció la mano para estrecharla, y Haley sintió que su mano era tragada por su fuerte y cálido apretón. Su toque envió mil escalofríos sobre su piel y despertó un anhelo que ella no había complacido en mucho tiempo.

Ella apartó la mano de la de él y dio un paso atrás, tratando de recuperar la compostura. "Tengo que volver al trabajo. Te veré a las dos."

Él inclinó la cabeza. Nos vemos en el vestíbulo. El humor todavía brillaba en sus ojos y Haley se preguntó en qué se había metido.

Damon le iba a enseñar sobre masajes. Eso era todo.

En su apartamento.

La perspectiva le provocó un pequeño estremecimiento en el estómago que Haley dudaba que desapareciera pronto.

DAMON HABÍA estado seguro de que la pequeña enfermera remilgada se daría la vuelta y saldría corriendo cuando él hiciera su oferta.

Él estaba intrigado de que ella no lo hubiera hecho.

Quizás no la había leído tan bien después de todo.

Ella era linda, de una manera tensa. Eso en sí mismo invitaba a una intervención. Ella llevaba el pelo recogido con fuerza y su uniforme estaba impecable. La forma en que ella se sonrojaba hacía que él quisiera sacudirla un poco. Él quería desatarle la cola de caballo y pasar sus dedos por su cabello. Era de color rubio oscuro y largo, con una onda suficiente como para que su cola de caballo rebotara cuando caminaba. Ella estaba tan perfectamente arreglada que quería verla despeinada. Quería saber hasta dónde llegaba ese rubor, parecía que tal vez bajaba hasta sus pezones.

Quizás más allá de eso.

Él tenía curiosidad por saber qué más la hacía sonrojar, además de él.

Y lo que la hacía jadear.

Él estaba ansioso por sentir su piel desnuda bajo sus manos. Ella era diminuta como su madre, pero más curvilínea, con una resolución en sus ojos que a él le resultaba familiar. Damon apostaría a que ella podía mover montañas cuando quisiera. Ella debía ser feroz, como su mamá; debía ser terca y tendría opiniones difíciles de sacudir.

De todos modos, había una reserva en ella que le hacía pensar que ella se apartaba y miraba mucho. Él la había descubierto escuchando y estaba tan agitada que él supo que ella no esperaba que la descubrieran. Ella no esperaba que la notaran, aunque no comprendía cómo alguien podía pasar por alto esas curvas y esa firme mirada azul.

Damon se preguntó si ella conocía sus propias capacidades, fueran las que fueran. Las personas que se apartaban a menudo pensaban que tenían menos dones. Para Damon ayudar a esas personas a encontrar sus fortalezas era uno de los aspectos más gratificantes del entrenamiento.

¿Pero seguramente una enfermera conocía su propia competencia?

Ella no llevaba anillo, pero eso tal vez no significara nada.

La idea de darle un masaje había sido un impulso, una idea perversa que él esperaba que ella rechazara. Él lo había sugerido solo para ver su reacción. Que ella no se hubiera negado hacía que Damon se interesara mucho en lo que sucedería más tarde.

¿Ella lo dejaría plantado?

¿Cambiaría de opinión?

¿O ella dejaría que él le enseñara? La idea calentaba la sangre de Damon. Él se había concentrado en su madre durante los últimos seis meses, ignorando todo excepto sus necesidades. Esa linda enfermera le había recordado un impulso muy básico que había estado insatisfecho durante demasiado tiempo.

¿Y si fuera más que una lección de masaje? Tendría que ser elección de ella, pero Damon no sería quien dijera que no.

Ella había desaparecido por el pasillo antes de que él se diera cuenta de que tenía más de una hora que perder en el hospital antes del final de su turno.

Él ni siquiera sabía su nombre, o en qué departamento trabajaba. Él había asumido que era oncología, pero luego ella había subido al ascensor.

Damon se colgó la chaqueta al hombro, miró a su madre por última vez y luego se dirigió a la estación de enfermeras. Él podría dedicar el tiempo a un buen propósito y ver qué podía averiguar sobre la Enfermera Impecable.

Era justo, dado lo mucho que ella ya había aprendido sobre él.

———

"ESA ERA HALEY", dijo la enfermera en respuesta a la pregunta de Damon. "Haley Slater. Ella ha estado en el personal aquí durante años, si preocupa que ande por aquí."

"No, solo tenía curiosidad. Ella parecía bastante interesada en mi mamá y me preguntaba por qué."

La enfermera asintió, no sorprendida. "Por lo general, Haley se dedica a la oncología y está realmente interesada en las terapias complementarias y los cuidados paliativos. Apuesto a que se enteró del efecto que tienen tus masajes en la condición de tu madre."

"¿Ustedes hablan de eso?" Preguntó Damon, un poco sorprendido.

La enfermera le dedicó una sonrisa chispeante. "De eso y otras cosas."

Ella lo miró con aprecio y su sonrisa se ensanchó. "Pero el efecto es increíble. Si alguien en este lugar estaría interesado, se esperaría que fuera Haley."

"¿Por qué no está ahora en oncología?"

"Oh, se cambió con Anna en la sala de cardiología durante tres meses."

Damon esperó y la enfermera, como era de esperar, llenó el silencio.

"Anna tuvo que empezar a salir temprano por su embarazo. Ella está teniendo un segundo trimestre difícil y terminaron con un poco de falta de personal." Ella hizo una mueca. "Muchos ataques cardíacos después de Navidad."

"Esa es Haley", dijo una segunda enfermera que estaba contando pastillas en vasos de plástico al otro lado de la estación de enfermeras. Ella comprobaba una pantalla de computadora, presumiblemente verificando dos veces a los pacientes y las dosis. "Siempre dando un paso al frente para llenar el vacío. Creo que trabajaría en turnos dobles todos los días si la dejaran."

Eso era interesante. ¿No tenía Haley ningún compromiso familiar? ¿Estaba soltera?

Damon sabía que realmente no importaba. Él solo le iba a enseñar sobre masajes, pero quería saberlo. "¿Trabajadora obsesiva?" preguntó a la ligera. "Conozco algunos de esos."

La primera enfermera sonrió. "Es bueno conocerlos. Haley es a la que debes llamar si te quedas atascado con un turno durante las vacaciones."

"Ella me reemplazó el pasado Día de Acción de Gracias", dijo la segunda enfermera.

"A mí en Nochebuena", coincidió la primera. "O si estás enfermo, ella está ahí."

"La buena y confiable Haley." La segunda suspiró y se enderezó, luego sonrió a Damon. "Supongo que ese es el peligro de no tener una vida."

"Ella tiene una vida", dijo la primera enfermera, un poco a la defensiva en nombre de Haley. "Pero toda su familia está en Illinois, Ohio o en algún lugar."

No era casada entonces y sin pareja. El detalle le daba a Damon una satisfacción inesperada. Él se dijo a sí mismo que era porque así era menos complicado.

"Pensaba que ella no tenía familia", dijo la segunda enfermera. "Ella nunca se va de vacaciones. Si está fuera, es porque está tomando un curso en algún lugar."

"No es cierto", dijo la primera con un movimiento de cabeza. "Ella siempre se toma libre el 27 de enero".

"¿De verdad? ¿Por qué?" La segunda enfermera hizo la pregunta que Damon quería que se respondiera.

"Algún cumpleaños familiar. Supongo que son bastante cercanos."

La segunda enfermera frunció el ceño. "Ella no puede llegar al Medio Oeste en un día. Incluso Haley no es tan organizada."

La primera se encogió de hombros. "Quizás ellos vengan aquí. No lo sé. Sin embargo, es algo anual. Ella siempre se toma ese día libre. Es el único día del año que no trabajará. Está en su archivo."

"Tal vez ellos vengan de visita", sugirió Damon. "Sería bueno tomarse un par de días para mostrarle el lugar a la familia."

"Queens en enero no suena como unas vacaciones de ensueño."

"No, en realidad no es así", tuvo que estar de acuerdo él.

"A cada uno lo suyo." La enfermera le sonrió y luego sonó una campana. Ella se enderezó. "la señora Young, justo a tiempo." Ella se volvió hacia la segunda enfermera. "¿Le mediste sus medicamentos?"

"Aquí están. Me dirijo hacia allí en un par de minutos."

"Las llevaré ahora y la sedaré."

"Suena bien. El Señor Matheson será el próximo", dijo la segunda enfermera. Sonó una campana antes de que ella terminara de hablar y las dos enfermeras intercambiaron una sonrisa. "¿Tu mamá está bien?" le preguntó a Damon mientras recogía los medicamentos.

"Se durmió", dijo Damon. "La veré una vez más y luego saldré."

"Llamaremos si hay algún cambio", dijo la primera enfermera con una sonrisa. "Que tenga una buena noche, Señor Pérez."

"Gracias."

Haley Slater. Soltera. Trabajadora obsesiva. Interesada en cuidados alternativos. Era solo un vistazo superficial al carácter de la enfermera que había conocido, pero era más que suficiente para despertar la curiosidad de Damon.

Y para dejarlo con hambre de saber más.

DOS

Haley medio que esperaba que Damon cambiara de opinión y se fuera, que pensara mejor en su impulsiva oferta y se fuera a casa en lugar de estar esperándola en un hospital durante la noche. Ella no era el tipo de mujer que atraía a hombres apuestos, o al menos no los atraía durante mucho tiempo. Ella pensó en Garrett por primera vez en años cuando terminaba su turno, pero lo sacó de sus pensamientos. Él tenía su vida y ella la de ella, sin Garrett.

Ella tenía su trabajo y eso era suficiente.

Aun así, cuando terminó por esa noche, Haley se apresuró a cambiarse a su ropa de calle, corriendo hacia el ascensor como si dos minutos pudieran marcar la diferencia en el mundo.

"¿Cita emocionante?" Daphne bromeó desde la estación de enfermeras.

"¡Ojalá!" dijo Haley y se rió porque se esperaba eso. Ella se metió por las puertas del ascensor que se cerraron antes de que Daphne pudiera preguntar algo más. Haley agarró su mochila mientras descendía el ascensor, contenta de estar viajando sola. ¿Estaría Damon allí? Ella sentía una mezcla de anticipación e incertidumbre que se había vuelto rara en su vida.

Se sentía un poco bien. Hormigueante. Vital.

Definitivamente ella debería arriesgarse más a menudo.

Las puertas se abrieron y su corazón se hundió porque el vestíbulo estaba vacío. Las farolas brillaban a través de las puertas automáticas frente a ella para iluminar el espacio vacío. El escritorio de los voluntarios no estaba atendido. La tienda de regalos estaba cerrada. No había nadie sentado en ninguna de las sillas dispuestas en grupos en el vestíbulo y la cafetería estaba a oscuras.

Ella salió del ascensor y miró a su alrededor, casi abrumada por la decepción. Entonces, Damon había hecho lo práctico, tal vez incluso lo predecible. Haley tenía una semana entera para decidir si debía volver a la habitación de su madre y hablar con él de nuevo.

Entonces escuchó un traqueteo. Era exactamente el sonido que hacía una máquina expendedora cuando alguien la agitaba. Ella dio unos pasos hacia adelante y se asomó al rincón donde estaban las máquinas en una larga fila. Damon se había puesto la chaqueta desde la última vez que lo había visto. Él estaba mirando una de las máquinas y la sacudió otra vez mientras ella miraba.

Haley sonrió. "Esa se come tu dinero si no conoces el truco", dijo ella y fue a su lado.

"Ya es bastante indignante que quieran dos dólares por una botella de agua", respondió él. "Ellos podrían asegurarse de que realmente obtengas el agua."

Haley golpeó la máquina con el puño en el lado izquierdo, con fuerza, en un punto justo debajo de su cintura. La máquina se bamboleó, traqueteó y luego se soltó la botella de agua. Cayó en el conducto de entrega y rodó hacia el contenedor en la parte inferior.

Damon le dirigió a Haley una sonrisa que la puso del revés. Ella se sonrojó y bajó la mirada, pensando que una sonrisa como esa debería clasificarse como un arma letal y venir con etiquetas de advertencia. "Gracias."

Ella parpadeó mientras trataba de ralentizar su pulso. "Es fácil cuando sabes cómo".

"Eso es cierto para casi cualquier cosa, ¿no?" Él no parecía esperar una respuesta, sino que se inclinó y agarró la botella. Haley se dio el gusto de echar un vistazo rápido a su trasero, luego sintió que no debería haberlo hecho. Un vistazo le dio ganas de tocar. Quizás acariciar. Caricia.

Definitivamente había sido demasiado tiempo.

Ella recordó la valla publicitaria de F5F y echó otro vistazo. ¿Se había retocado la foto? Ella estaba pensando que no.

Damon abrió la botella y bebió, con la mirada fija en ella. "Pensé que cambiarías de opinión".

"Estaba segura de que tú lo habías hecho."

Él echó un vistazo al silencioso vestíbulo del hospital. "Mira, estaba bromeando acerca de ir a tu casa o la mía. ¿Hay un salón de clases o algo que podamos usar aquí? De esa manera, no tendrás que preocuparte por dejar entrar a un extraño en tu casa."

Haley no estaba preocupada por eso. No solo tenía demasiado entrenamiento en defensa, sino que dudaba que un hombre con tal poder curativo en sus manos pudiera tener alguna inclinación a la violencia. Ella creía que Damon nunca la lastimaría a ella ni a ninguna otra mujer.

Su madre siempre decía que la forma en que un hombre trataba a su madre revelaba la verdad de su carácter.

"Tendría que preocuparme por estar desnuda con un hombre donde mis compañeros de trabajo pudieran encontrarme", respondió Haley.

Damon pareció sorprendido.

Ella sacó las llaves de su bolso y las hizo girar en su dedo. "Creo que sé lo suficiente sobre ti como para sentirme segura."

Si él estaba escéptico, lo escondió bien. Le quitó el abrigo de su agarre y lo sostuvo para ella, un gesto que la complació y la sorprendió. "Déjame adivinar. Tienes un cinturón negro."

"Y más", estuvo de acuerdo ella porque era verdad. Ella lo miró a los ojos y le dejó ver que no le tenía miedo.

"Pareces ser el tipo de persona que se cuida a sí misma", dijo él con suavidad.

Haley se encogió de hombros. "Nadie más lo va a hacer." Ella lo miró de nuevo. "No quiero que suene amargado. Es verdad y no me importa."

"Suena práctico", dijo él, casi sonriendo. "Pero entiendo que Haley Slater es una enfermera muy práctica."

Haley se quedó helada. "Yo no te dije mi nombre."

"Tuve algo de tiempo. Le pregunté a las enfermeras de la estación por ti." Él se abrochó el abrigo. "No eres la única a la que le gusta saber en lo que se está metiendo."

Era un poco extraño descubrir que ella tenía algo en común con él. Haley se preguntó cuánto le habrían dicho las otras enfermeras. Ella agachó la cabeza para abrocharse la cremallera de su abrigo, que pensaba que escondería sus pensamientos.

Ella estaba equivocada.

"No saben mucho sobre ti", continuó Damon. "O no están dispuestas a compartirlo. Todo lo que descubrí es que eres completamente confiable y que te ofreces a tomar los turnos de vacaciones de otras personas." Él se encogió de hombros. "Yo espero estar haciendo lo mismo en el trabajo el próximo año. Además, no les sorprendió que vinieras a ver a mi mamá, ya que normalmente estás en oncología y te interesan los cuidados complementarios, como los masajes."

Ella parecía casi aburrida con ese resumen.

Haley supuso que ella era aburrida.

Ella tenía un impulso vehemente de mostrarle a Damon que podía ser interesante.

"¿Deberíamos irnos?" preguntó él y ella se dio cuenta de que no se había movido.

"¿Tienes un auto? Son solo unas cuatro cuadras."

Él sacudió la cabeza. "Parece que necesitamos un taxi." Se dirigieron a la puerta y él le dirigió una mirada que le recordó a su hermano mayor. "No caminas esa distancia solo a esta hora, ¿verdad?"

"No, pero lo hago durante el día. Está al otro lado del parque. Por eso tomé ese apartamento en primer lugar, para poder caminar al trabajo." Una vez más, Haley se sentía como si estuviera hablando demasiado, así que deliberadamente se calló.

El hecho era que ella estaba un poco nerviosa por llevar a Damon a su casa. Ella no le tenía miedo, pero no solía llevar hombres a casa. Ha pasado un tiempo. Se dijo a sí misma que se animara.

Era solo una lección de masaje.

Ella había tenido más de una oportunidad de echarse atrás o hacerlo en otra parte. Haley quería demostrar que las expectativas de Damon sobre ella estaban equivocadas, ¿lo estaban?

En cuanto a correr riesgos, ese era un riesgo bastante bajo.

Había tres taxis alineados fuera de la puerta y Haley vio que el conductor del primero era Joe. Él estaba leyendo un periódico, pero lo dobló cuando la vio, luego le hizo un gesto y encendió el motor.

Había cuatro taxistas que esperaban regularmente los pasajes en el hospital y Joe era uno de ellos. Era mayor, un maestro que había comenzado a conducir un taxi después de su jubilación. Cuando Haley le preguntó por qué, dijo que era mejor que conducir autobuses escolares. Ella sabía que esa no era la historia completa, pero respetaba su privacidad.

"¿Nuevo amigo?" Joe preguntó cuándo entraron y Haley lo vio inspeccionando a Damon por el espejo retrovisor.

"Sí", dijo Haley simplemente, sin ver ninguna razón para mentir y menos para dar más detalles. Ella tintineó sus llaves. "Tú conoces el camino, Joe".

"¿Necesitas algo, Haley?" preguntó el hombre mayor.

"No. Todo está bien." Ella sonrió. "Gracias por preguntar."

Haley pudo ver que la curiosidad de Joe no estaba satisfecha, pero él no hizo más preguntas. Solo le tomó unos minutos llegar a su edificio, en realidad estaba más lejos en coche, ya que tenían que dar la vuelta al parque en lugar de cruzarlo, y se detuvieron frente a su edificio. Damon pagó el pasaje antes de que ella pudiera, luego salió y le abrió la puerta. Joe asintió con la cabeza, luego se fue y regresó a la línea de taxis del hospital.

Haley estaba muy consciente de la presencia de Damon detrás de ella cuando abrió la puerta de seguridad. El ascensor se sentía muy pequeño con él en ese espacio con ella y no podía pensar en un comentario casual que hacer. En su piso, estaba segura de que todos sus vecinos estaban echando un vistazo a sus mirillas. Ella podía adivinar qué conclusiones sacarían. Era fácil recordar la universidad, cuando la gente hablaba de ella y Garrett. Por supuesto, ella lo había metido a escondidas en su habitación de forma rutinaria, aunque difícilmente había sido un secreto. Todos en su dormitorio lo sabían. Haley sintió que comenzaba a sonrojarse por haber sido notoria alguna vez y caminó un poco más rápido.

Fue un alivio entrar en su apartamento y cerrar la puerta detrás de ellos. Haley encendió una luz y se movió para bajar la persiana sobre la única ventana grande. Colgó su abrigo y Damon hizo lo mismo, y ella sintió que él inspeccionaba su casa.

¿Qué le parecía a él?

¿Práctica? ¿Austera? Era bastante sencilla y funcional, pero Haley nunca había visto muchas razones para acumular cosas. ¿Y si el siguiente curso que tomara solo se ofreciera en el otro lado del país? A ella le gustaba la libertad de poder simplemente irse. En ese momento en particular, sin embargo, deseaba tener al menos uno o dos cojines coloridos.

Su apartamento también la hacía parecer aburrida. Previsible. Amable. Ella respiró hondo, deseando poder ser otra persona que la que era, y miró de reojo a Damon. Él parecía enorme en su apartamento, más grande que la vida, dominando el espacio.

Masculino, todo masculino.

No menos impresionante que en el anuncio publicitario.

Por supuesto, él no iba a hacer ningún movimiento con ella. ¿Por qué iba a hacerlo?

¿Debería ella hacer algo con él en su lugar?

La idea se encendió en los pensamientos de Haley, desafiándola a ser el tipo de mujer que quería ser. El hecho de que no quisiera el amor, el matrimonio y la familia no significaba que no pudiera tener relaciones sexuales.

Sexo salvaje sin ataduras.

Con un hombre hermoso.

Una noche.

¿Podría Haley pedir lo que quería?

¿Ella se atrevería?

DAMON HABÍA VISTO albergues amueblados con más estilo que el apartamento de Haley. Estaba limpio y ordenado hasta el punto de la severidad, amueblado en beige básico. El piso de madera estaba limpio. La encimera de la cocina estaba limpia. No había nada fuera de lugar. Él se preguntó si los suministros de los armarios de la cocina estaban ordenados alfabéticamente. La estantería estaba ordenada. Incluso la canasta de lana de tejer, la única mancha de color, estaba perfectamente organizada.

Él era consciente de que Haley se sentía incómoda con su presencia en su santuario y sintió la necesidad de tranquilizarla. Era solo una lección. Él no era reacio a las cosas de una noche y no se habría negado a una con Haley, pero entendía que ese no era el estilo de ella.

Ella había hecho una excepción. Ella lo dejaría entrar. Había elegido confiar en él.

Y Damon, como hombre que entendía el raro don de la confianza, no iba a traicionarla.

Él respetaba la vulnerabilidad, especialmente cuando era inusual para la persona en cuestión. Ella se había arriesgado porque quería aprender. Damon no iba a envenenar eso.

La admiraba demasiado.

Damon estaba poniendo la botella de agua vacía en el mostrador, porque sabía que ella reciclaría, cuando vio la foto en el refrigerador. Estaba recta y perfectamente centrada, el único elemento en la puerta del refrigerador.

La fotografía mostraba a un grupo de personas sonrientes contra un cielo azul vivo. La brillante luz del sol y la silueta de las colinas detrás de ellos eran demasiado familiares. Llevaban uniforme, jóvenes y sanos, encaramados sobre y alrededor de un vehículo de transporte de personal armado que solo podía estar en un lugar. El corazón de Damon se apretó con fuerza y casi podía saborear el polvo interminable. Todavía no estaban bronceados ni abatidos por el peligro constante. Había cruces rojas en todo su equipo.

¿Él encontraría a Haley en la toma si miraba más de cerca?

¿O era un amigo en la foto? ¿Un amante?

¿Vivo o muerto?

Le costaba mucho desviar la mirada cuando su curiosidad era tan fuerte.

Se recordó a sí mismo que no tenía derecho a sentir curiosidad.

"No hay lugar como el hogar", dijo ella, como si sintiera que el silencio se había prolongado demasiado. "¿Puedo traerte algo?"

"No, gracias." Él miró en su dirección y vio que estaba tensa por la incertidumbre. Él podría tranquilizarla. Había conocido enfermeras como ella en Afganistán. Habían sobrevivido gracias a los hechos. "¿Qué sabes sobre masajes?"

"Que se ha demostrado que reducen la ansiedad y el estrés, especialmente en los pacientes que se han sometido a una cirugía cardíaca, y que puede reducir el dolor en un alto porcentaje de pacientes con enfermedades crónicas o degenerativas." Ella podría haber estado recitando un pasaje de un libro de texto o leyendo un trabajo de investigación en voz alta.

"¿Sin citas académicas?" bromeó él.

Haley se enderezó. Puedo dártelas, si quieres. La Clínica Mayo ha realizado algunos estudios y publicado resultados." Ella se volvió hacia su estantería. "Tengo varias referencias aquí..."

Damon la detuvo con un dedo en su hombro. "Estaba bromeando. Eres muy seria."

"La curación es algo serio". Ella lo miró y luego apartó la mirada rápidamente. "El dolor es serio."

"Sin embargo, se supone que el masaje no es un trabajo. Si va a ser un trabajo para ti, entonces no es necesario que lo hagamos."

"Pero yo quiero saber. Quiero ayudar." Ella respiró hondo. "Por eso hago lo que hago. Por eso soy enfermera. Quiero marcar la diferencia en la atención al paciente."

Damon no pudo evitar pensar en esa imagen en la nevera. ¿Ella alguna vez no había podido ayudar? ¿Era eso lo que la impulsaba? "Hay muchos pacientes además de mi mamá."

"Pero ella realmente responde a tu masaje. Es asombroso. Quiero entender eso para poder usar la técnica con otros pacientes. Parece más sensato comenzar con un ejemplo que ya está funcionando." Ella tragó. "Por eso quiero aprender de ti. Sabes claramente lo que estás haciendo."

Ella levantó la mirada hacia él, con los ojos muy abiertos. Él quería acercarla y tranquilizarla, pero sabía que ese movimiento tendría el efecto contrario. Haley estaba acostumbrada a valerse por sí misma.

Damon realmente quería saber por qué.

"¿Quieres aprender de alguien que sepa más que tú?" preguntó él.

"Aprende de los mejores", respondió ella. "Nunca había visto resultados como los de tu madre, y los he estado buscando." Ella frunció los labios, pensando. "Es posible que haya un componente emocional, porque eres su hijo, y que nadie más pueda replicar el efecto."

Damon asintió. "Creo que tienes razón en cierto modo. Estoy usando más que los movimientos físicos del masaje."

"¿De verdad?" Sus ojos brillaban con curiosidad.

"Comencemos con lo que sabes". Damon le dio la espalda. Cruzó de brazos frente a sí mismo y se sacó la camiseta por la cabeza. Él la sintió mirar y escuchó su fuerte inhalación, pero se recordó a sí mismo que eso no era sexual. Él no tenía una hermana, pero trataba de pensar en Haley como una.

No funcionaba. Él pensó en su cabello y quiso ver cómo se veía cuando estaba libre de esa cola de caballo. Él quería sentir que se enroscara entre sus dedos. Él pensó en lo curvada que era y en cómo se sentirían esos pechos presionados contra él. Él podía adivinar lo suave que era su piel y quería saber a qué sabían sus labios.

Fallo épico.

Él pensó en su socio, Ty, y en cómo Ty trataba a sus cuatro hermanas. Protector. De confianza. Paciente. Damon podía hacer eso, incluso con Haley.

Él tenía que hacerlo, si quería darle esa clase.

Y realmente lo quería.

Damon se volvió y examinó el apartamento de nuevo, poniendo su camisa en el respaldo de una silla y evitando la mirada de Haley. "Probablemente el piso sea lo mejor, si estás bien arrodillada", dijo él, manteniendo su tono práctico. "Muéstrame lo que sabes primero, luego partiremos de ahí."

Juntos movieron su mesa de café para que estuviera contra la pared y ella sacó un par de toallas del baño. La alfombra estaba limpia, pero no era tan gruesa. Damon las extendió en el suelo, doblando un par para colocarlos debajo de las rodillas y el pecho, mientras ella tomaba una botella de loción corporal.

"¿Podemos apagar un poco las luces?" preguntó él. "Hay un poco de luz aquí, y eso no ayudará con la relajación."

Haley apagó la luz del techo y en su lugar encendió una lámpara. "No tengo incienso ni velas", admitió ella.

"Debes ser la única mujer en Nueva York que no lo tiene", dijo Damon, y luego continuó antes de que ella pudiera disculparse. "Es refrescante. En la práctica, es posible que también desees un poco de música relajante, pero concentrémonos en los aspectos prácticos." Él hablaba con fluidez y confianza, adaptándose fácilmente a la forma en que solía enseñar en F5F. Damon se estiró en el suelo boca abajo, levantó los brazos para acolchar la cabeza en los brazos y esperó.

Le tomó un momento, luego, sintió que Haley se arrodillaba a su lado por la cintura. "¿Tienes alguna alergia?" preguntó ella.

"Ninguna."

"¿Alguna lesión que deba conocer?"

"Ninguna." Él no pudo evitar divertirse. Ella podría haber estado siguiendo una lista de instrucciones.

"¿Qué es tan gracioso?"

"Me pregunto si alguna vez has hecho algo impulsivo".

"Tú estás aquí", señaló ella y él asintió.

"Supongo que eso cuenta. ¿Siempre tienes una lista de verificación?"

"Sí. Es como un entrenamiento. Me hace sentir preparada para cualquier cosa."

"¿No es el entrenamiento para emergencias?"

"Claro, pero es útil priorizar incluso cuando lo que está en juego no es de vida o muerte." Ella exhaló. "Yo lo llamo entrenamiento como estilo de vida."

Damon reprimió una sonrisa. "Eso no es del todo malo."

"Así es como pienso".

La verdad era que Damon también pensaba así a menudo. Sin embargo, él sabía que, en su caso, se trataba de un entrenamiento. Evaluar. Priorizar. Actuar. Repetir.

Él escuchó el sonido de la loción saliendo del envase y Haley frotando loción entre sus manos. No tenía aroma floral, lo que también era bienvenido. Ella colocó sus manos en su espalda entre sus omóplatos y él se sintió aliviado de que estuvieran calientes. Él no quería saltar y asustarla. Ella movió las manos juntas en un movimiento amplio, empujando la palma de sus manos hacia su espalda e inclinándose hacia el gesto.

"¿Lees libros?" preguntó Damon después de unos momentos. Él sabía que sí, porque había un Kindle en la mesa auxiliar.

"Sí. ¿Por qué?"

"Porque lo que estás haciendo aquí es como saltar directamente a la mitad de un libro, en lugar de empezar desde el principio y abrirte camino en la historia."

Las manos de Haley se apartaron de su piel. "No entiendo."

"Bueno, primero necesitas un plan. ¿Cuál es el tuyo?" Él se giró para mirarla, apoyándose en un codo.

La mirada de Haley se detuvo en el tatuaje tribal en la parte superior de su brazo y ella parecía preocupada. "Supongo que masajear tus hombros y cuello."

"Ese es un buen plan general. La mayoría de la gente tiene tensión ahí. Se siente como un nudo cuando se masajea, pero trabajar el músculo puede ser doloroso. Por lo tanto, debes comenzar lentamente, calentar la piel y relajar al paciente, luego buscar el punto de tensión y resolverlo."

"Principio, medio y final. Eso es como un libro."

"Además, suave, más firme, luego más duro. Luego, vuelve a hacerlo suave."

"Está bien. Déjame intentar de nuevo."

"Comencemos con effleurage".

"Acariciar", tradujo ella y él supo que ella había estado estudiando.

"Sí. Tus movimientos deben ser fluidos y continuos." Él se acostó de nuevo. "Empieza muy ligeramente."

Ella deslizó las yemas de los dedos por su espalda, simplemente deslizándolas sobre su piel, y él asintió. Era como una caricia, una que envió la mente de Damon directamente a la cuneta. Él podía imaginarla tocándolo así en un lugar mucho más íntimo y sabía que lo volvería loco. Él se alegró de estar acostado boca abajo.

Quizás Haley no notaría su efecto sobre él.

Damon siguió hablando, para no olvidarse de sí mismo y disfrutar. "Ahora usa las palmas de tus manos, sin dejar de acariciar."

Ella hizo lo que le sugirió, y él casi ronroneó ante la suave sensación de sus manos sobre su piel.

"Se esparce la loción muy bien."

"Empieza por mi cintura y recorre mi columna vertebral, luego hacia arriba. Haz esos círculos."

"¿Debo dejar que mis dedos te toquen?"

Déjalos enroscarse a mi alrededor. Tus manos deben adaptarse a mi cuerpo. Crea el mayor contacto posible."

Haley hizo lo que le sugirió y él cerró los ojos con placer.

"Haz cada círculo unas tres veces y sube gradualmente hasta mis hombros." Ella encontró el nudo detrás de sus hombros y Damon exhaló con satisfacción cuando ella lo presionó suavemente.

Pero se suponía que él debía estar enseñando, no disfrutando. "¿Cómo es tu postura?" Él se volvió para echar un vistazo a Haley. Ella estaba arrodillada a su lado, esperando sugerencias. "Cuando presionas más fuerte, el peso debe provenir de tu cuerpo, no de la fuerza en tus manos. Pruébalo en una rodilla, inclínate hacia ella y mantén los brazos bastante rectos."

"¿Entonces voy a repetirlo con más fuerza?"

"Dos veces más, cada vez más duro." Él le sonrió. "Trataré de no derretirme".

"No quiero hacerte daño."

"No creo que puedas."

"No. Probablemente no." Ella frunció el ceño un poco, examinándolo. "¿Cuánto te ejercitas?"

"Mucho."

"¿Porque posas para anuncios de un gimnasio?"

"Porque soy uno de los socios propietarios de Flatiron 5 Fitness."

"¿De verdad?" Ella debió haberse sorprendido porque se detuvo un momento antes de reanudar su masaje.

"De verdad." Él podía sentir más confianza en sus manos cuando ella continuó y una creciente tranquilidad entre ellos. El masaje estaba haciendo lo que siempre hacía, relajando a los participantes y generando confianza. Haley se inclinó más hacia sus toques y encontró su ritmo tan bien que Damon tuvo dificultades para mantener sus pensamientos en la clase.

Damon quería sentir las manos de Haley sobre él.

Él quería poner sus manos sobre ella.

Damon se obligó a recordar por qué estaba allí.

Ya se estaba preguntando si había alguna posibilidad de que regresara allí.

"Tengo una torcedura en mi hombro derecho. ¿Puedes encontrarla?

Mantén los círculos en movimiento mientras buscas. No te apresures. La idea es hacer que se sienta como si tuvieras todo el tiempo del mundo."

Haley se inclinó sobre Damon mientras ponía más peso sobre él y se abría paso hasta su hombro. Ella pasó sobre el nudo y volvió a hacerlo. "Se siente como una nuez debajo de la piel".

"Lo encontraste", murmuró él. Apóyate ahí. Frota esos círculos ahí. Acércate una y otra vez, siempre barriendo hacia afuera. No te apresures."

"¿Así?"

"Exactamente así. Ahora pon tu energía en ello."

Las manos de Haley se congelaron en su espalda, la parada repentina fue tan perturbadora como todos los manuales decían que sería. "¿Qué?"

Damon se apoyó en su codo y la miró. "Tu energía".

Ella negó con la cabeza para que su cola de caballo rebotara. "No sé de qué estás hablando."

"Existe una conexión psíquica entre el sanador y el paciente. Vas a tener más éxito en dar alivio si das algo de tu propia energía, si pones tu propia energía en la ecuación. Eso es lo que marca la diferencia con mi mamá. Eso es lo que mi papá me enseñó a hacer."

Haley se echó hacia atrás, luciendo tan derrotada que Damon quiso tomarla en sus brazos. "No sé cómo hacer eso. Tal vez ni siquiera tenga energía para compartir."

"Todos la tienen. La compartimos todo el tiempo. Piensa en cuando hablas con alguien que está deprimido. Dejas que se desahoguen. Después, ellos se sienten mejor y tú te sientes peor. Te han transmitido su energía negativa y han tomado parte de tu energía positiva, lo que les ayuda."

Haley frunció el ceño. "No sé cómo hacer eso a propósito."

"Creo que sí y no te das cuenta." Él se sentó. "Eres natural en esto, así que vayamos al siguiente paso. Ven aquí."

"¿Qué?"

"Tu turno. Me has mostrado lo que sabes y ahora te enseñaré más." Él vio un destello de alarma en sus ojos, así que habló con dulzura. "Será más fácil si te quitas la camisa, pero si no quieres, está bien. Trabajaremos con eso." Él se apartó del camino y dio unas palmaditas en el suelo con las toallas, actuando como si no estuviera excitado en absoluto.

DAMON PENSÓ que Haley tendría miedo de quitarse la camisa.

Él se había quitado la suya como si no fuera gran cosa y ella se había alegrado de que le hubiera dado la espalda. Le había dado un momento para cerrar la boca y evitar salivar. Sin lugar a dudas: la fotografía de Damon no había sido retocada para la valla publicitaria.

Realmente él era así de musculoso.

Eso es perfecto.

Él podría haber sido una escultura de Ultimate Man.

Y el gran tatuaje era real, no agregado con un programa de edición.

Tocarlo la había despertado, la había hecho desear, la había hecho arder por él. No era característico que Haley sintiera tanta lujuria. Ella no la había sentido desde Garrett.

Pero esto era solo deseo. Biología. No tenía ningún componente emocional en absoluto. Su cuerpo estaba haciendo lo que había sido construido para hacer en presencia de un miembro atractivo del sexo opuesto.

Haley se apartó de Damon, ruborizándose furiosamente a pesar de su racionalización, y se quitó la blusa. Ella se mantuvo de espaldas a él mientras se desabrochaba el sostén, luego se acostó sobre las toallas sin que él tuviera oportunidad de ver sus pechos. Ella se sentía expuesta, tímida y tonta por ser tan modesta a su edad.

No era como si nunca la hubieran tocado.

No era como si no viera cuerpos desnudos todo el tiempo.

Pero muy, muy pocos de ellos eran tan perfectos como los de Damon.

Eso la hizo consciente de lo que ella consideraba sus propias imperfecciones. Ella no era alta ni elegante, eso era seguro. Él podría pensar que ella estaba gorda. Ella no lo estaba, pero tampoco estaba luchando contra la esbeltez. Y ella tenía curvas.

Haley cerró los ojos, segura de que a él le divertiría la forma en que se sonrojaba.

Pero él no se rió ni siquiera rió entre dientes. Él le puso una toalla sobre la espalda y ella se sintió mejor de inmediato. "Ambos hemos visto muchos cuerpos desnudos, estoy seguro", dijo él a la ligera, haciéndose eco de sus propios pensamientos. "Relájate. No voy a intentar nada."

¿Era una tontería creerle?

¿O sería más tonto desear que él intentara algo?

Claramente él no iba a hacerlo.

La seducción debía ser el último pensamiento en su mente.

Eso era deprimente.

"Empezaremos por el principio de nuevo, porque quiero enseñarte algunos movimientos más de alta presión."

"Podrías simplemente dirigirme", dijo Haley, incluso mientras sus dedos se deslizaban por su espalda. Ella suspiró sin querer y lo escuchó reír.

"Creo que serás demasiado gentil."

Sus manos se extendieron por su espalda, tan cálidas y grandes que Haley se sintió delicada. Sus dedos se curvaron alrededor de su cuerpo, acunándola, y el movimiento de sus manos era rítmico. Ella sintió el contraste y comprendió que había sido demasiado vacilante. El movimiento la calmaba y escuchó su respiración lenta.

"Es casi meditativo", susurró ella.

"Se supone que lo es", respondió él en un murmullo bajo. Sus manos subieron por su espalda por segunda vez, empujando la tensión fuera de su cuerpo y calentando su piel. Ella sentía un hormigueo, y no era solo su espalda lo que se calentaba. Ella sintió que sus labios se abrían mientras imaginaba cómo sería...

Cuando sus manos alcanzaron su cuello, Haley exhaló con satisfacción, y le gustó la sensación de sus dedos sobre ella. Tan fuerte y tan gentil. Él desabrochó el broche de su cabello y lo apartó, el calor de sus dedos rozó su nuca y envió nuevos hormigueos sobre su carne. Su boca se secó. Sus dedos se clavaron en su cabello, amasando su cuero cabelludo ligeramente, haciéndola sentir atesorada.

"Y una vez más", susurró él, sus manos recorriendo la parte baja de su espalda de nuevo. Esta vez, hubo más presión y Haley sintió el poder curativo de su toque. Su poder estaba fluyendo dentro de ella, no solo despertándola sino haciéndola sentir más fuerte. ¿Cómo hacía eso? Ella esperaba que no se detuviera. "Hablemos de los chakras."

Haley asintió.

"Los chakras generalmente se muestran en la parte frontal del cuerpo, pero están adentro, por lo que también podemos revisarlos de esta manera." El tono de Damon era práctico, como si ella estuviera asistiendo a una conferencia. "Los chakras son puntos de poder en el cuerpo, vinculados a áreas específicas de bienestar. Dependiendo de a quién le preguntes, hay tres, cinco, siete o nueve, pero hablaremos de nueve."

Haley asintió. Ella había leído algo de eso, pero no le había dado mucho crédito.

"Cuando están bloqueados, el masaje puede ayudar." La palma de Damon aterrizó en la base de su columna. Él comenzó a trazar círculos allí, y Haley podía sentir el calor de su mano a pesar de su ropa. "El primer chakra es el chakra raíz, debajo del hueso púbico. Se trata de supervivencia y necesidades básicas."

Su mano se arremolinaba un poco hacia arriba. "El chakra sacro es el siguiente, justo debajo del ombligo. Rige las relaciones con los demás, de todos los niveles de intimidad, así como el deseo sexual."

La columna vertebral de Haley estaba tensa allí, como siempre, y ella cerró los ojos cuando Damon aplicó más presión. La calidez de su toque se extendió a través de ella, ayudando a que esa área se relajara.

Se sentía divino.

De hecho, Haley estaba bastante segura de que sus bragas estaban mojadas.

"Un pequeño nudo ahí," murmuró él. "Volveremos a eso". Su mano izquierda se movió por su columna, la derecha se quedó quieta. "El chakra del plexo solar está debajo del diafragma. Gobierna nuestra noción de autoestima y cómo nos comportamos en el mundo." Sus palmas despertaban un calor bajo su piel mientras se movía más arriba. "El chakra del corazón está justo donde esperarías que estuviera."

"Supongo que gobierna los sentimientos", dijo Haley.

"La empatía también." Las manos de Damon se movieron más arriba, dando vueltas y calmando, hipnotizando. "El chakra del timo está en la laringe y rige nuestras nociones de responsabilidad y nuestras convicciones. No siempre figura en la lista de chakras, pero es importante."

Sus manos se deslizaron sobre la parte posterior del cuello de Haley de nuevo, apretándolo esta vez, la intimidad de su toque despertó una necesidad tan cruda que la hizo temblar. "El chakra de la garganta se trata de comunicación y expresión". Sus dedos empujaron su cabello de nuevo y el cuerpo de Haley le envió un mensaje claro sobre la excitación y el deseo. Su toque se sentía posesivo y sexy. Ella se sonrojó, pero esperaba que Damon no se diera cuenta. "El chakra de la nariz es otro que a menudo se ignora. Está en la punta de la nariz y se trata de intuición. El chakra de la frente también se llama tercer ojo."

"La glándula pineal", proporcionó Haley.

"Exactamente. Se trata de imaginación, segunda vista y seguir nuestro rumbo." Sus manos ahuecaron la parte superior de su cabeza, sus dedos se movieron constantemente, trazando círculos que hicieron que Haley se sintiera en llamas. "Y finalmente, está el chakra de la corona, en la parte superior de la cabeza, que trata sobre los sueños y la inspiración."

Él pasó las manos sobre ella de nuevo, haciendo círculos con las yemas de los dedos. Haley quería temblar de placer. "Todos estos lugares son puntos focales para el crecimiento y el aprendizaje y la búsqueda del equilibrio. Cuando hay creación y crecimiento, los chakras giran en el sentido de las agujas del reloj." Las yemas de sus dedos se volvieron en esa dirección. "Cuando hay destrucción, los chakras giran hacia el otro lado. En sánscrito, chakra significa rueda, y los chakras siempre deben estar en movimiento."

"¿Pero no deberían estar siempre girando en el sentido de las agujas del reloj?"

"Nadie siempre puede estar mejorando o construyendo. A veces, las cosas deben desmontarse o volver a examinarse para permitir el crecimiento."

Haley sonrió. "Como tejer".

"¿Cómo es eso?"

"Rompo mi tejido para empezar de nuevo cuando hay algo mal. Podría haber montado el tamaño incorrecto, o no tener la tensión correcta o haber estropeado la puntada del patrón."

"Entonces, comienzas de nuevo a hacerlo bien. Eso es exactamente lo que quiero decir. Es una buena metáfora."

Su elogio hizo que Haley se sintiera como una buena estudiante. "¿Pero qué hay de compartir tu energía?"

Cuando encuentras un nudo... Las manos de Damon regresaron infaliblemente a la tensión en la base de su columna. "... Podría significar que el chakra está atascado o se mueve muy lentamente. Quieres ayudar al paciente a superar ese desafío y puedes empujar el chakra con tu propia energía para hacerlo."

"Pensé haber leído que se suponía que los practicantes debían abrir al paciente a la energía de la tierra pero proteger la suya."

"Esa es una escuela de pensamiento. Esta es mía." Sus manos rodearon su cintura, sus pulgares haciendo círculos contra su piel. Haley lo sintió inclinarse sobre ella, poniendo más peso en su movimiento. Haley cerró los ojos mientras el calor de su toque fluía a través de ella.

Sin embargo, el efecto parecía estar en el chakra inferior. Ella no había estado tan excitada en años.

"¿Dónde lo aprendiste?"

"De mi papá. La escuela de terapia de masajes Marco Pérez."

Haley sonrió. "¿Dónde aprendió él?"

"No lo sé. Quizás él lo inventó."

"¿Realmente tenía una escuela?"

Damon se rió. "No. Mi mamá era bailarina de ballet. Ella siempre tuvo dolores y molestias. Él era carpintero. Le gustaba arreglar cosas."

Haley cerró los ojos, le gustaba la explicación y lo que le decía sobre la relación de sus padres. Él no dijo más y ella no preguntó, solo disfrutó.

"Esto se llama amasar", dijo Damon mientras sus manos levantaban, apretaban y rodaban un lado de su cintura en círculos constantes.

"Eso se siente increíble."

"Afloja el músculo a un nivel más profundo, haciéndolo más flexible y blando."

Haley se sentía tan flexible como una bolsa de arpillera mojada. Ella no recordaba que esa zona no le doliera, pero se sentía mil veces mejor. Él eventualmente se movió al otro lado, dando atención sobre ella.

Todo eso era nuevo. Haley nunca se había sentido tan mimada.

Ella realmente esperaba que Damon no se detuviera pronto.

Una de sus manos seguía haciendo círculos y aplicando presión, mientras que las yemas de los dedos de la otra mano presionaban con fuerza el punto a un lado de su columna. Ella las sentía vibrar, zumbando contra el músculo. La resonancia parecía atravesarla, sacudiendo la tensión. "Hay varios golpes de percusión", dijo él. "Nunca uses ninguno de ellos contra el hueso. Esta es la vibración. Estás liberando la tensión y luego suavizándola con la otra mano."

"Sí", dijo Haley, exhalando la palabra.

"También están las ventosas y los pellizcos, que tienen efectos similares."

"Sí." Haley esperaba que él los usara todos. Lentamente. Repetidamente.

"Puedo verter mi energía en ti al hacer una conexión contigo", dijo él, su voz baja y suave. "Ese era el secreto de mi padre para curar con el tacto."

"¿Qué tipo de conexión?"

"Una emocional".

Haley parpadeó. "¿Qué quieres decir?"

"Háblame", invitó él. "Cuénteme algo sobre la enfermera Haley Slater."

Ella se puso rígida a pesar de sí misma. "No hay mucho que contar."

"Mentira", dijo Damon. "Puedo sentir cómo te estás poniendo tensa solo porque te pregunté. Entonces, eres una persona reservada." La presión de sus manos aumentó, liberando la tensión. Entonces, háblame de tejer. ¿Qué tejes?

"Juegos de bebé".

"¿Debería saber lo que eso significa?"

Ella sonrió, le gustaba lo baja que era su voz, cómo él arrastraba la pregunta, lo fácil que podía imaginar el brillo de interés en sus ojos oscuros y la esquina de su boca casi elevándose en una sonrisa. "Gorras, botines y manoplas. Conjuntos a juego."

"¿Tiene hijos?"

"No. Sobrinas y un sobrino, pero son demasiado grandes para eso."

"¿Por qué tejer conjuntos de bebé entonces?"

"Tejo para la sala neonatal, para los bebés prematuros. Es difícil mantenerlos calientes porque son muy pequeños."

"Entonces, tejes para extraños."

"Los bebés no tienen muchas conexiones sociales", dijo ella y él se rió entre dientes.

"Supongo que no más allá de sus padres."

"Que suelen estar bastante ocupados cuando tienen un bebé en esa sala."

"Demasiado ocupados para tejer."

"Exactamente."

"Eso suena como algo agradable de hacer.". Había aprobación en su tono, una calidez que a Haley le gustó mucho.

"Es útil. Ayuda. Me gusta eso."

"Porque te gusta cuidar a la gente".

Ella sintió que se sonrojaba de nuevo.

Él se inclinó sobre ella, su susurro tan cerca que sus labios debieron haber estado casi contra su hombro. "Así es como compartes tu energía", murmuró él. "Sabía que entendías cómo".

"Pero yo no..."

"¿No estás cansada al final de tu turno?"

"Sí, pero..."

"No es solo físico. Cuando cuidas a los demás, les das algo de tu propia energía." Su voz bajó más. "El mundo necesita gente como tú, Haley Slater."

Haley se estremeció de placer entonces. "Tú cuidas de tu mamá".

"Es cierto, pero ella es la única. Parece que tú intentas cuidar de todos."

"No exactamente."

"¿Quién te cuida?"

Haley abrió la boca y la volvió a cerrar. "Me cuido yo."

"Por supuesto." Su tono era tranquilizador, pero ella supuso que él no estaba convencido.

"¿Quién te cuida a ti?" respondió ella y él se rió de nuevo.

"Touché. Háblame de las sobrinas y el sobrino,"

"Tengo dos hermanos", admitió Haley. Era ridículamente fácil hablar con Damon. Las palabras simplemente fluían, sin que ella pensara en ello en absoluto. Era casi un alivio confiar en alguien, a pesar de que ella no estaba admitiendo nada que fuera un secreto. "El mayor es bombero y el menor acaba de terminar la escuela de medicina. El mayor está casado y tiene tres hijos."

"¿Y el doctor?"

"No es casado. Él se inscribió para un período de trabajo de socorro con Médicos sin Fronteras."

"¿Él está en la foto de tu nevera?"

Haley asintió, un poco sorprendida de que él se hubiera dado cuenta. "Es él y su grupo cuando llegaron el mes pasado."

"En Afganistán".

"Sí." No había duda en su voz. ¿Cómo lo había adivinado él? No estaba escrito en la foto...

Haley pensó entonces en cómo era Damon. Erguido y estirado, tal vez no solo porque tenía una buena postura. No. Él se ponía firme sin darse cuenta de que lo había hecho. Un hábito, y uno que casi no había notado porque los hombres como él le eran familiares.

El silencio la invitó a continuar y así lo hizo. Y tengo una hermana. Ella es paramédica. No está casada pero vive con su novio."

"¿Padres?"

"Mi mamá es enfermera. Urgencias ".

"Suena como una familia dedicada al servicio."

"Por mi papá. Él solía decir que retribuir era su religión." Su garganta se apretó y Haley se dio cuenta de cuánto tiempo había pasado desde que ella le había mencionado a su padre a alguien. Ella pensaba en él todo el tiempo. A menudo sentía su presencia a su lado, pero no hablaba de él.

"¿Él falleció?" Damon invitó cuando ella no continuó.

"Sí. Él era bombero." Haley respiró hondo, sabiendo que debía detenerse, pero arriesgándose de todos modos. "Primera respuesta."

Damon dejó que eso permaneciera en el aire por unos minutos, sus manos regresaron a ese chakra en su espalda baja. Cuando presionó la palma de su mano contra él, Haley quería más, mucho más, que solo ese masaje. "Entonces murió en el cumplimiento del deber."

"Sí." Haley se encontró asintiendo. "Quizás recuerdes el día", agregó ella, preguntándose por su impulso. Nunca se le había confiado tanto a nadie, pero algo acerca de Damon la invitaba a confiar. Quizás su masaje era la razón. Ella tragó. "11 de septiembre."

"2001", dijo Damon en voz baja y sus manos se detuvieron por un momento antes de continuar. Su voz era ronca cuando volvió a hablar. "Lo recuerdo."

El apartamento pareció llenarse de comprensión y una especie de comunión que a Haley no le resultaba familiar. Su apartamento se sentía dorado y cálido para ella, no práctico como solía ser. Un refugio, no solo un lugar para dormir.

Por Damon y su toque.

Entonces ella supo que tenía que convencerlo de que se quedara. Él terminaría el masaje y, si ella no actuaba, él simplemente se iría. Quizás para siempre. Ella sabía que no podría soportarlo, no después de todo eso.

Ella quería más, y lo quería lo suficiente como para pedirlo.

"¿Tú también estabas aquí en la ciudad?" Preguntó Haley.

"A una milla de distancia, en la casa de mi mamá" Sus manos continuaron con sus seductores movimientos. "Entonces, debes haber crecido en Nueva York."

"Principalmente. Yo era un adolescente cuando murió mi papá. A mi madre nunca le gustó la ciudad, así que después nos llevó a todos a Illinois."

"Y tu hermano mayor se convirtió en bombero aun así."

Haley sonrió. "Sí."

"Creo que la inspiración fue más fuerte que la advertencia."

"Podrías decirlo. O se podría decir que la bellota nunca cae lejos del árbol."

"¿Tu papá lo habría hecho?"

"Sí."

Las manos de Damon trabajaron sobre ella con mucha menos presión, de regreso al nivel más ligero de caricias, y Haley supo que era ahora o nunca. Cuando sus manos estuvieron justo por encima de su cintura, ella rodó abruptamente sobre su espalda. Damon se congeló, pero su mano derecha aún terminó ahuecando su pecho izquierdo. El pezón se tensó, justo en el momento justo, y su mirada se dirigió rápidamente a él, luego de nuevo a su boca ya sus ojos.

Él no parecía saber qué hacer.

Ella sabía que él pecaría de caballero.

Eso era lo último que quería Haley. Ella lo alcanzó, deslizando sus manos por sus brazos hasta sus hombros, saboreando la dura fuerza de él.

Aparentemente, esa fue toda la invitación que él necesitaba. Él se inclinó y capturó sus labios con los suyos, incluso haciendo un pequeño gemido de satisfacción cuando su boca se cerró sobre la de ella.

TRES

Damon estaba decidido a resistir la tentación, pero cuando Haley se acercó él, estuvo perdido. Su expresión era sensual, su piel brillante y cálida, sus labios separados y su cabello suelto, y su pecho estaba en su mano. Él era solo un humano. La forma en que su pezón se tensó ante sus ojos envió una sacudida a través de él. No había forma de que pudiera haber rechazado el beso que ella le ofrecía.

Sus labios eran suaves y firmes, sus dedos se cerraron alrededor de su nuca, sosteniéndolo más cerca. Él podría haberse ahogado en la dulzura de ese beso. Sus brazos estaban llenos de sus curvas y había demasiada mezclilla en el camino. Él se estiró sobre ella, inmovilizándola contra la alfombra y amando cómo ella se movía debajo de él, como si no pudiera conseguir suficiente contacto entre ellos. Damon la sintió retorcerse y se dio cuenta de que se estaba quitando la ropa, luego captó el olor de su excitación.

Cálida, húmeda y acogedora. Eso casi lo acaba. Las manos de ella estuvieron en sus jeans entonces, trabajando en el cierre y él rompió el beso mientras aún podía.

"Haley", susurró él, su voz ronca. "Si quieres parar, ahora es el momento."

"No quiero parar", dijo ella con calor. "Lo quiero todo de ti y los quiero ahora".

Era lo último que él habría esperado que ella dijera y eso le prendió fuego. Damon se quitó los jeans y pasó las manos por sus suaves curvas. Él besó el pezón que lo había seducido, luego lo chupó, le gustó cómo ella arqueó la espalda y gimió un poco.

"Son un poco grandes", dijo ella, refiriéndose a sus pechos como si quisiera disculparse por ellos.

"Son perfectos", respondió él entre besos, confirmando cada palabra. "Lozanos. Más que un puño lleno."

"¡Oh! Pensé que te gustarían las mujeres en forma."

"Estás en forma", respondió él, avivando su longitud y sintiendo los músculos debajo de sus curvas. Pero también eres una mujer. Sus dedos se deslizaron entre sus muslos y el calor resbaladizo que encontró allí hizo que su corazón latiera con anticipación.

"El sofá hace una cama", jadeó ella, pero a Damon no le importó.

"Al diablo con la cama", gruñó él, no queriendo esperar, no estaba seguro de poder. "El suelo está bien".

Ella se echó a reír, pero sus dedos se movieron contra ella, deslizándose sobre ella hasta que encontró el duro brote de su clítoris. Ella jadeó en voz alta cuando él lo acarició, agarrándolo con ambas manos, clavándole las uñas en los hombros. Ella meció las caderas cuando él deslizó dos dedos dentro de ella, frotándose contra su mano en éxtasis.

Damon sabía que nunca había visto nada tan caliente como su cruda necesidad.

Él quería ser el amante que ella nunca olvidara.

Él apoyó su peso en su codo, disfrutando de la vista de su placer mientras la provocaba. Ella se sonrojaba como nadie que él hubiera conocido antes, el calor rosado comenzando en sus mejillas y extendiéndose por sus pechos, como un incendio forestal debajo de su piel. Ella parecía una mujer diferente a la que había conocido en el hospital, mucho más impulsiva y sensual, y él estaba honrado de ver ese lado de ella.

Ella susurró su nombre y movió las caderas, como para animarlo a darse prisa.

"Lentamente", le recordó él mientras metía otro dedo dentro de ella. Sus labios se separaron en un jadeo y arqueó la espalda. "Muy lentamente."

"Me vas a matar".

"Probablemente no, e incluso si lo hago, es justo."

"¿Justo?" Tenía esa adorable mirada de confusión de nuevo.

"Me has estado volviendo loco desde que llegué aquí".

Ella se sonrojó más profundamente, sus ojos brillaban con deleite, luego Damon bajó a lo largo de ella. Aplastó sus manos contra sus muslos y se inclinó para cerrar la boca sobre ella. Haley gimió y se estremeció, pero él no la dejó ir. Él la sujetó y se la comió tranquilamente, tomándose todo el tiempo del mundo para deslizar su lengua lentamente sobre ella, trazar pequeños círculos en su clítoris, rozar ese brote tenso con los dientes hasta que ella jadeó y se estremeció. Él conseguía que el calor dentro de ella aumentara, luego retrocedía, comenzando una y otra vez.

No era diferente al masaje, un estilo muy íntimo de effleurage que acariciaba, calmaba y estimulaba al mismo tiempo. Él no se apresuraba y sentía que ella respondía a su toque con vehemencia, como si nunca antes se hubiera sentido tan complacida.

Quizás no lo había hecho.

Quizás él era el primero en bajar a su intimidad.

Eso solo alimentó la determinación de Damon de hacerlo especial. Todo su cuerpo se puso tenso y todo lo que podía oler era su excitación mezclada con el aroma de la loción. Ella se retorcía debajo de él, en la cúspide del orgasmo durante lo que parecieron mil años.

"No puedo emitir ningún sonido", susurró ella desesperada. "¡Mis vecinos! Las paredes son delgadas y no pueden saber... "

Damon se movió rápidamente, sabiendo que eso la estaba reteniendo. Él cerró una mano sobre su boca y se inclinó sobre ella, inmovilizándola mientras le pellizcaba el clítoris con la otra mano. Ella gritó de repente, el sonido amortiguado por su mano, y se sacudió de la cabeza a los pies con la fuerza de su liberación. Ella se estremeció cuando él la atrajo hacia sí y ella se aferró a él.

"Todo de ti", susurró ella contra su pecho. "¡Ahora!"

Ella se acurrucó debajo de él y lamió su pezón, haciendo que se tensara tal como lo había hecho el de ella. Ella se agachó y cerró su mano alrededor de su erección, acariciándolo, y su toque casi lo envió a la luna. De alguna manera él se las arregló para alcanzar sus jeans y sacar el condón de su billetera. Haley le quitó el paquete de las manos y lo abrió, alisando el condón sobre él con movimientos seguros. Las yemas de sus dedos hacían pequeños círculos contra su piel, y sus ojos brillaron con picardía cuando lo miraba. "La próxima vez, haré el trabajo con la boca."

La sugerencia fue suficiente para hacer latir el corazón de Damon. Ella fue eficiente al llevarlo dentro de ella y él estuvo contento por eso. Él se demoraría en eso la próxima vez. Ella estaba caliente, apretada y resbaladiza, urgiéndolo hasta el fondo de ella antes de que de repente lo hiciera rodar sobre su espalda. Ella estaba a horcajadas sobre él, cabalgando sobre él, con el pelo alborotado y una sonrisa radiante. No podría haber una mejor vista en todo el mundo.

¿Cómo había pensado él alguna vez que ella era remilgada? ¿Contenida? ¿Una que retrocedía y miraba?

Damon agarró la cintura de Haley cuando ella comenzó a moverse, luego puso su mano debajo de ella. Con cada golpe, ella chocaba con la punta de su dedo y él se movía para que el impacto tuviera el máximo efecto. Ella se sonrojó de nuevo, el rojo subiendo de sus pechos esta vez, sus pezones tensos y sus pechos rebotando levemente. Damon levantó las caderas, llenándola por completo, sabiendo que no duraría mucho.

"Te chuparé hasta secarte la próxima vez", susurró ella.

"Te tendré contra la pared la próxima vez", prometió él. Tenerla hablando sucio con él era increíblemente emocionante.

"Te dejaré estar encima la próxima vez."

"Te cogeré por detrás la próxima vez."

Ella jadeó, su boca se abrió con sorpresa, y Damon supo que estaba cerca. Damon rodó, inmovilizándola debajo de él, entrelazando sus manos. Ella se resistió debajo de él, claramente disfrutando. "Tan pronto como te haga callar, te vendrás", susurró él y sus ojos bailaron.

"Ya me conoces demasiado bien", tuvo tiempo de susurrar ella en respuesta, luego Damon la besó. Él penetró profundo y se frotó contra ella, saboreando la forma en que ella se arqueaba contra él, la forma en que temblaba, la forma en que rugía con su liberación. Él devoró el sonido, queriendo devorarla, luego sintió sus uñas cuando ella agarró sus manos con fuerza y tembló hasta la médula.

Fue suficiente, más que suficiente para enviarlo al límite. Él se las arregló para enterrarse profundamente dentro de ella antes de correrse. Él habría gritado pero Haley consumió el sonido con su delicioso beso.

DAMON HIZO LLOVER besos sobre la mejilla de Haley, su sien, su garganta, luego se sentó con ella en su regazo. Inclinó la cabeza y apoyó la frente contra la de ella, luego suspiró con aparente satisfacción. Haley solo pudo estar de acuerdo.

Ella se acurrucó contra su pecho, metió los pies debajo de ella y le pasó las manos por el hombro y la parte superior del brazo.

¿Por qué este tatuaje? Ella sabía que a menudo significaban algo, pero ese era gráfico y oscuro. Parecía mezquino, lo que ella no asociaba con Damon.

"Lástima que a ninguno de nosotros nos gustara eso", bromeó ella y él se rió entre dientes.

"Demasiado." Él robó un beso y había un brillo perverso en sus ojos. "Quizás deberíamos intentarlo de nuevo".

Ella rió. "Quizás tú y tu energía son una mala influencia".

Damon sonrió y le gustó lo más joven que parecía. "Parece una influencia que te sienta muy bien". Él pasó una mano por su cabello, ahuecó su nuca y la atrajo hacia sí para darle otro beso satisfactorio.

"Eres bueno en eso", susurró ella cuando finalmente levantó la cabeza.

"Tú también."

"Clases de biología", dijo ella, incapaz de dejar de sonreír. "Conozco todos los buenos lugares".

Damon sonrió. "Mientras que yo tenía que encontrarlos yo mismo".

Sus miradas se aferraron durante un largo momento, y ella podría haberse ahogado en el cálido brillo de sus ojos. Respiró hondo e hizo una mueca. "Pero es la hora de la ducha."

"Mis pensamientos exactamente." Él se puso de pie y la arrojó sobre su hombro como un hombre de las cavernas. Haley se retorció y chilló, pateando sus piernas porque pensaba que él lo esperaba. Sus esfuerzos no lo detuvieron, y se puso seria cuando se dio cuenta de que él podría querer que la segunda vez fuera en la ducha.

"—No en el baño" —siseó ella, agarrándolo por los hombros.

"¿Por qué no?"

"Tiene baldosas y el sonido se transmite a través del respiradero". Haley negó con la cabeza. "Sé demasiado sobre la vida sexual de mis vecinos. No necesitan saber sobre la mía."

"No te preocupes", dijo Damon con tranquila confianza y la dejó sobre la alfombra de baño. Una vez más, él parecía imponente. Él había hecho que su apartamento pareciera pequeño, pero el baño estaba lleno a reventar con su presencia. Era agradable. Cálido. "Descubriremos una manera de mantenerlo en silencio", prometió él.

"Pero no soy callada..."

"Lo sé." Él sacudió la cabeza y le sonrió a Haley, con una mirada sensual en sus ojos. Su voz bajó. "Eso es muy, muy sexy, por cierto".

Había pasado un tiempo desde que alguien había llamado a Haley sexy y a nadie le había gustado que fuera ruidosa. Garrett siempre lo había encontrado embarazoso y, como resultado, a menudo ella se contenía. Ella miró a Damon con desconfianza, preguntándose si él se estaba burlando de ella. "¿Lo es?"

"Lo es." Damon era definitivo.

"¿Por qué?"

"Es como si no pudieras contenerte a ti misma. Dado que eres tan grande en el autocontrol, es increíblemente atractivo." Él le robó un beso que la dejó sin aliento y luego le susurró al oído. "Como lo mucho que he llegado a ti".

Haley se estremeció. "Lo haces. Lo hiciste." Él continuó besando su oído y garganta, sus manos la acariciaron y Haley se sintió nerviosa. "Quiero decir, lo haces."

Damon gruñó un poco en voz baja y la atrajo hacia sí. "Funciona para mí", susurró él antes de reclamar su boca de nuevo.

Ella sintió la señal de su entusiasmo contra su estómago y se estiró para enredar sus brazos alrededor de su cuello. Estar con él la hacía sentir sexy. Ella tocó su lengua con la de él, sintiéndose más audaz, y sus manos se extendieron por su espalda, poniéndola de puntillas. Él inclinó su boca sobre la de ella y pasaron unos minutos antes de que alguien volviera a decir algo.

"Pero aun así", continuó ella. "habrá eco si lo hacemos aquí".

Sus ojos brillaron mientras la miraba y su corazón dio un brinco por su intensidad. "Te gustó cuando te silencie."

"No podría haberme dejado ir y correrme de otra manera".

"Entonces, trabajemos con eso".

"¿Cómo?"

Bésame cuando vayas a venirte. Muerde una toalla cuando estés al borde. Muérdeme cuando estés al límite."

Haley se rió. "No, de verdad."

Él le lanzó una de esas miradas a fuego lento y ella se sintió inestable de nuevo. "Oh, sí, de verdad. Muérdeme fuerte. No puedes lastimarme y créeme, me encantará."

Haley sonrió, más que dispuesta a hacer precisamente eso. Sus miradas se mantuvieron durante uno de esos potentes momentos, luego ella extendió la mano para tocar su tatuaje. "¿Qué significa?"

Él se encogió de hombros y desvió la mirada. "Nada. Simplemente me gustó el diseño."

Haley abrió los labios para decir algo, luego se lo pensó mejor. Damon abrió el agua, de espaldas a ella, y ella lo entendió. Si el tatuaje hubiera significado algo, cualquiera que lo viera sabría más sobre él. Él mantenía sus secretos en secreto.

Ella supuso que tenía unos grandes secretos.

Los ríos aún corrían profundos, después de todo.

Ella se preguntó por qué él había dejado el ejército. Parecía que él hubiera sido natural para un equipo de comando.

Damon entró en la ducha, invitándola a unirse a él con la mano extendida. "Ven aquí, seductora."

Haley no necesitó una segunda invitación. Ella lo empujó hacia la pared de azulejos y lo besó, amando la sensación de sus manos vagando sobre ella. Sus comentarios la hacían sentir loca y estaba decidida a darle todo lo que tenía. Hicieron espuma con el jabón y empezaron a acariciarse de nuevo, incitando al deseo mientras se bañaban.

Era perfecto.

Era maravilloso.

Y no pasó mucho tiempo hasta que ella le mordió el hombro, agarrándolo con tanta fuerza que sus uñas se clavaron en su piel. Su orgasmo duró la mitad de una eternidad. Apenas había comenzado cuando él se unió a ella, aplastándola contra la pared cuando ambos encontraron su liberación, el agua tibia fluía sobre ellos.

Se inclinaron juntos, entrelazados y jadeando, luego él besó su pezón.

"Mi amigo Kyle diría que fue muy divertido", murmuró Damon contra su piel y Haley se rió.

Él no quería que esa noche terminara nunca.

DAMON NO DURMIÓ. No se atrevió.

Habían sacado la cama y Haley la había arreglado después de hacer el amor en la ducha. Lo habían hecho por tercera vez lentamente y en la cama. Era como si Haley hubiera sido casta y estuviera recuperando el tiempo perdido. Su pasión era asombrosa y alimentaba la de Damon. Él la abrazaba mientras ella se quedaba dormida después, observando cómo cambiaba la luz en su apartamento. Se deslizaba por los bordes de la persiana justo cuando el ruido del tráfico de la calle de abajo comenzaba a aumentar.

Él se sorprendió al descubrir que estaba cansado pero también tranquilo. Sonrió al darse cuenta de que así era como se sentía después de un buen masaje.

Se sentía restaurado.

Y un poco menos asediado por la realidad.

La mañana llegaría muy pronto. Por el momento, él disfrutaría del indulto. ¿Harían eso de nuevo? Tal vez no. Había sido bastante sorprendente y dudaba que una segunda noche fuera mejor.

Quizás era más prudente apreciar lo que habían tenido y seguir adelante.

De todos modos, ese era su estilo habitual.

Haley se acurrucó contra su costado, su cabello trenzado hacia atrás en una cola de caballo, su recatado camisón ocultaba sus seductoras curvas de la vista. Estaba a medio camino entre la enfermera que él había visto mirando en el hospital y la tigresa que le había exigido más una y otra vez.

Y ella pensaba que no sabía cómo compartir su energía. Damon sonrió. Él podía decir que ella lo hacía todo el tiempo, entregándose y esperando poco a cambio más allá de la satisfacción de haber ayudado a alguien en alguna parte. Ella lo había curado un poco con su fuerza, siguiendo sus instintos de dar. Él sonrió mientras apartaba un rizo suelto de su frente, luego presionó un casto beso en el lugar.

Él se sentía protector con ella, porque en cierto modo ella era inocente. Ella había visto mucho, pero no sabía mucho sobre sí misma. Ella no había empezado a adivinar lo que podría lograr y él quería verla hacer ese descubrimiento.

Él quería ayudar.

Pero Damon conocía sus límites. Él tenía heridas que eran profundas, demasiado profundas para esperar que una sola persona las curara. Él saboreó la extraña necesidad de quedarse, de estar allí cuando ella despertara, de entrelazar su vida con la de ella, pero por muy seductora que fuera la posibilidad, sabía que no era así.

Él chuparía a Haley hasta dejarla seca de su naturaleza generosa. La destruiría y sería en vano, porque él mismo todavía estaría herido. Lo último que ella se merecía era probar su infierno. Eso sería injusto y estaría mal.

Sería perverso.

Probablemente por eso resultaba tan tentador.

De hecho, ella ya le había dado mucho más de lo que merecía. Él iba a recordar esa noche durante mucho tiempo.

Haley se agitó en sueños, murmurando algo. Damon frunció el ceño y se inclinó más para escuchar cuando ella habló de nuevo.

"Garrett", dijo ella, luego suspiró y sonrió.

El corazón de Damon se apretó ante la dulzura de esa sonrisa. ¿Quién era Garrett? A juzgar por la expresión de Haley, él era el hombre que amaba. ¿Qué le había pasado? Damon la miró y se preguntó.

Él no tenía ninguna duda de que ella estaba soñando con Garrett y que era un buen sueño.

¿Había estado haciendo el amor con Garrett en lugar de con él? Damon no quería pensar en eso. De hecho, su susurro fue un excelente recordatorio de que debería irse.

Él se deslizó de la cama, se lavó y se vistió mientras veía a Haley dormir. Él se dijo a sí mismo que era bueno que ella amara a otro hombre, porque entonces no tendría expectativas de él. Había sido sexo, solo sexo. Buen sexo, pero solo sexo.

Era más sencillo cuando nadie esperaba más, cuando era solo una transacción.

Él comprobó la hora. Él tenía una clase que impartir a las siete en el club, una especie de castigo de Kyle por tomarse libres todos los viernes por la noche.

Pero a Damon no le importaba la clase temprana. Él era el último en quejarse de algo sobre F5F, porque se sentía afortunado de ser parte de él. Trabajaba todos los días y en todo momento, excepto que necesitaba ayudar a su madre.

Él esperaba que ella hubiera dormido bien.

Él revisó su teléfono, pero solo había una llamada perdida, de Kyle en el club, grabada justo después de que Damon dejara el hospital con Haley. Que el hospital no hubiera llamado o dejado un mensaje probablemente era una buena señal.

Él se puso la chaqueta y luego se tomó un minuto para examinar la fotografía del refrigerador. Ahí. Ese tenía que ser su hermano menor en la segunda fila. Misma barbilla. Mismo color. Misma sonrisa. Incluso con un corte de pelo, el parecido era claro. Damon le deseó lo mejor al muchacho, luego se volvió para irse.

Haley se había metido en el hueco de la cama que él había abandonado, como si buscara su calor.

Ella seguía sonriendo.

En un impulso, Damon sacó un pase de un día para F5F de su billetera. Escribió una nota rápida en él y luego la dejó en la encimera de la cocina antes de que pudiera cambiar de opinión.

Para cuando la puerta del apartamento se cerró detrás de él, Damon lamentó el impulso, pero no había nada que pudiera hacer al respecto.

De hecho, él tenía que ponerse en movimiento si iba a llegar a casa, cambiarse y llegar al club antes de que comenzara la clase.

Él no debería haber dejado la tarjeta.

No debería haber agregado la nota.

No debería haberle hecho el amor a Haley.

Él no debería haber recibido, a pesar de que ella tenía tanto para dar, pero había sido irresistible. Una noche tendría que ser suficiente.

Damon esperaba que Garrett supiera lo que se estaba perdiendo.

Él escuchó el mensaje de Kyle mientras caminaba a casa.

HALEY SE DESPERTÓ SOLA.

Ella no estaba sorprendida, pero estaba decepcionada. Ella se sentó, suspiró, luego hizo sus estiramientos, como si fuera una mañana de sábado como cualquier otra. Ella tenía un turno a partir del mediodía y necesitaba comprar algunos comestibles. Comenzó a hacer una lista de recados y la reorganizó según su importancia, su habitual clasificación mental, cuando vio la tarjeta en el mostrador.

Flatiron 5 Fitness.

Ella se puso de pie inmediatamente, sabiendo que Damon la había dejado. ¿Era su número? ¿Una invitación? ¿Una sugerencia de que llamara o se reunieran de nuevo? Haley pensó en una docena de posibilidades, cada una mejor que la anterior, cuando la tomó.

Era un pase de un día para utilizar las instalaciones de Flatiron 5 Fitness.

Una visita de muestra gratuita.

Eso era inútil ya que Haley casi nunca iba a la ciudad. Ella se sintió un poco insultada, como si él le estuviera pagando por su noche juntos, pero luego le dio la vuelta y vio que había escrito en la parte de atrás.

CLASE DE INTRODUCCIÓN al masaje los domingos y miércoles a las 2 de la tarde.

En caso de que estés interesada en obtener más información.

Cuídate.

—Damon

· · ·

NO ERA EXACTAMENTE una carta de amor o un mensaje íntimo para dejar su corazón palpitando. Haley supuso que era una advertencia. No esperes demasiado.

O tal vez no esperes nada más.

Ella ya había descubierto esa parte.

De hecho, por eso se había mudado.

Ella tampoco tenía expectativas. De hecho, él había excedido a las pocas que ella poseía. El sexo había sido genial.

Pero, ¿por qué dejar la tarjeta? ¿Damon impartía la clase?

Haley frunció el ceño ante su letra. No era garabateada. Él había escrito con cuidado y claridad. Sin adornos ni estilo. Le recordaba la escritura sobre planos arquitectónicos. Un dibujante. Ella sonrió ante la sola idea.

La última línea sonaba definitiva, como si no tuviera intención de volver a acostarse con ella, lo cual tenía sentido.

El sexo había sido bueno. Había sido genial. Ella había tenido su lección y mucho más.

Lo extraño era que a pesar de que Haley sabía que solo sería una noche juntos, ella quería más.

Ella pensó en eso en la ducha. Haley solía estar contenta con lo que recibía, pero había pedido más la noche anterior y no había sido suficiente. Ella quería a Damon de nuevo.

Quizás ser audaz y tomar riesgos no era una inclinación tan fácil de descartar.

Quizás ella se estaba volviendo insaciable. La sola idea la hizo sonreír.

Tal vez ella podría llegar a F5F para una de esas clases.

Damon la había ayudado y Haley no estaba segura de haberlo ayudado a él. Ella quería igualar la puntuación. Él le había dado más placer que nunca antes y Haley pensaba que el favor debería ser correspondido.

Quizás por eso él había dejado la tarjeta.

No había forma de que pudiera ir a la clase el domingo en el centro y regresar a Queens a tiempo para su turno. Sin embargo, ella podría ir el miércoles, ya que era uno de sus días libres. Parecía a una eternidad de distancia, pero ella dudaba que pudiera ver a Damon antes.

De cualquier manera, ella estaría en la habitación de la Señora Pérez el viernes por la noche a la medianoche. Entonces ella lo vería con seguridad y averiguaría si había alguna posibilidad de que se repitiera. Al menos, podría agradecerle la lección.

Si él no estaba contento de verla, ella le diría que estaba observando su técnica, o trabajando en el horario para que ella ayudara a su mamá. Ella se aseguraría de tener una pregunta que hacerle sobre el masaje. Una muy buena pregunta. Entonces, si él simplemente la contestaba, ella podría marcharse sin sentirse como una idiota.

Mientras tanto, ella tenía una lista de cosas por hacer y luego algo de investigación por hacer.

NATASHA ESTABA SOÑANDO CON MARCO.

Era un sueño delicioso. El recuerdo de su marido, de su enorme tamaño y naturaleza protectora, de su ternura y el calor de su amor, eso la hizo sonreír incluso a través de la bruma del dolor y los sedantes. Él la besaba en la mejilla en su sueño, las yemas de los dedos le acariciaban el cabello hacia atrás en el gesto que ella recordaba tan bien, y las lágrimas brotaron de sus ojos.

Ella había estado sin él durante tanto tiempo.

Pronto, Natasha, susurró él y ella supo que era verdad. Pronto estaremos juntos de nuevo.

Natasha anhelaba ese reencuentro.

La sala estaba llena de visitantes, porque era domingo por la tarde y la luz del sol más allá de las ventanas de su habitación era brillante. Natasha había pedido que corrieran las persianas y que la puerta se cerrara parcialmente. Su habitación era un refugio de privacidad, el mundo real parecía muy lejano.

Eso acercaba a Marco.

Natasha abrió los ojos en su sueño y su corazón se hinchó ante la familiaridad de sus rasgos. Él no había envejecido en todos esos años. Él seguía siendo el mismo joven y fuerte que le había robado el corazón, el mismo carpintero vigilante cuya mirada había sentido incluso cuando estaba en el escenario. Ella recordó cómo había bailado mejor cuando él estaba allí, porque quería que él la viera en su mejor momento.

Él sonrió y ella se sorprendió de nuevo por el gran parecido entre padre e hijo. Pero Damon. Estará solo.

Tal vez no, respondió Marco, su sonrisa se volvió misteriosa. Quizás puedas ayudar con eso antes de venir a verme.

Ella no tuvo oportunidad de preguntar porque él se desvaneció de la vista de una manera tan horriblemente familiar. Él estaba con ella, pero fuera de su alcance. Eso la angustiaba, sobre todo porque ella le habría dado la bienvenida a su abrazo en ese momento. Ella extendió la mano, su mano se agitó en el aire vacío y emitió un pequeño grito de dolor.

Él lo había sido todo para ella.

Ella lo extrañaba mucho.

"Shhh", dijo una mujer en voz baja, sus zapatos silenciosos sobre el piso de baldosas. "¿Qué te preocupa tanto hoy?" Ella apareció a la vista, una pequeña enfermera curvilínea con cabello rubio oscuro, que revisó el monitor cardíaco con preocupación, luego sonrió a Natasha. "¿Estás adolorida?"

Natasha no había visto a esa enfermera antes, pero supuso que cambiaban todo el tiempo. "No", admitió ella. "Solo un mal sueño."

"Te molesta", respondió la enfermera, su manera fácil y tranquila. "¿Sería útil contármelo?"

Natasha luchó contra su lengua perezosa, queriendo hablar con claridad pero sabiendo que las drogas se lo impedían. "Pensarás que es una tontería."

La enfermera sonrió. "Probablemente no. Yo misma tengo muchas pesadillas ".

"¿Las tienes?"

Ella asintió. "Creo que todo el mundo las tiene. Es lo que hacemos cuando estamos preocupados." Su mirada se iluminó y Natasha pensó que tenía los ojos azules más encantadores. "¿Estás preocupada por algo en particular?"

Natasha sabía que la enfermera esperaba que ella estuviera preocupada por su propia salud y sus perspectivas, pero no era así. "Mi hijo. Estará solo cuando yo muera."

La enfermera asintió, considerando eso. A Natasha le gustó que ella no discutiera ni soltara una mentira bien intencionada. "Pero estamos solos de alguna manera, ¿no es así?" Antes de que Natasha pudiera pensar en una respuesta, la enfermera le puso una mano vacilante en el hombro. "¿Es tu hijo el que viene a darte un masaje los viernes?"

Natasha sonrió y asintió. "Es tan bueno conmigo."

"¿Lo esperas hoy?"

"No." Natasha frunció el ceño. "Es la víspera de Año Nuevo esta noche, ¿no?"

"Lo es. ¿Te esperan en una fiesta?

Natasha sonrió. "No. Y tampoco él estará. Él estará en el trabajo."

"¿Tengo razón en que te hicieron otra punción lumbar?"

Natasha asintió. "Querían ver si había una mejora."

"Debes estar un poco adolorida", sugirió la enfermera. Natasha asintió con cansancio. "Estoy aprendiendo a dar masajes. Si lo deseas y crees que podría ayudar, podría darte uno."

"Eso sería bueno", dijo Natasha. "Siempre alivia el dolor mejor que las drogas."

"Siempre creo que es prudente depender menos de los opiáceos", dijo la enfermera, sonando decidida. "Déjame ayudarte a rodar hasta tu estómago."

"¿Estás segura de que tienes tiempo? Las enfermeras siempre están muy ocupadas."

"Haré tiempo para ti. No te preocupes por eso."

"Hay aceite en el cajón..."

"Lo encontraré. Cierra los ojos y respira profundamente."

Las manos de la enfermera aterrizaron en los hombros de Natasha, cálidas y fuertes. Sus manos eran más pequeñas que las de Damon y ella no tenía la misma confianza, pero los círculos repetitivos se sentían muy bien. Natasha respiraba hondo y exhalaba, imaginando que estaba exhalando todo el dolor. El familiar aroma del aceite ayudaba a ponerla en el lugar donde el dolor era menor.

"Muy bien", dijo la enfermera en voz baja, sus manos se deslizaron hacia la base de la columna vertebral de Natasha. "¿Qué tal algunos más de esos?"

Natasha hizo lo que ella le sugirió, sintiendo las dudas y los dolores deslizarse fuera de su cuerpo. Ella era vagamente consciente de que el pitido del monitor se ralentizaba, pero no le importaba mucho. Solo estaba la suave y dulce presión de las manos sobre su piel y la quietud de su habitación. Ella exhaló el dolor y la preocupación, y sintió la fuerza juvenil de la enfermera fluir dentro de ella.

Una enfermera bastante joven, que mostraba compasión por un paciente y se hacía tiempo.

Los ojos de Natasha se abrieron por un momento. "Se siente tan bien", dijo ella. "Gracias."

"Oh, de nada. Tú eres la que me está ayudando."

Natasha sonrió. "¿Lo estoy?"

"Por supuesto. Yo sólo estoy aprendiendo." Su conversación era pausada, con largas pausas. Natasha pensaba que era encantadora. "¿Es esto mejor? ¿O esto?

"El segundo."

La enfermera trabajó ese ritmo durante un tiempo, haciendo que Natasha se sintiera como una masilla tibia bajo sus manos.

"¿Esto?" preguntó finalmente. "¿O esto?"

"El primero." Natasha suspiró contenta. "Podrías hacer eso todo el día."

La enfermera se rió un poco. "No en realidad no. Mi turno comienza en media hora. Aunque puedo hacerlo por un tiempo."

Natasha parpadeó. "¿No estás trabajando ahora?"

"Shh, no te preocupes por eso. Me alegro de hacer esto."

La garganta de Natasha se apretó ante su amabilidad. "Al menos dime tu nombre." Ella haría algo para que la enfermera compensara su gesto. Esa charla de Natasha ayudándola era una tontería. Había experiencia en sus manos.

"Es Haley". La enfermera retiró la sábana y comenzó a trabajar en las pantorrillas de Natasha. Ella tenía la habilidad de encontrar el lugar correcto y trabajar con el pulgar contra él de una manera que hizo suspirar a Natasha. El masaje no era tan completo como el de Damon, pero era muy, muy bueno. "¿Bien?"

"Maravilloso." Finalmente rompió el silencio que se había extendido entre ellas nuevamente. "Soy Natasha".

"Qué bonito nombre".

"Es ruso. Soy rusa, o lo era."

"¿Y qué te trajo a Nueva York, Natasha?"

"El ballet."

"Oh, eres bailarina. Eso explica tus pies." Haley acarició el arco de un pie y pasó el pulgar hacia los dedos, que estaban doblados por años de bailar con zapatos de punta.

Natasha sonrió. "Es una disciplina."

"Puedo decirlo. Se necesita mucha dedicación para bailar ballet. Tienes mi admiración" Sus manos recorrieron a Natasha, regresaron a sus pantorrillas y luego se movieron hacia sus muslos. "¿Estabas en una compañía, entonces?"

"Sí. Vinimos a bailar al Lincoln Center."

"Si el ballet te trajo a Nueva York, ¿qué te hizo quedarte?"

"El amor."

"Oh, esperaba que dijeras eso", dijo Haley con tanta ligereza que Natasha sintió que no creía sus propias palabras. "Me gusta cuando el amor gana el día."

Natasha dormitaba cuando las manos de la joven se desaceleraron. Haley las quitó y luego volvió a abrochar la bata de Natasha. Ella volvió a masajear la espalda de Natasha, con fuerza suave en cada gesto. Luego colocó la sábana y la manta alrededor de Natasha y le sonrió. "Gracias por ayudarme, Natasha. Espero que estés un poco mejor."

Natasha bostezó. "Fue maravilloso, Haley. Gracias."

Haley asintió enérgicamente, miró los monitores y volvió a llenar el vaso de agua de Natasha. Luego se fue, la habitación se llenó de un silencio pacífico en su ausencia. Natasha tomó otra de esas respiraciones profundas y sonrió antes de rendirse a dormir.

Ella soñaría con una hermosa enfermera joven con compasión en su mirada.

Y soñaría con su hijo.

CUATRO

"Es brillante", dijo Kyle con su habitual confianza. Él estaba descansando en el escritorio en las oficinas de F5F el domingo por la tarde, claramente tratando de impresionar a Cassie.

Damon sabía que hacía mucho que ella no estaba impresionada por Kyle.

Kyle estaba entusiasmado con la víspera de Año Nuevo en el club. Había estado incontenible desde que Lauren había accedido a mudarse con él, casi rebotando hasta el techo y con más energía que un barril de monos.

O tres.

Damon los ignoró a ambos por el momento. Él había terminado la clase de masaje e iba a irse por el día. Sus dos socios siempre bromeaban, pero él no tenía mucha paciencia ese día. Él tenía una lista de trabajos que hacer antes de visitar a su madre y el tiempo era escaso. De hecho, él había dormido la noche anterior, había dormido toda la noche y no podía creer lo mejor que se sentía. El sueño era el elixir mágico.

¿Era posible que sus pesadillas hubieran seguido su curso y fueran cosa del pasado? Ciertamente él lo esperaba. Se habían ido durante años antes de que su madre se enfermara y luego comenzaron de nuevo. Entonces, ¿por qué se detendrían repentinamente ahora?

Quizás hacer el amor con Haley había sido el elixir mágico.

Damon se dijo a sí mismo que no estaba decepcionado de que Haley no hubiera venido a la clase de masajes del domingo por la tarde. Él estaba seguro de que nunca había esperado que ella asistiera. La suya había sido una noche, ni más ni menos, y debería alegrarse de que ambos lo entendieran. Ella no necesitaba saber más sobre él.

Pero él estaba decepcionado.

Quizás ya ella había tenido suficiente de él.

Quizás Garrett había vuelto.

Tal vez en realidad ella no había querido aprender sobre masajes. Tal vez ella solo quería saltar sobre sus huesos.

Quizás Damon no tenía ningún problema con eso, incluso si ella quisiera hacerlo de nuevo.

De hecho, sería mucho más sencillo si ese fuera el caso.

Él sacó su propio horario, comprobó el resto de la semana y luego lo imprimió.

"Dices eso sobre cada idea que tienes", notó Cassie sin levantar la vista de la pantalla de la computadora. Ella estaba vestida con ropa de yoga, simplemente negra con un poco de púrpura, y su largo cabello rubio estaba recogido en una cola de caballo. Sus dedos bailaban sobre las teclas.

"Porque es verdad", insistió Kyle. "Soy el genio del marketing por aquí."

Meesha se aclaró la garganta desde el otro lado de la oficina. "Ya no eres el único contendiente, pez gordo", dijo ella, pero Kyle la ignoró.

"El dedo en el pulso. Montando la cresta de la ola. Soy la inspiración para todo eso." El visionario del equipo F5F tampoco carecía de confianza en sus habilidades. Él había estado de regreso en Nueva York hasta el final de la semana, luego había regresado a California para trabajar con Theo en la planificación de la nueva sucursal de F5F en San Francisco.

Kyle estaba prácticamente brillando.

"Y agotando todas las metáforas conocidas por la humanidad", murmuró Cassie, luego le guiñó un ojo a Damon.

"Se puede decir que él y Lauren se han puesto al día", dijo Damon y Cassie se rió.

"Eso no es asunto tuyo", dijo Kyle.

"Pero tenemos que vivir con las secuelas. Eres agotador cuando estás jubiloso, ¿lo sabes?", Dijo Cassie.

"Eso no es lo que dice Lauren", respondió Kyle con una sonrisa maliciosa.

"¿Vas a compartir esa idea o tenemos que adivinar?" Preguntó Damon.

Kyle se dio la vuelta para mirarlo. "Amo esto."

"Es como Tigger, ¿no?" Cassie le preguntó a Meesha. "Su propio club de fans personal."

"Gracias a Dios que solo hay uno", respondió inexpresiva y todos se rieron.

"¡Ni siquiera quieres saber!" Kyle se quejó, extendiendo las manos. "Mi genio se desperdicia aquí. Al menos Theo me aprecia."

"Él solo quiere decirnos pronto para poder ir a casa de Lauren antes de la cena", le murmuró Damon a Cassie.

"El señor rapidito. Algunas cosas nunca cambian." Cassie señaló a Kyle con un dedo. Será mejor que vuelvas a las nueve. El club va a estar loco esta noche."

"Lo sé", dijo Kyle con obvio placer, y Damon tuvo un momento para pensar que estaba fuera de la mira de su compañero antes de que Kyle lo mirara a los ojos. "Como si no supieras nada sobre salir temprano por un poco de... afecto", dijo él. "Señor Viernes por la noche a las cinco. ¿Cómo está la deliciosa Natasha?

"Bien." Damon sintió que se le tensaba el estómago, pero mantuvo su tono impasible. "¿Cuál es tu gran idea?"

"¡Ajá!" Kyle saltó del escritorio triunfalmente. "Una distracción de Damon. Hay más que saber sobre Natasha, Cassie."

"Él no va a compartir eso con nosotros", respondió ella. "De la misma forma en que estoy empezando a pensar que tú no vas a compartir esta gran idea."

"Quizás Natasha no existe", reflexionó Kyle.

"Quizás tu gran idea no existe", respondió Damon. Lo último que quería hacer era confiarle a Kyle sobre su madre. Afortunadamente, él tenía una idea de cómo detener la curiosidad de su compañero. Él fue al vestuario detrás de la oficina, dejando la puerta entreabierta y abrió su casillero. Él ni siquiera miró hacia atrás mientras se quitaba la camiseta, pero sabía que Kyle estaba mirando.

El canto de alegría de Kyle lo dejó claro. "¡Dientes!" gritó él, tanto como Damon había esperado. "¡Natasha tiene dientes!" Él estuvo inmediatamente detrás de Damon, con la punta del dedo recorriendo el lugar donde Haley le había mordido el hombro durante su liberación. El recuerdo de ella temblando en sus brazos era suficiente para apretar los jeans de Damon.

"Y pequeñas garras afiladas", continuó Kyle, notando dónde se había clavado las uñas. "Supongo que ella existe."

Damon se puso una camisa limpia por la cabeza y luego se volvió para encontrarse con la mirada de Kyle. "¿Mientras que tu idea...?"

"Bueno, parece un poco anticlimático soltarla ahora."

"Jaja."

Kyle giró para apelar a Cassie. "¿Viste eso? ¡Ella existe!"

Cassie puso los ojos en blanco y apagó la computadora. "Entonces, ninguno de ustedes tiene motivo de queja cuando se trata de amor y romance. ¿Puedo irme ahora?"

Kyle inmediatamente le pasó el brazo por los hombros. "Oh, pobre Cassie. Completamente sola en la gran y mala ciudad sin nadie que la abrigue por la noche. Te buscaré un hombre."

"No. Si te agrada a ti, no me gustará a mí"

"Yo te agrado.""

"Porque nunca fui tan estúpida como para salir contigo."

Kyle sonrió. "Le pediré a Lauren que te busque un hombre".

"Ella se quedó atrapada contigo", respondió Cassie y golpeó a Kyle en el estómago. "Creo que no tenía muchas opciones."

"Muchas gracias." Kyle fingió sentirse insultado, pero prácticamente se pavoneaba cuando hablaba de Lauren. Estaba claro para todos los socios, incluso Ty, que era el hermano mayor de Lauren, que Kyle finalmente había conocido a su pareja y que él estaría ocupado manteniendo a Lauren feliz por el resto de sus días y noches.

"Mira la pantalla grande", dijo Meesha, refiriéndose a la pantalla que mostraba la transmisión de las redes sociales del club. "Te están emparejando con todos, desde Theo hasta George Clooney." Uno de sus trabajos era fomentar la participación de los miembros, y uno de sus desafíos favoritos era crear relaciones potenciales para los socios. La situación romántica de Cassie siempre era un tema popular y Damon se alegró de mantener un perfil bajo en ese foro.

"¿Debería sentirme halagada?" Preguntó Cassie.

"¡Vamos!" Dijo Meesha, casi tan exuberante como Kyle. "Date un capricho esta noche y compruébalo. Te llevará un tiempo. La lista de citas de ensueño para ti es larga."

"¿Sin tu ayuda?" bromeó Cassie.

Meesha sonrió y levantó las manos, moviendo los dedos. "Hago toda mi magia detrás de escena.".

"Hablado como una verdadera diva de las redes sociales", dijo Kyle y Meesha hizo una reverencia.

"Saldré contigo", le dijo Cassie a Damon mientras se encogía de hombros y se ponía la chaqueta. Él asintió con la cabeza y sostuvo la suyas para ella, luego ella se puso las botas. "¿Vas al metro?"

"Sí." Ella cogió su maletín de mensajero.

"Yo también."

"¡Pero qué hay de mi idea!" Kyle protestó detrás de ellos.

"Yo quiero saber", le dijo Meesha.

"Retiro eso", murmuró Cassie. "Es como un niño, no como Tigger."

"¡Escuché eso!"

"Hay un tren en cinco minutos", dijo Damon, dando golpecitos en su reloj.

"El mío llega en seis", dijo Cassie.

Kyle murmuró una maldición y se puso el abrigo antes de seguirlos.

"¡Pero!" Protestó Meesha.

"Te lo diré mañana", prometió Cassie. "Si es bueno".

Saludaron al mismo tiempo a Christa en el escritorio y atravesaron el vestíbulo juntos, los tacones de Cassie sonando con fuerza.

"Espacio de venta vacío", dijo, señalando con el dedo el espacio al lado de la tienda que llevaba mercadería F5F. "Odio verlo. Cada centímetro de este lugar debería generar dinero."

"Theo dijo que debería tener noticias sobre los permisos para los condominios esta semana", dijo Damon.

"Y ni un momento demasiado pronto", dijo Cassie. "Este espacio, sin embargo, me molesta. Es tan visible para nuestros miembros a medida que van y vienen. A mí me parece un fracaso."

"Al nivel de la calle, pero no de primera calidad", dijo Damon. "Es difícil encontrar el negocio adecuado para alquilarlo. Tiene que encajar con el ambiente del club, poder usar un espacio comparativamente pequeño y no necesitar la visibilidad desde la calle."

"Pensaré en algo", dijo Cassie, metiendo las manos en los bolsillos y luego temblando cuando se acercaron a las puertas de vidrio. "Parece tan frío ahí fuera."

Kyle dio un suspiro teatral.

Cassie lanzó una mirada a Damon, luego giró y se detuvo frente a Kyle. "Tu idea es para ese espacio", dijo ella, sin duda en su voz.

"Y es tan brillante que besarás mi bota cuando lo escuches."

Cassie sonrió e hizo una seña con ambas manos. "Ven entonces. Dame tu mejor golpe."

Inevitablemente, los dos se lanzaron al coro de la canción de Pat Benatar y Damon vio pasar los minutos. Probablemente él podría tomar el próximo tren. Realmente no importaba. Su mamá no se iría a ninguna parte.

Mientras tanto, Kyle se balanceaba por el vestíbulo, tocando su guitarra de aire, cantando las notas que la guitarra debería haber estado tocando.

"¡Da dahhh!" Tocó un acorde final en su guitarra de aire, saltando en su lugar mientras cantaba la nota, luego se deslizó de rodillas hasta detenerse ante Cassie.

"¿Y?" preguntó ella.

"Una tienda de tatuajes", confesó él, con los ojos bailando. "Y no cualquier tienda de tatuajes. La tienda de tatuajes de Chynna. La suya, la única, con un tatuaje complementario que se le da a un cliente en el Club F5F en la noche de luna llena, porque... "Él levantó un dedo"... sus tatuajes hacen que el amor se haga realidad."

"No", susurró Cassie.

"¡Sí!" Dijo Kyle.

"No inventes", dijo Damon con mucho más escepticismo que Cassie.

"Es cierto, todo cierto", insistió Kyle. "Cuando ella hace un tatuaje en la luna llena, le hace un pequeño corazón rojo con tinta especial, y el deseo romántico de esa persona se hace realidad. Encuentran su único amor verdadero."

"¿Cuándo?" Preguntó Cassie.

"Pronto." Kyle hizo un vago saludo.

"¿Ella hizo el tuyo?" Preguntó Damon, sabiendo que Kyle tenía un gran tatuaje en el pecho que había convencido a Lauren de su compromiso con ella.

"De ninguna manera. No pudo haber nada de magia en eso. Lauren me habría echado. Tenía que ser sincero."

Damon podía entender eso.

"Además, me hice el mío en San Francisco", continuó Kyle. "No, esto es totalmente diferente, pero sabía que se comercializaría de manera brillante para nuestro grupo demográfico." Él les dio una mirada seria. "Consideren que Ty, el Señor Consumidor Discriminatorio, eligió a Chynna para hacer su único tatuaje."

"Eso es sólo porque Shannyn hizo el suyo con Chynna", señaló Cassie.

"Aun así. Sabes que él hizo la investigación. Ese hombre no iba a conseguir tinta de nadie más que de los mejores."

"Pero esta cosa del corazón tiene que funcionar", argumentó Damon. "Una estrategia de marketing basada en eso sería contraproducente si el ganador no encontrara el amor verdadero."

"Entonces lo probamos", dijo Kyle. "Hasta que todos ustedes crean."

"¡Yo, yo, elígeme!" dijo Cassie y Damon se rió junto con Kyle.

"Eso podría llevar un tiempo", Damon se sintió obligado a notar.

"Tú, Damon y Theo deberían hacerse uno de sus tatuajes", dijo Kyle. "Hagamos una prueba sistemática de si el amor realmente se cumple."

"Yo quiero el primero", dijo Cassie.

"¿Lista para algo de romance?" bromeó Kyle y ella le dio un manotazo.

"Eso y porque puedo ver los anuncios", continuó ella. "Lo lanzaremos durante la campaña Obtén suerte en F5F, en la que Ty y Shannyn posan con sus anillos de boda. Y necesitaremos un trago de luna llena, un especial que solo sirvamos esa noche, tal vez con un corazón en el palillo y el logo de F5F..."

"F5F con un corazón alrededor", dijo Kyle. "Amor, romance y un buen revolcón. Consíguelo todo en F5F." Levantó un dedo. "¡Promoción del Día de San Valentín!"

"Tú eres el maestro." Cassie se arrodilló y besó la bota de Kyle. "Pero tiene que funcionar."

Kyle sonrió. "¿Qué tanto quieres ser el conejillo de indias?"

Cassie parecía convenientemente cautelosa, pensó Damon. "¿Por qué?"

"Mañana es la próxima luna llena".

Cassie se puso de pie y asintió. "Está bien. Estoy dentro."

Kyle sacó su teléfono y marcó un número. "Veamos si ella puede ayudarte."

"¿Pero quién es Chynna?" Damon se sintió obligado a preguntar.

"Tatuadora, en Chinatown", dijo Kyle mientras esperaba que ella respondieran a su llamada. "Ella ha tenido una tienda allí desde que tengo uso de razón. Ella le venderá su parte a su compañero y quiere cambiar las cosas, además creo que esta cosa del amor verdadero se está volviendo demasiado grande para Imagination Ink." Kyle se encogió de hombros. "Funcionará de manera brillante para los dos. Ella quiere trabajar sola, por eso el pequeño espacio es perfecto. Y trabaja principalmente de noche, lo que también encaja bien."

Cassie y Damon asintieron con la cabeza.

"Mientras funcione", dijo Damon.

"¡Chynna!" gritó Kyle y se volvió para hablar con ella.

"Espero que funcione rápido", dijo Cassie. "Solo tenemos seis semanas para arreglar esto si lo vamos a lanzar para el Día de San Valentín".

Damon tuvo que agregar una advertencia. "Necesitarás una segunda víctima para la próxima luna llena, incluso si lo tuyo funciona. Un éxito no es un patrón."

"Deberíamos demostrar que no es una casualidad", asintió Cassie, luego le sonrió. "¿Eres voluntario?"

Damon negó con la cabeza. "De ninguna manera."

"¿Por lo qué pensaría Natasha?" Cassie se mordió el labio, sin esperar una respuesta. "Me pregunto si Meesha estaría dispuesta a hacerlo."

Kyle se dirigió hacia ellos y señaló a Cassie. "Estás dentro. Mañana por la tarde a las tres. Él le dio la dirección. "Sería bueno si tuvieras una idea para el diseño."

Cassie sonrió. "¡Qué manera tan maravillosa de comenzar el nuevo año!"

"No puedes estar segura de que funcionará", dijo Damon, pero ella negó con la cabeza.

"No, siempre he querido hacerme un tatuaje, pero he sido demasiado cobarde. Esto me obliga a hacerlo." Ella le dio a Kyle un beso en la mejilla. "Y todo es culpa tuya."

"Hago lo que puedo para descarriar a tanta gente como sea posible", dijo Kyle con falsa modestia y los otros dos se rieron.

"Tengo que tomar ese tren", dijo Damon, poniéndose los guantes. Él saludó a sus socios y se dirigió hacia las puertas.

¿Estaría Haley en el hospital?

No estaría de más echar un vistazo y ver si ella estaba trabajando cuando él visitara a su madre. Si lo estaba, eso explicaría por qué ella no había ido a la clase.

"Mis ideas tienen ideas", se quejó Cassie a Kyle, pero Damon pudo escuchar lo feliz que estaba. "Iba a tomarme esta noche libre, pero ahora estaré garabateando planes de marketing y hablando con Meesha."

"Para mañana, ustedes dos tendrán un plan completo para dominar el mundo", respondió Kyle.

"¡Quizás!" Cassie admitió con una risa. "Intentaré armar un plan coherente."

"Porque eres genial", dijo Kyle y Damon miró hacia atrás para ver a Kyle dándole un abrazo a Cassie. "Aquí. Échale un vistazo también a la página en internet de Chynna esta noche. Podría darte algunas ideas."

Damon se subió el cuello y salió a la calle nevada, con la intención de llegar pronto al hospital.

SU MAMÁ ESTABA DORMIDA.

Damon se quedó de pie y la miró durante un largo momento, luego frunció el ceño cuando notó que el aceite de masaje estaba en la mesa junto a su cama. Él estaba seguro de que lo había dejado en el cajón. Damon se acercó y olfateó, sabiendo que no imaginaba su olor.

Una de las enfermeras entró para comprobar los signos vitales de su madre y le dedicó una sonrisa. Era con la que había hablado en la estación de enfermeras el viernes por la noche.

"Ella estuvo un poco agitada antes", susurró la enfermera. "Pero Haley estaba aquí y se ofreció a darle un masaje. Yo le dije que si tu mamá estaba de acuerdo, estaba bien. ¿Espero que haya estado bien? Ella le dedicó una mirada preocupada.

"¿Le ayudó?"

"Su pulso se ralentizó, tal como lo hace cuando le das un masaje". Ella sonrió. "Quizás no tanto."

Damon le devolvió la sonrisa. Entonces está bien. Haley y yo estuvimos hablando sobre los beneficios terapéuticos del masaje el viernes y ella se ofreció a darle masajes a mi mamá cuando yo no estuviera aquí."

"Deberías habérnoslo dicho. Podemos ponerlo en su historial."

Damon se encogió de hombros. "No estaba seguro de que ella hablara en serio".

La enfermera negó con la cabeza. "Haley siempre es seria. Ojalá todos fueran la mitad de confiables." Ella comprobó los signos vitales y luego se volvió para irse. "Si pudieras detenerte en la estación y firmar el permiso, sería genial. Entonces todos lo sabrán."

"Claro, puedo hacerlo ahora." Él miró a su mamá. "Parece que va a dormir un rato".

"Sí, lo parece".

Damon regresó a la estación con la enfermera.

"Sabes, tu mamá responde muy bien a los masajes. Para ella, podría ser una mejor técnica de manejo del dolor que la morfina. Tal vez debería hablar con su médico sobre eso."

"Me gustaría. ¿Cuándo lo esperas?

"Por lo general, él hace rondas en las mañanas de los días laborables."

La enfermera sacó la historia clínica de su madre. Incluso con las vacaciones, apuesto a que estará aquí mañana, aunque probablemente no será por la mañana. ¿Él puede llamarte a tu celular? Es mejor si hablas con él directamente."

"Seguro." Ellos tenían su número en el archivo y Damon puso sus iniciales donde ella lo solicitaba.

Ella vaciló.

"¿Algo que deba saber?"

Su sonrisa fue rápida. "Sólo una palabra para los sabios. Las drogas son fáciles. Se administran con regularidad y mantienen las cosas en equilibrio. A algunos médicos no les gusta arriesgarse con la comodidad del paciente probando algo menos predecible."

"Pero su respuesta al masaje es predecible."

"Pero el momento en el que ella recibe uno no lo es, excepto el viernes por la noche. Tienes que estar preparada para que él le pida un horario más regular para controlar su dolor."

"Gracias. Ese es un buen consejo."

También significaba que Damon tenía una razón para ir a buscar a Haley.

Le preguntó a la enfermera cómo llegar a la sala de cardiología y la encontró fácilmente. Damon pudo sentir la diferencia tan pronto como salió del ascensor. El estado de ánimo era tenso, aunque estaba bastante tranquilo. La sala de oncología no era un lugar feliz, pero estaba más tranquilo. Él podía escuchar monitores cardíacos en las habitaciones de esa sala y alguien gemía en una de las habitaciones de la derecha. La única enfermera de la estación estaba hablando por teléfono y escribía simultáneamente en una computadora. Dos enfermeras pasaron junto a él, moviéndose rápida y silenciosamente, con expresión sombría. Otra pasó con un carrito de emergencia, lo llevaba por el pasillo a un trote rápido, y un médico se metió en una habitación justo delante de él.

Claramente, había una crisis con un paciente.

Damon se movió y se apartó del camino. Él creyó haber visto a Haley entrando en la misma habitación, pero luego sonó una segunda alerta. La enfermera del escritorio murmuró algo entre dientes y llamó a un médico.

Él escuchó a un hombre decir "despejen" desde la dirección de la primera habitación, incluso cuando un segundo carro fue llevado a otra habitación con otro equipo justo detrás de él.

Él sabía que Haley no tendría tiempo para hablar con él pronto. Ciertamente no iba a interferir con que ella hiciera lo mejor que pudiera en su trabajo.

Damon tenía otro plan. Él regresó a la habitación de su madre, la revisó, le dio un beso de buenas noches y luego bajó a la tienda de regalos.

TRES CÓDIGOS azules en un turno. Desafiaba las probabilidades. Algunas personas no estaban dando la bienvenida al 2018 con alegría. Haley cerró su casillero, más exhausta de lo que había estado en mucho tiempo, y se echó el bolso al hombro.

"¡Feliz año nuevo, Haley!" Dijo Daphne y le entregó una bolsa de regalo.

Haley se sorprendió. "No intercambiamos regalos."

"No, pero alguien te lo dejó en el escritorio". Daphne sonrió. "Nos vemos mañana."

La bolsa de regalo estaba llena de pañuelos de papel para que Haley no pudiera ver lo que contenía. Pesaba un poco, pero ella no quería tomarse el tiempo para abrirlo. Haley supuso que era un pequeño agradecimiento de una de las enfermeras cuyo turno había asumido durante las vacaciones.

Ella saludó a las enfermeras del siguiente turno y subió al ascensor, apoyándose contra la pared trasera y cerrando los ojos mientras descendía.

¿Ella había visto antes a Damon?

Haley pensó que sí, justo cuando sonaba el segundo código azul, pero cuando terminó la emergencia, no había ni rastro de él. Ella pensó que él podría haber venido a decirle algo sobre que ella le había dado un masaje a su mamá, pero tal vez él no lo sabía.

Quizás él ni siquiera había visitado el hospital. Él podía haber estado ocupado en F5F. Después de todo, Natasha no lo esperaba.

Incluso si él hubiera ido al hospital, es posible que Natasha no se lo hubiera dicho.

Quizás ella estaba dormida cuando él llegó.

Haley suspiró, reconociendo para sí misma que había estado deseando volver a verlo. Las puertas del ascensor se abrieron y cruzó el vestíbulo.

Su interés por Damon podría no ser mutuo. Una vez podría haber sido suficiente para él. Ella podría haber sido la siguiente.

Para ser justos, ella había pensado que él sería el siguiente. Tal vez si ella tuviera el hábito de seducir a hombres hermosos, estaría más acostumbrada a querer más.

El taxi de Joe era el primero en la fila y Haley se deslizó en el asiento trasero con algo de alivio. Era bueno ver una cara amiga. Empezaba a nevar, grandes copos blancos caían del cielo. Quizás ella caminaría al trabajo al día siguiente.

Se desearon el uno al otro un feliz año nuevo.

"¿Día difícil?" Joe preguntó mientras el taxi se alejaba de la acera. "Te ves cansada."

"Tres códigos azules seguidos. Ciertamente estuvo ocupado."

"¿Cuántos de ellos lo lograron?"

"Solo uno." Haley juntó las manos y miró por la ventana hacia el parque oscuro, sospechando que incluso el hombre que había sobrevivido a la noche no viviría mucho. Ella encontraba la sala de cardiología más difícil que la de oncología, que era más o menos lo opuesto a las otras enfermeras que conocía. Quizás era porque la muerte llegaba de repente y, a menudo, de forma violenta. Ella prefería cuando la muerte acechaba a sus víctimas por un tiempo.

Tal vez porque era más fácil creer que podrían atraparla y detenerla antes de que terminara su espantoso asunto. Tal vez era porque la gente tenía tiempo de hacer las paces con lo inevitable y despedirse. Cuando la muerte surgía de la nada, como con un ataque cardíaco, a menudo terminaba antes de que se pudiera hacer mucha intervención.

"Le di un aventón a tu hombre esta noche", dijo Joe.

Haley parpadeó. ¿Mi hombre? Los ojos de Joe brillaban cuando ella lo miró a los ojos en el espejo.

Él se refería a Damon.

Su estómago se apretó con la convicción de que una de las otras enfermeras debía haberlo llevado a casa. Robyn lo habría hecho en un santiamén.

"Él no es mi hombre, Joe", dijo ella.

Eso era cierto. Damon nunca le había prometido nada.

Bueno, él había prometido no seducirla, pero ella había cambiado eso.

Él había dicho que la complacería y lo había hecho.

Entonces, ¿por qué ella tenía ganas de olvidar su propia regla? Ella estaba comprometida con su carrera. No había lugar en su vida para el amor y el matrimonio, y Haley no quería que lo hubiera.

Ella solo quería otra noche con Damon.

"¿Él trabaja en el hospital?" Preguntó Joe.

"No. Su mamá está en la sala de oncología." Ella observó, su curiosidad se avivaba, pero Joe no dio señales de que Damon hubiera estado con nadie más. "Es un buen tipo", aventuró.

"Yo también pensé lo mismo. Cortés. Buena propina." Joe asintió. "Los perdedores nunca dan propina, nunca piensan en nadie más que en ellos mismos."

El taxi estaba en silencio cuando Joe dobló por la calle de Haley.

Él se aclaró la garganta. "Si no es tu hombre, entonces no te importaría que estuviera solo".

Haley se apartó de la ventana para encontrarse de nuevo con la brillante mirada de Joe.

"Eso pensé", dijo el hombre mayor con satisfacción. "Sé un par de cosas sobre el mundo".

Haley sonrió. "¿lo sabes?"

Joe sonrió mientras se detenía en su edificio. "Y tampoco querrías saber dónde vive, ¿verdad?"

Haley se inclinó hacia adelante para pagar el pasaje. "Eres un provocador."

"He visto mucha vida, Haley". Joe la señaló con un dedo. "Dos personas solitarias a veces necesitan un poco de ayuda para hacer las cosas bien."

Haley optó por no discutir sobre la soledad. "Entonces, ¿eres un ángel de la guarda ahora?"

"No puede hacer daño. Dejar el mundo en un lugar mejor que como lo encontraste"

"Eso suena como un lema de Boy Scout."

Joe se rió entre dientes. "Quizás." Él tomó un bloc de notas Post-It de la consola, escribió una dirección y despegó la hoja superior para dársela. "Supongo que esa es la casa de su madre y que él vive allí solo, ya que ella está en el hospital."

"No lo sabes". Haley miró la dirección, su corazón latía con una emoción que era completamente inmerecida. Ella no iba a convertirse en la acosadora de Damon.

"No. Pero soy un buen adivinador ". Joe se encogió de hombros. "Llena el tiempo."

"Bueno, te haré saber si tienes razón".

"Mejor aún, invítame a la boda."

"¡Joe!"

El hombre mayor se rió. "Sabía que eso te haría enojar".

"Gracias, Joe", dijo Haley mientras salía del taxi. "Creo."

"Pero avísame si estoy en lo cierto", le gritó. "Te ofreciste y me gusta llevar la cuenta".

LOS TRES PROGRESABAN CONSTANTEMENTE, hombro con hombro. Pérez estaba a la derecha. Foster en el medio. Buchanan a la izquierda. Era la forma en que lo habían hecho mil veces, pero nunca era una rutina.

NI UNA SOLA cosa era rutina en Afganistán.

DOBLARON una esquina y se quedaron paralizados al ver a un niño jugando en la calle polvorienta. Vestido con harapos, sucio, demasiado delgado. Pérez nunca se acostumbraba a ver a esos niños, creciendo en una zona de guerra y pensando que eso era normal. Para ellos era normal y esa era la parte más triste de todas.

EL NIÑO MIRÓ HACIA ARRIBA, su mirada bailó sobre el par de ellos, luego sonrió con complicidad. Dejó caer el juguete, se dio vuelta y echó a correr.

ÉL IBA A DECIRLE a alguien que ellos estaban cerca.

FOSTER LEVANTÓ su arma para apuntar.

PÉREZ GRUÑÓ UN RECORDATORIO. "R.O.E."

RULES OF ENGAGEMENT.

EL NIÑO ERA UN CIVIL. Estaba desarmado. No podía ser herido, incluso si iba a traer la ira del infierno sobre ellos. De repente, el pueblo que tenía delante estaba en silencio, desierto, siniestro. Pero ellos tenían la misión de infiltrarse en cierta casa y capturar una amenaza conocida. Intercambiaron un asentimiento y continuaron.

ÉL ESCUCHÓ A BUCHANAN EXHALAR FRUSTRADO, pero no dijo nada más. Pérez era quien seguía las reglas al pie de la letra. Era la única forma de ser, en lo que a él respectaba, y no iba a volver a discutir sobre ello.

. . .

CONTINUARON, tres en línea, barriendo la calle con la mirada. Dieron cuatro pasos más antes de que la granada aterrizara en la carretera y rodara hacia ellos. Había casas a ambos lados, sin duda llenas de civiles.

NO HABÍA ningún lugar a donde correr ni ningún lugar donde esconderse.

DAMON SE DESPERTÓ con un grito atrapado en su garganta y su mente se llenó con el recuerdo del último grito de su camarada. Él estaba sudando, su corazón galopaba, el olor de esas calles afganas era tan intenso que podría haber estado allí de nuevo.

PERO ÉL ESTABA EN CASA.

Y TODAVÍA ESTABA IMPOTENTE contra su enemigo.

DAMON SALIÓ DE LA CAMA, se dejó caer e hizo cien flexiones, rápido y duro.

LUEGO HIZO CIEN MÁS.

ÉL ESTABA SENTADO, contra la pared, con los músculos temblorosos y el corazón aún acelerado, cuando sonó el teléfono.

HALEY NO DEBÍA MIRAR.

. . .

¿CÓMO PODÍA NO MIRAR?

ERAN las tres de la mañana y Haley estaba surfeando en internet. Ella revisó su correo electrónico, respondió un mensaje de su madre, echó un vistazo a sus redes sociales y dejó un comentario sobre una foto de un gato publicada por un amigo de la universidad. Ella se estaba estancando y lo sabía.

ELLA NO ESTABA CANSADA.

NO. Ella estaba exhausta, pero sabía que no dormiría.

ELLA TENÍA QUE SABERLO.

ABRIÓ el navegador y fue a Google Maps, luego escribió la dirección que Joe le había dado. El alfiler rojo que marcaba la ubicación no estaba tan lejos. Ella conocía la calle, por supuesto, pero no las direcciones. Pasó del mapa a la vista de la calle.

ERA UNA CASITA PERFECTAMENTE BONITA, no muy diferente a muchas otras casas de la zona, y había sido fotografiada un día de verano. Parecía tener unos cincuenta años, tal vez sesenta, y estaba bien mantenida. Una puerta de entrada azul oscuro. Un porche cerrado y un techo a dos aguas sobre el segundo piso. Un solo lugar de estacionamiento en el frente y un pequeño jardín ordenado a lo largo del porche con flores brillantes.

Acogedora. Como debería ser una casa.

Ella volvió al mapa y calculó la distancia. Ella podría caminar hasta allí en media hora más o menos.

Lo marcó como favorito y luego respiró hondo. No era suficiente.

Ella buscó en Google a Damon Pérez, asumiendo que él tenía el mismo apellido que su madre. Había docenas de hombres con el mismo nombre, por lo que buscó en el sitio Flatiron 5 Fitness. Allí encontró los nombres de los cinco socios y descubrió que tenía razón sobre su nombre. Había algunas fotos del equipo fundador, pero Damon siempre estaba en la parte de atrás o simplemente salía del encuadre.

Parecía que a él no le gustaba que le tomaran una foto. Se veía serio cuando ella podía ver su rostro, como si estuviera participando del sufrimiento.

Su espalda siempre estaba perfectamente recta. Tres de sus compañeros eran hombres y todos estaban en forma, pero Haley podía ver la diferencia en su postura. Solo Damon había servido en el ejército. También había una compañera y se reía o sonreía en cada imagen. Muy bonita. También en excelente forma.

Haley buscó un poco más, pero no encontró mucho más sobre Damon. Buscó ese nombre en todos los perfiles de Facebook y estaba bastante segura de que él no tenía uno. Ninguna de las fotos era de él, y aunque podría haber usado una imagen o un logotipo, ella no creía que ninguna de ellas se viera bien. La página de Facebook de F5F tenía la valla publicitaria de él que ella había visto antes, así como una del muchacho rubio que también era socio. *Mójate en F5F* en lugar de *Ponte duro en F5F*.

HALEY CONSIDERÓ PAGAR por una revisión para saber si él tenía antecedentes policiales y decidió que se estaba dejando llevar. Ella necesitaba dormir un poco. Apagó su computadora portátil y comenzó a sacar la cama, luego recordó la bolsa de regalo.

NO TENÍA TARJETA, pero la bolsa decía Feliz Año Nuevo. Ella sacó los pañuelos de papel y encontró tres botellas de loción en el fondo.

Y una tarjeta con el logo de F5F.

El corazón de Haley estaba en su boca mientras la giraba para encontrar esa letra familiar.

. . .

QUERÍA DARTE LAS GRACIAS, pero estabas ocupada.

LLÁMAME.

—DAMON

DEBAJO HABÍA un número de teléfono.

ERA la proverbial oferta que ella no podía rechazar.

"¿HOLA?" Damon escuchó la tensión en su propia voz y se arrepintió tan pronto como respondió la persona que llamaba.

"HOLA. Lo siento. Nunca pienso en la hora antes de llamar a nadie." Haley sonaba arrepentida. "¿Te desperté?"

DAMON EXHALÓ. "No. Pensé que podrías llamar antes de la mañana."

"¿LO PENSASTE?"

ÉL SE SENTÓ MÁS derecho ante la incertidumbre en su voz. "Y me alegro de que lo hayas hecho".

. . .

"¿ERES TÚ?"

ÉL ESCUCHÓ la sonrisa en su voz y se encontró sonriendo. "Sí lo soy."

"BUENO, gracias por las lociones de masaje".

"ESE ES PRÁCTICAMENTE el único equipo que necesitas."

"FUE REFLEXIVO. GRACIAS."

"GRACIAS POR PASAR A VER a mi mamá. Dijeron que realmente ayudaste."

"ESO ESPERO. ELLA SE DURMIÓ."

ENTONCES HUBO un largo silencio y Damon no supo qué decir. Sin embargo, no quería que Haley colgara, porque el sonido de su voz era lo más tranquilizador que podía imaginar.

NO, había una cosa más que sería más reconfortante.

"BUENO, será mejor que vaya a dormir un poco", dijo ella. "Gracias de nuevo y feliz año nuevo".

. . .

DAMON SE ACLARÓ LA GARGANTA. "En realidad, hay algo más".

"¿OH?"

"QUERÍA AGRADECERTE DE OTRA MANERA, de una mejor manera".

"¿MEJOR QUE UN REGALO?" preguntó ella, risa en su voz.

ÉL BAJÓ la voz a un gruñido. "Mejor que un regalo. Quiero hacerte gritar de nuevo."

"¡OH!"

DAMON SONRIÓ. "TE ESTAS SONROJANDO."

"¿CÓMO SABES ESO?"

"PUEDO OÍRTE SONROJARTE."

"¡NO PUEDES!"

"PUEDO. ¿LO ESTÁS?"

. . .

"BUENO, sí, pero no puedes oír eso". Ella sonaba nerviosa, lo que solo demostraba que su compostura podía verse alterada. A Damon le gustaba mucho eso.

LE GUSTABA AÚN MÁS que él pudiera hacerlo de manera segura.

"NUNCA ANTES HABÍA PODIDO ESCUCHARLO, pero parece que puedes sonrojarte de una manera especial."

ELLA GUARDO silencio por un momento. "¿Eso es bueno o malo?"

"ES SEXY". Él arrastró la palabra y estaba bastante seguro de que ella se sonrojaba un poco más.

"HABLAS ASÍ Y VOY A QUERER MORDERTE", dijo ella, sonando sin aliento.

"CREO que necesito un conjunto de marcas coincidentes. ¿Quieres ayudar?"

"¿EMPEZAR EL AÑO NUEVO CON ÉXITO?" preguntó ella.

DAMON SE RIÓ. "Algo como eso. Tal vez un gemido o un grito ahogado."

· · ·

"ERES MALVADO. QUIZÁS INCLUSO PELIGROSO."

"ESTOY TRATANDO DE SERLO".

ELLA CONTUVO el aliento y Damon esperaba. "¿Qué tan pronto puedes llegar aquí?" preguntó ella, todo a prisa.

ÉL SONRIÓ. "VOY EN CAMINO."

CINCO

El sexo con Damon fácilmente podría convertirse en una adicción.

Haley se quitó la ropa y corrió a la ducha. Si él tomaba un taxi, ella solo podría limpiarse después de lo que había parecido un turno interminable. Ella no se tomó el tiempo de lavarse el pelo, sino que salió apresuradamente del baño, envuelta en una toalla. Miró alrededor del apartamento, pensando que se veía un poco sencillo y atenuó las luces. Era lo mejor que podía hacer en tan poco tiempo para que pareciera más acogedor.

Quizás ella debería conseguir algunas velas y cojines.

¿O Damon se daría cuenta y pensaría que ella estaba arreglando el lugar para él? Ella ni siquiera tenía televisión, aunque lo último que quería hacer con él era ver comedias.

Ella se estaba preguntando qué ponerse cuando sonó el timbre del vestíbulo.

Su corazón dio un vuelco como si ella fuera una adolescente enamorada. "Hola", dijo, tratando de sonar tranquila.

"Hola." Una palabra y fue suficiente para derretirle las rodillas.

Ella lo dejó pasar y se quedó inmóvil, sabiendo que él estaría en la puerta tan rápido que no había esperanza de vestirse a tiempo.

Y quizás eso era algo bueno.

Quizás la espontaneidad y un enfoque directo funcionaran mejor.

Ese era su año para probar nuevos trucos, al parecer.

Él llamó a la puerta una vez y ella se asomó por la mirilla y luego abrió la puerta. En todo caso, sus ojos estaban más oscuros que antes y su mirada más intensa. Esa casi sonrisa estaba tirando de la comisura de su boca cuando su mirada la recorrió, luego sonrió. "¿Esperando a alguien?" murmuró él.

"Sólo a ti."

Él miró de nuevo, su aprobación más que clara. "Yo solo iba a darte las gracias".

"Yo prefiero las acciones a las palabras", se atrevió a decir ella y él realmente se rió.

"Contaba con eso".

Haley agarró el cuello de su chaqueta de cuero y tiró de él al apartamento. Cerró la puerta con una mano y giró el pestillo, golpeándolo contra la puerta con la otra. Se estiró hasta los dedos de los pies y le tocó los labios con la lengua, luego lo miró a los ojos. "¿A menos que prefieras estrecharme la mano?"

"De ninguna manera." Damon la atrapó con fuerza y la levantó en sus brazos, cerrando su boca sobre la de ella en un beso exigente. Haley no sabía cuándo ni cómo había perdido la toalla, pero sentía sus manos sobre su piel, acariciándola y abrazándola con más fuerza. Él se quitó la chaqueta y ella ayudó a empujarla sobre sus hombros, sin romper el beso, luego su mano estuvo entre sus muslos. "Ya estás mojada", susurró él, sus palabras roncas.

"Anticipación. Sabía que estabas en camino."

Damon gimió y la aplastó contra la pared, manteniéndola cautiva mientras se quitaba las botas y se desabrochaba los jeans. Las manos de Haley estaban debajo de su camiseta, empujándola hasta sus hombros, queriendo sentir su piel contra la de ella. Se estaban besando como si ellos lo hubieran inventado, como si se fueran a comer vivos, y la comprensión de que ese hombre la deseaba tanto era suficiente para volver loca a Haley. Ella lo agarró por los hombros y envolvió sus piernas alrededor de él, escuchándolo recuperar el aliento mientras sus jeans caían y ella se frotaba contra él.

"El condón", susurró él.

Pero Haley lo quería de inmediato. Ella enganchó su talón alrededor de sus caderas cuando él vaciló y tiró de su cabeza hacia abajo para otro beso incendiario. Él gimió en rendición y agarró su trasero, levantándola mientras se enterraba dentro de ella. Haley estaba aplastada entre él y la pared, atrapada entre la dura fuerza de su cuerpo y la pared, y no había ningún otro lugar donde quisiera estar.

Luego él se movió y se frotó contra ella de la manera más perfecta. Haley gimió y se movió con él, el calor subiendo dentro de ella incluso más rápido que antes. Él susurró su nombre y ella sintió que iban a explotar juntos mientras él se movía cada vez más rápido, entrando en ella a medida que se mojaba. Ella estaba hambrienta y solo él podía satisfacerla; ardiendo y solo él podía apagar las llamas. Demasiado pronto ella lo abrazó más fuerte, en la cúspide de la liberación. Ella se mordió el labio, desesperada por no hacer ningún ruido y él sonrió antes de besarla con posesiva facilidad.

Fue suficiente para ella soltarse y él se tragó el sonido de su placer, incluso cuando se enterró dentro de ella y se corrió hasta temblar.

"Mucho mejor que un apretón de manos", murmuró él mientras recuperaban el aliento.

"Me gusta cómo dices gracias", respondió ella y se sonrieron el uno al otro.

"No he terminado".

"Oh Dios."

Damon se rió y la arrojó sobre su hombro, dirigiéndose al baño. "Deberías haberme dejado conseguir un condón".

"No quería esperar".

"Yo tampoco."

"¿No te sentiste mejor?"

Él la dejó en el suelo y le lanzó una de esas miradas a fuego lento, las que le prendieron fuego a la sangre. "Por supuesto que sí. Pero esperaba que tuvieras que ver con el sexo seguro."

"Yo debería ser así. Normalmente lo soy." Ella pasó la yema de un dedo por su pecho y hasta su hombro, luego trazó el contorno de ese tatuaje. Pero contigo es diferente. Me siento más salvaje. Como correr riesgos." Ella lanzó una mirada hacia arriba para encontrarlo escuchando con avidez. "Probar algo nuevo."

"Es muy caliente", admitió él en voz baja.

Haley sonrió. "¿Te gusta que tus parejas estén hambrientas de sexo?"

Él se rió y negó con la cabeza, luego tomó su barbilla en su mano. "Me gusta el contraste en ti. Pareces muy organizada y en control en el trabajo, pero hay un gato salvaje adentro, que solo busca una oportunidad para liberarse. Se siente como un lado secreto de ti, uno que eliges mostrarme."

"O uno que despiertas."

Sus ojos brillaron. "¿Nunca has estado así antes?"

Haley negó con la cabeza. "Solo contigo."

Su sonrisa fue lenta y ardiente. "Bien." Él la besó de nuevo. "Pero creo que deberíamos usar condones. Por la mañana, puede que te preocupes por eso."

"Podría", admitió Haley, a quien le gustó que él la entendiera y no pensara que su naturaleza fuera algo malo. "Gracias."

Él le sonrió. "Vamos. Conoces una mejor manera de dar las gracias que esa."

Haley se rió hasta que él la besó para que se callara.

"Quiero hacerte gritar", le susurró al oído, su respiración la hacía temblar.

"Sé que soy ruidosa", dijo ella, sintiéndose cohibida por ello. "Tiendo a contenerme para no hacer ruido."

Damon se apoyó contra la puerta del baño, abrazándola. "Entonces, ¿te engañas a ti misma de la gran liberación?"

"No lo veo de esa manera..."

"Por supuesto que no". Él sacudió la cabeza, luciendo divertido.

"¿Qué significa eso?"

"Que creo que te preocupas más por los demás que por Haley Slater."

Haley abrió la boca y la volvió a cerrar, porque tenía razón. "¿Entonces?"

"Entonces, tal vez me alegra estar abordando ese desequilibrio."

"¿Esta noche?"

Él encontró su mirada. "Esta noche." Él asintió. "Esta noche, eres la reina, y lo único que importa es tu satisfacción. Lo que sea que desees, haré todo lo posible para entregarlo."

"Oh, esa es una oferta que no puedo rechazar".

"Y eso es un alivio". Él empujó su mano en su cabello, ahuecó su nuca y la atrajo hacia sí. "Porque estoy listo para complacerte de nuevo. Empecemos bien el nuevo año, Haley." Entonces la besó, uno de esos besos exigentes y posesivos que convertían más que sus rodillas en mantequilla.

Haley se derrumbó contra él, satisfecha.

Más más más. ¿Qué podría estar mal con más de Damon? Nada en lo que a ella respectaba.

HALEY DURMIÓ A LA MAÑANA SIGUIENTE. No le sorprendió que Damon se hubiera ido cuando ella se despertó, aunque estaba decepcionada de que no hubiera dejado una nota o una tarjeta.

Habían probado el aceite de masaje y terminaron haciendo el amor tres veces más. Contrariamente a sus expectativas, a ella no le preocupaba especialmente que lo hicieran una vez sin condón. Ella sabía que no era el momento del mes para concebir y no podía imaginar que un hombre que era tan exigente con su salud no estaría limpio.

A ella le había gustado lo impulsivo que se había sentido eso.

Ella se había arriesgado y no le importaba.

Era 2018 y esa era la nueva Haley. Ella iba a abrazar el riesgo, ser apasionada, probar cosas nuevas.

Haley hizo algunos recados antes de ir al trabajo y luego se detuvo a visitar a Natasha. La mujer mayor estaba acurrucada en su cama cuando ella llegó. Haley estaba segura de que cada día estaba más delgada.

"Buenas tardes, Natasha", dijo en voz baja. Ella no quería despertar a la mujer mayor si estaba durmiendo, pero tampoco quería asustarla.

"Haley", dijo Natasha, el nombre no fue más que una exhalación. Ella tenía la cabeza descubierta y había perdido el cabello, lo que la hacía parecer casi una niña grande.

"Te ves fría hoy", dijo Haley, tratando de sonar alegre. "¿Deberíamos intentar poner en marcha algo de circulación?"

"Eso estaría bien, gracias."

"¿Dónde está tu gorro de quimioterapia? ¿Lo dejaste caer?

"Me pica demasiado", dijo Natasha. "No puedo soportarlo".

Por supuesto, su piel sería extremadamente sensible. "Tal vez pueda encontrarte otro", dijo Haley mientras acomodaba a Natasha en su estómago.

"Eres tan amable conmigo".

"Es fácil ser amable contigo, porque eres amable."

Natasha sonrió. "Pensé que podría gustarte mi hijo".

"¿Por qué piensas eso?" Haley comenzó el masaje, incluso con más suavidad que antes.

"Creo que es agradable. Demasiado agradable para estar solo."

"¿Estás emparejando, Natasha?" Preguntó Haley, bromeando un poco con ella.

Natasha sonrió, la expresión la hacía parecer traviesa. "Él necesita a alguien y si yo no la encuentro, ¿quién lo hará?"

"¿Él no encontrará a alguien para sí mismo?"

"Aún no lo ha hecho y me estoy quedando sin tiempo para ayudar."

Haley no supo qué responder a eso. Para su alivio, Natasha se quedó dormida durante su masaje y no hubo necesidad de hablar de Damon como si ella no lo conociera en absoluto. Ella terminó y volvió a poner el gorro de quimioterapia que le picaba en la cabeza y se la metió dentro. Luego le lanzó un beso, envió una oración al cielo por ella y se dirigió a su propia sala para su turno.

Tenía sentido que Natasha estuviera preocupada por la futura felicidad de Damon. Era bastante dulce, de verdad. Haley sabía que no podía darle ese tipo de relación, no estaba dispuesta a perder su corazón por nadie nunca más, pero podía darle algo más.

Solo sexo, especialmente cuando solo era sexo con Damon, era algo muy bueno.

Y tal vez era exactamente lo que necesitaba para olvidar sus preocupaciones durante un par de horas.

Cuando Haley salió del ascensor, sacó su teléfono y marcó el número de Damon.

Ella no debería.

Ella lo haría.

"Hola." Él respondió al segundo timbre. Su tono era amistoso, pero ella notó que no la había llamado por su nombre.

"¿Trabajando hoy?" preguntó ella.

"Tú sabes. Tengo que pagar por salir anoche. ¿Tú?"

"Absolutamente. Le acabo de dar un masaje a tu mamá. Ella está durmiendo, por cierto."

"Gracias." Su voz se calentó aún más y Haley respiró hondo.

"Qué decepcionante", dijo ella, luego suspiró.

"¿Qué pasa?"

"Prefiero la otra forma en que dices gracias".

Él se rió entre dientes, sorprendido pero no realmente. "Eso se puede arreglar, si me das un tiempo."

"Termino a las 2 de la mañana."

"Y sé dónde vives", asintió él fácilmente. "Te veré allá."

"Suena bien", dijo Haley, encontrándose sin aliento. Terminó la llamada y se quedó allí un momento, agarrando su teléfono. ¿Desde cuándo se había convertido en una mujer que hacía llamadas por sexo?

Desde que conocía a Damon.

Y ella no se arrepentía.

Cuidado, 2018.

DAMON TUVO tiempo de sentir un poco de anticipación después de la llamada de Haley antes de que su teléfono sonara de nuevo. Era el oncólogo de su mamá.

"Le pido disculpas por no llamar esta mañana, Señor Pérez."

"La enfermera dijo que tus horas podrían ser diferentes hoy. Está bien."

"¿Tienes un momento ahora mismo?"

"Lo tengo. Déjame cerrar la puerta." Damon cerró la puerta de la oficina de F5F y se sentó en su escritorio, luchando contra un mal presentimiento. Él había estado inquieto después de dejar la casa de Haley y solo había logrado dormitar durante una hora más o menos antes de dirigirse al club. Él tenía una sensación de muerte pendiente y eso lo había mantenido alerta.

Él tenía la sensación de que iba a saber por qué en los próximos minutos.

"Como sabes, hemos estado siguiendo un curso de tratamiento cada vez más agresivo con tu madre, ya que la primera ronda de quimioterapia tuvo un efecto poco perceptible."

"Todavía se está extendiendo", dijo Damon.

"Todavía se está extendiendo, señor Pérez. Desafortunadamente, la leucemia de tu madre es particularmente resistente al tratamiento. No estamos viendo mucho progreso en absoluto."

"¿Hay alguna razón por la que podría ser?"

El doctor suspiró. "Bueno, todavía hay muchas variables que no hemos identificado. Encontramos la leucemia mieloide aguda más resistente al tratamiento en adultos mayores de sesenta años, lo que es tu madre. Las otras variables que se conocen no parecen aplicarse. Ella nunca fumó."

"No, no lo hizo".

"Ella ciertamente no es un hombre y no ha tenido cáncer antes. No hay exposición a la radiación en su historia, ¿verdad?"

"No que yo sepa."

"Es imposible decir exactamente por qué no estamos progresando, pero su análisis de sangre lo deja muy claro." Él hizo una pausa. "No estoy seguro de cuánto se obtendrá al comenzar el próximo ciclo de quimioterapia."

"Pensé que siempre había una posibilidad de mejora..."

"Siempre hay una posibilidad, Señor Pérez. El universo funciona de formas misteriosas. Pero también hay probabilidades estadísticas, y hay que considerar la calidad de vida de tu madre, así como su comodidad." Él se aclaró la garganta cuando Damon no habló. "Veo que ya has arreglado el poder con un abogado."

"Sí, mi madre insistió en ello cuando estuvo en casa en el otoño."

"Probablemente sea prudente tener esos detalles arreglados mientras todos piensan con claridad. Sin embargo, significa que tienes que tomar una decisión, señor Pérez, con respecto al cuidado de tu madre a partir de este momento."

"Crees que el tratamiento debería detenerse."

"Estoy mirando los datos de seis meses, Señor Pérez, y lo único que veo que hace una diferencia en la salud y el bienestar de su madre es el efecto calmante del masaje terapéutico."

Damon asintió e inclinó la cabeza, luego se dio cuenta de que el médico no podía verlo. "Ya veo", dijo él, y fue difícil forzar las palabras para que se liberaran.

"Ella estaba hablando en sueños esta mañana con alguien llamado Marco", señaló el médico.

"Mi papá."

"¿Y él ha ido a visitarla?"

"No. Lleva muerto treinta años."

"Ya veo. ¿Hay alguien más a quien tu madre le gustaría volver a ver?

Las lágrimas asomaron a los ojos de Damon. Él estaba siendo advertido y él lo sabía. "Quizás algunas personas. ¿Puedes darme una línea de tiempo sobre esto? "

El médico dudó solo un momento. "Cuando llegamos a este punto, señor Pérez, cuanto antes siempre es mejor."

"Entiendo." Damon luchó por pensar con claridad. "Y si no continúa con la siguiente fase de quimioterapia, ¿qué sucede?"

"Creo que sabe lo que sucede, Señor Pérez, aunque no creo que la quimioterapia vaya a hacer ninguna diferencia en el resultado final. O incluso, en realidad, a la línea de tiempo. La principal diferencia estará en la comodidad de tu madre."

"¿Ella volverá a casa?"

"¿Alguien estaría con ella todo el tiempo?"

"No. Yo tengo que trabajar."

"Podrías hacer que vaya el personal de enfermería. Esos servicios se pueden coordinar"

"Hablaré con ella al respecto cuando la visite esta noche".

"Ella también podría quedarse aquí, Señor Pérez, aunque también tendrá que decidir si debe haber un ONR en su expediente."

ONR. Orden de no resucitar.

Damon tomó un suspiro tembloroso. "No más quimioterapia", dijo apresuradamente, sabiendo que era la elección correcta pero odiando tener que tomarla. "No más radiación. Me gustaría que estuviera cómoda. Firmaré la ONR esta noche."

"Me aseguraré de que todo esté listo para ti". El doctor hizo una pausa. "Lo siento, Señor Pérez".

"Yo también."

"Hay algunos programas de investigación, pero no creo que tu madre sea una buena candidata en su condición actual. Sin embargo, la elección es tuya y puedo hacer algunas recomendaciones... "

"No. Estoy de acuerdo con tu consejo. Creo que este es el camino correcto."

"Yo también, señor Pérez, si eso le sirve de consuelo. Dejaré todo el papeleo con las enfermeras para que lo firmes y continúes como has decidido."

Cuando terminó la llamada, Damon apoyó la cabeza en su mano y dejó que la pequeñez se apoderara de él. Su madre lo dejaría pronto y él no sabía qué iba a hacer sin ella.

Ciertamente no debería tener una aventura con Haley.

Dos noches deberían ser suficientes.

Esta vez, dar las gracias con un apretón de manos.

HALEY SONRIÓ cuando vio la silueta de Damon en el vestíbulo de su edificio.

Ella pagó el pasaje y salió del taxi, casi tropezando con sus pies en su prisa por llegar a la puerta. Damon le abrió la puerta, pero su expresión era sombría.

"¿Qué ocurre?" preguntó ella, temiendo que algo le hubiera pasado a su mamá.

"Nada. Simplemente no puedo quedarme."

Haley estaba metiendo la llave en la cerradura de la puerta de seguridad, pero se detuvo para mirarlo. "Si no pasa nada, entonces yo soy una iguana."

Damon no sonrió. "No quiero hablar de eso."

El mismo hecho de que él se hubiera tomado la molestia de ir a su apartamento daba a entender que quería hablar de ello. "Podrías haber llamado para decirme que habías cambiado de opinión."

Él sacudió la cabeza, más enfático de lo que debería haber sido. "No, porque no es solo esta noche. Es todo."

"¿Qué es todo?"

"Nosotros. Esto. Ya no puede suceder."

"Está bien", dijo Haley, porque él parecía esperar una pelea de ella. Su mirada se posó en la de ella. "Entonces, ¿me darás las gracias dándome la mano y nos despediremos amablemente?"

Damon exhaló. "Seguro."

Él estaba realmente molesto. La compasión se apoderó de Haley y ella supo que no podía dejarlo ir solo a casa todavía. Ella extendió la mano y él la estrechó, rápidamente, pero cuando intentó soltarla, ella apretó su agarre. "¿Que pasó hoy?" preguntó ella en voz baja.

Esta vez, sus palabras fueron más cortantes y sus ojos brillaron. "No quiero hablar de ello."

Adivinó Haley. "¿Las cosas empeoraron para tu mamá?"

La plática salió de su postura y ella supo que había acertado. "No hay mejoría con la quimioterapia y la radiación."

"Lo siento", dijo Haley y lo decía en serio.

"Firmé la ONR esta noche", admitió él pesadamente. "No habrá más tratamiento."

Si él había sabido o sospechado la verdad antes, la realidad lo estaba golpeando ahora. Haley esperó y miró, más que dispuesta a escuchar.

Damon sacó su mano de la de ella y se la pasó por el pelo. Él tragó y la angustia en sus ojos la estremeció. "Pero no es de tu incumbencia.".

Él tenía tantas ganas de poner distancia entre ellos, pero había hecho el esfuerzo de venir a verla. Haley tenía que pensar que necesitaba hablar con alguien, y ella era la única en los alrededores.

"Sabes, me muero de hambre", dijo ella a la ligera. "En lugar de dar las gracias de la manera maravillosa de siempre, ¿por qué no vienes a comer? No soy muy cocinera, pero el mundo siempre se ve mejor después de los huevos revueltos y las tostadas."

"¿Huevos revueltos y tostadas?" Él parecía escéptico y Haley sonrió un poco.

"Comida perfecta."

"No es difícil."

"Me gustan mucho los huevos revueltos y no es bueno comer algo pesado a esta hora." Haley giró la llave en la cerradura, notando que él no se iba. "Vamos. Tal vez mis huevos revueltos cambien tu perspectiva."

Damon negó con la cabeza, casi sonriendo.

"No me dejes comer sola. Vamos."

"¿Solo para comer?"

"Exactamente. ¿No tienes hambre?

"Tal vez un poco."

"Entonces huevos serán".

Sus ojos se entrecerraron un poco pero se encontró con la parte superior de la puerta. "¿No vas a discutir conmigo sobre terminarlo?"

"¿Terminar con la cosa? En realidad, no pensaba que tuviéramos nada." No había nadie en el vestíbulo. "Tuvimos sexo y fue genial, pero una cosa es otra cosa." Ella pulsó el botón del ascensor, consciente de que él la estaba mirando. "Pensaba que era un punto de acuerdo entre nosotros."

Él hizo un sonido que podría haber sido una risa ahogada. "Yo estaba todo listo para una pelea. Ya sabes, la de siempre sobre el futuro y el compromiso."

"No es lo habitual", dijo Haley y entró en el ascensor. "No me gusta discutir. Es malo para la digestión."

Damon llenó el ascensor de nuevo, tanto por su tamaño crudo como por su presencia. Haley sabía que él la estaba mirando y a medio camino se preguntó si podría cambiar de opinión sobre el sexo. Se atrevió a decir eso en voz alta. "El sexo puede ser bueno para ti, ¿sabes? Ayuda a una multitud de males."

"Entonces, ¿esto es por lástima?"

Haley se rió cuando las puertas del ascensor se abrieron en su piso. "No. Me gustas. Creo que necesitas a alguien con quien hablar y yo me ofrezco como voluntaria.". Ella le dio un golpe en el hombro y luego continuó hasta su apartamento.

"Lo estás haciendo de nuevo", acusó él mientras la seguía.

"¿Haciendo qué?"

"Velar por los demás primero."

"Es un hábito." Ella le dedicó una sonrisa.

Él se inclinó a su lado mientras ella abría la puerta de su apartamento. "Entonces, ¿por qué no pensaste que esto era una cosa?"

"No puede ser una cosa porque no quiero una."

"Todo el mundo quiere una relación."

Haley negó con la cabeza, lo hizo pasar al interior y cerró la puerta con llave. "Yo no."

"No lo creo". Él tomó su abrigo y lo colgó, luego colgó el suyo. Ambos dejaron sus botas en la entrada.

Haley encendió las luces, cerró las persianas y fue a la cocina. "Bueno deberías. Es verdad. No te mentiría y no me engaño."

"Es como las velas".

Haley se rió. "Quizás." Ella señaló el taburete de la barra al otro lado del mostrador. "Siéntate. Es una cocina pequeña y puedo manejar los huevos por mi cuenta:"

Damon hizo lo que le ordenaron, todavía mirándola. "Si fueras otra persona, pensaría que te rindes demasiado fácil."

"Pero solo soy yo".

"Y eres muy honesta." Él apoyó los codos en la encimera mientras ella sacaba los huevos. "Entonces, dime, ¿por qué no quieres nada más? ¿O es solo que eres lo suficientemente inteligente como para no querer más conmigo?"

"¿Cómo podrías ser tú el problema?"

"Sé que no puedo darte más de lo que hemos tenido."

"No sé por qué pensarías que sería malo tener más de lo mismo."

"Sabes a lo que me refiero. El problema con regresar es que las personas, las mujeres, comienzan a tener expectativas sobre el futuro."

"Bueno, yo soy la extraña, entonces. Solo quería sexo y todavía estaría dispuesta a más."

Damon parecía perplejo. "¿Por qué?"

"¿Por qué no?"

"¿Por qué no quieres más?"

Haley rompió los huevos en un cuenco, considerando su respuesta. Ella solo le contaría la mitad de la historia, pero sería más que suficiente.

"Porque lo sé mejor". Él se encogió de hombros, invitándola a dar más detalles. "Mis padres tuvieron una historia de amor que fue la envidia de todos los que conocían. Se conocieron en la escuela secundaria, se enamoraron a primera vista y se amaron más cada día que pasaba. Tuvieron cuatro hijos y construyeron una vida juntos. Trabajaron duro y se amaron con todas sus fuerzas y todos, todos, los presentaban como un ejemplo del matrimonio perfecto." Haley hizo una pausa para respirar, notando que Damon lucía confiado.

"¿Ves? Debes querer lo mismo."

"Excepto que cuando yo tenía dieciséis años, mi padre entró al World Trade Center, haciendo el trabajo que amaba casi tanto como amaba a mi mamá, y nunca volvió a salir. La vida de mi madre fue destruida. Su corazón fue arrancado y destrozado con su muerte, y se convirtió en una sombra de su antiguo yo. Mi hermana y mi hermano menor eran demasiado pequeños para entender. Mi hermano mayor no sabía qué hacer. Yo fui quien tuvo que ayudar a mi mamá a superar la pérdida del hombre que era más importante para ella que la vida misma."

Damon se puso serio y esperó.

Haley batió los huevos mientras la sartén se calentaba. "La recogía todas las mañanas y la abrazaba con fuerza todas las noches. Yo no sabía que alguien pudiera llorar tanto. Ella trataba de poner una buena cara para sus amigos y familiares, pero me abría el corazón a mí." Haley frunció el ceño al sentir que sus propias lágrimas se elevaban al recordarlo. "Decidí entonces que nunca jamás me permitiría ser tan vulnerable." Ella sacudió su cabeza. "Yo tenía dieciséis años cuando decidí ser la que tuviera la carrera. Pondría todo en mi trabajo y eso me haría feliz, y nadie podría quitármelo."

Esa no era toda la verdad, aunque era verdad hasta donde llegaba. Rápidamente ella sacó los platos y cubiertos, luego puso un poco de pan en la tostadora.

"Pero eso no es cierto", protestó Damon. "La gente pierde su trabajo todo el tiempo".

"¿Puedes cortar esto, por favor?" preguntó ella, dándole un tomate, una tabla de cortar y un cuchillo. Él hizo lo que se le pidió.

"Pero las enfermeras siempre pueden encontrar un puesto en alguna parte. Mira a tu alrededor: estoy lista para ir a cualquier parte en cualquier momento. Tengo todas las credenciales que necesito y más."

"Eso es lo que quisiste decir cuando dijiste que te cuidas."

"Absolutamente."

"¿Pero no es solitario?"

"Trabajo demasiado como para sentirme sola."

Damon arqueó una ceja, luciendo escéptico mientras terminaba de cortar el tomate. "Entonces, aquí está el otro lado de la historia. Mi papá murió cuando yo tenía seis años y mi mamá estaba devastada por la pérdida. Él era el amor de su vida y ella nunca dejó de llorarlo. Pero de eso yo aprendí la lección opuesta. Creo que cuando encuentras a alguien a quien amar, debes amarlo con todas tus fuerzas, porque nadie sabe cuánto tiempo tendrás."

Haley le dio una mirada. "Tú no lo haces." Ella revolvió los huevos, que se estaban cocinando rápidamente, luego bajó algunos platos. Pulsó el botón de la tostadora y empezó a servir los huevos.

"¿Qué?" Él parecía sorprendido de que ella lo estuviera desafiando.

"No te lo crees. No puedes creer eso."

"¿Por qué no?"

"Porque estás solo, y no creo que un hombre como tú esté solo a menos que elija estar solo." Ella le ofreció el plato de huevos y él le sostuvo la mirada durante un minuto antes de tomar el plato.

"Circunstancias atenuantes", dijo él y desvió la mirada. "Esto se ve muy bien".

"UH Huh." Haley le dio un plato con tostadas y el plato de mantequilla. "¿Mermelada? ¿Mantequilla de maní?"

"Ninguno, gracias." Él le dio un mordisco. "Está bien, puede que me estés convirtiendo. Esto es realmente bueno. Gracias."

Haley le dedicó una sonrisa maliciosa cuando rodeó el mostrador para tomar el otro asiento. Ella suspiró. "Me gusta mucho más cuando dices gracias de otra manera."

Damon se rió entre dientes e hizo un gesto hacia el sofá. "Si terminamos allí esta noche, ¿no significa eso que tenemos algo?"

"No, significa que dijiste gracias. De nuevo. Nada más y nada menos."

Él hizo un gruñido de desacuerdo, pero estaba demasiado ocupado comiendo para discutir.

Haley sabía que la oportunidad de explicarle no duraría mucho, pero quería que él supiera que realmente no esperaba un compromiso a largo plazo. "Es como las sirenas".

"¿Sirenas?"

"Me puede gustar la idea de las sirenas sin creer que realmente existen o que me voy a encontrar con una cuando vaya a la playa."

"Está bien."

"Incluso me puede gustar la idea de que otras personas crean en las sirenas sin creer en ellas yo misma."

Damon asintió. "¿Pero alguna vez encontrarás una sirena si no crees en ellas?" preguntó él, sin hablar en absoluto de las sirenas.

Haley se encogió de hombros. "No lo sé. Realmente no me importa. Tal vez ni siquiera reconocería a una sirena si la viera."

Damon se inclinó más cerca, su mirada fija en ella. "¿Qué hay de Garrett?" preguntó él suavemente. "¿Cómo encaja él en esto?"

Haley se sorprendió. "¿Garrett?"

¿Cómo sabía Damon sobre Garrett?

Su mirada era inquebrantable. "Dices su nombre mientras duermes." Él asintió. "Y sonríes."

Haley miró su plato, horrorizada por haber sido tan indiscreta. Incluso dormida. "Eso no es cosa tuya."

Damon sonrió. "Eso es lo que pensé."

Haley contuvo el aliento al escuchar su implicación de que se estaba engañando a sí misma, si no a él también. "Garrett fue un error", admitió ella, sus palabras roncas. "Rompí mi propia regla y me probé a mí misma lo real que era".

"¿Lo amabas?" Damon estaba muy interesado en su respuesta, tan interesado que Haley se ruborizó. Ella sabía que él también lo había notado.

"Apasionadamente", admitió ella, los huevos le sabían a polvo.

"¿Todavía lo haces?"

"Absolutamente. Él era el elegido, pero se casó con otra persona."

Haley se encogió de hombros. "Eso me saca del juego de detectar sirenas para siempre."

Damon no dijo nada.

Ella arriesgó una mirada en su camino para encontrar sus ojos oscuros. Ella sintió la necesidad de advertirle. "Nunca amaré a nadie como amé a Garrett."

"Quizás eso sea algo bueno".

"No importa. Yo lo sabía, pero ignoré lo que sabía, así que se aprendí la lección."

"Y ahora solo hay trabajo", concluyó Damon. "Y sexo".

"Dices eso como si fuera algo malo".

Él la miró con una mirada brillante. "Tal vez me gustas lo suficiente como para querer que tengas más."

"No quiero más".

"Quizás deberías."

Haley se puso a la defensiva. "No. Me gusta esto. Es más simple y me hace más fuerte." Ella se puso de pie y llevó los platos alrededor de la encimera hasta el fregadero, necesitando algo que hacer con las manos. "Es sensato. Mientras no entregue mi corazón a ninguna persona, puedo vigilar mis límites. Puedo decidir cuándo he dado lo suficiente y puedo detenerme, y puedo protegerme del tipo de dolor que mi madre todavía experimenta hasta el día de hoy." A pesar de sus palabras, Haley se sentía cruda y vulnerable, como si hubiera compartido demasiado. Ella limpió los platos rápidamente, incapaz de siquiera mirar en dirección a Damon.

No sabía qué haría si la tocaba.

Sí, ella lo sabía.

Pero era solo sexo.

"Lo siento", dijo Damon en voz baja. "Garrett era un idiota".

"No, es brillante. Guapo, radiante, lo tiene todo."

Damon resopló. Haley lo miró, su corazón dio un vuelco por el calor en sus ojos. Sus miradas se mantuvieron durante un largo momento, una que hizo que se le quedara sin aliento en la garganta.

Entonces Damon se puso de pie y se alejó. Él cogió su chaqueta y Haley comprendió. Después de que él saliera por la puerta, ella nunca más volvería a saber de él. Un nudo subió a su garganta, uno que desafiaba su propia afirmación de que era solo sexo, pero lo ignoró.

Ella todavía quería más.

Damon rodeó el mostrador, moviéndose con esa gracia felina que le debilitaba las rodillas. "Gracias por los huevos y la conversación."

"No te vayas", dijo ella, su voz era un mero susurro.

"Ya no puedo hacer esto, Haley", murmuró él en respuesta.

"Solo cumple tu promesa y da las gracias", respondió ella. "Solo una última vez." Ella lo vio vacilar, pero se estiró para tocar sus labios con los de él. Su corazón se aceleró ante ese contacto fugaz, pero él no la besó completamente.

Él iba a rechazarla.

Él iba a irse.

Pero luego suspiró y le llevó una mano a la mejilla, deslizando los dedos por su cabello. Él la miró como si tuviera las llaves del universo y la comisura de su boca se levantó en una sonrisa tentativa.

"Tendré que hacerlo dos veces", murmuró él, su aliento a través de sus labios. "Dados los huevos".

"Por supuesto", logró decir Haley, el alivio la inundó, antes de que Damon reclamara su boca en un beso hambriento.

Ella envolvió sus brazos alrededor de su cuello y deseó que la noche durara para siempre.

Aunque sabía que no lo haría.

SEIS

S e sentía mal irse.

Se sentía aún más mal quedarse.

Damon dejó la cama de Haley y su apartamento sin despertarla. Él caminaba a casa, atravesaba el parque, sin importarle si era seguro o no. Todo en lo que podía pensar era en la feroz convicción de Haley de que no quería amor ni compromiso en su vida.

¿Qué clase de idiota había sido Garrett?

Haley era el tipo de mujer que daría todo por una pareja, el tipo de mujer que no se echaría atrás ante un desafío, el tipo de mujer que estaría devastada por perder al amor de su vida. Damon solo tenía que mirar cómo ella defendía a su madre para ver la verdad de su naturaleza.

Y no creía que con tanta pasión dentro de ella, Haley pudiera ser feliz con medias tintas. Ella podría estar tratando de protegerse a sí misma, pero era otra forma de engañarse a sí misma de todo lo que merecía tener.

Solo el sexo era un compromiso. Era menos de lo que podría ser, porque faltaba la conexión emocional. No era hacer el amor. Era físicamente satisfactorio, pero no emocionalmente. La gente podía engañarse a sí misma por una noche o quizás dos, pero después de tres noches juntos, Damon sabía que ya no era solo sexo para él.

Él se estaba enamorando con fuerza.

Pero sabía que llevar su relación al siguiente paso lo haría a él peor que

Garrett. Él no era capaz de mantener ningún tipo de relación romántica y no iba a ser él quien le rompiera el corazón de nuevo a Haley.

Damon conocía sus limitaciones. Por mucho que se arrepintiera de ellos, no había duda de su realidad.

Él no había dejado una nota ni se había despedido de Haley con un beso. Él no tenía planes de volver a verla porque sabía que esa era la elección inteligente. Para eso había ido allí y decía mucho sobre sus propios sentimientos cambiantes que no hubiera podido rechazar su invitación a hablar, y mucho menos su invitación a hacer el amor una vez más. Había sido lento y potente, ambos conscientes de que era la última vez.

Era curioso cómo se sentía tan vacío cuando esperaba sentirse satisfecho.

Como Haley, él tendría su trabajo.

No parecía suficiente.

Damon entró en la casa y escuchó su silencio. Vacía. Estaba vacía y desprovista de vida y risas.

Así era más segura, se recordó a sí mismo.

Así era como se iba a quedar. Él no podía destruir a nadie ni romper corazones cuando estaba solo.

Damon cerró la puerta y pasó la llave, luego se fue a la cama.

HALEY ESTABA DESPIERTA cuando Damon se apartó de ella y se levantó de la cama. Ella había fingido estar dormida, sabiendo que él planeaba irse en silencio.

Él no había dejado una nota.

No le había dado un beso de despedida.

Ciertamente no la había despertado.

Eso era el fin.

Haley escuchó la puerta cerrarse detrás de él y escuchó sus pasos en el pasillo. Ella escuchó el ascensor pero se quedó en la cama. Haley sabía que no se quedaría dormida pronto, pero no quería que él la viera mirándolo irse desde la ventana.

Se había terminado.

Aunque no hubiera sido nada.

Haley ya se estaba arrepintiendo de haberlo dejado ir tan fácilmente.

Probablemente era bueno que él se hubiera ido, porque había algo peligrosamente tentador en Damon. Ella podría haber olvidado su propia regla — de nuevo — y terminar con el corazón roto — otra vez.

Se recordó a sí misma que era más fácil estar sola.

Más seguro.

Más inteligente.

Haley rodó sobre su espalda y miró al techo.

Y ella había dicho el nombre de Garrett mientras dormía. Que embarazoso. ¿Era por eso que Damon se había ido? Él había dicho que no quería nada, pero evidentemente tampoco quería solo sexo.

Al menos no con ella.

Había un tema musical familiar.

Haley no se iba a quedar dormida con los pensamientos revueltos, así que se levantó y se preparó una taza de chocolate. Ella recordó el gorro de quimioterapia que le picaba a Natasha. Eso saltó a la cima de su lista de clasificación de la vida real, porque era algo que podía arreglar.

Necesitaba una victoria.

Haley buscó en su bolsa de tejido que tenía un poquito de alijo en el fondo y sacó las dos madejas de hilo rojo. Era un hermoso hilo fino, una mezcla de angora y alpaca. Haley lo había comprado porque era muy suave, más suave de lo que ella podría haber creído que podría ser el hilo.

Lo había comprado por impulso, que era algo que nunca hacía.

Lo había comprado sin un plan, que también era algo que nunca hacía.

Y no había sido barato.

Ella nunca lo había tejido porque no había querido desperdiciarlo.

O tal vez solo había estado esperando el proyecto correcto.

Sosteniéndolo ahora mientras pensaba en Natasha, acariciando su increíble suavidad, ese se sentía como el destino que tenía ese hilo en ese momento. Ella buscó en Ravelry gorros de quimioterapia y encontró un patrón libre con el peso correcto de hilo. Comenzó un audiolibro en su teléfono, lo puso y tejió con una velocidad compulsiva.

Ella no se iba a atribuir el mérito de este regalo, y mucho menos esperaba cualquier expresión de gratitud de Damon. Ese sería su secreto.

Ella pensaría en Natasha y en cómo el gorro podría reconfortarla. Ella enviaría algunas pequeñas oraciones y tal vez cosiera algunas en el gorro. Ella pensaría en curación y volverse fuerte.

Desde luego, ella no iba a pensar ni una sola vez en el hijo de Natasha.

Podría haber sido mejor si lo hubiera hecho. En cambio, Haley se encontró pensando en el Dr. Garrett Smith. Ella cerró los ojos, todavía podía ver sus rasgos cincelados, sus asombrosos ojos azules. Ella tragó, recordando todas las noches que habían pasado juntos.

Ella apostaría que él todavía estaba casado con la hermosa Dra. Krista Olson-Smith y que tenían muchos bebés adorables, una casa tan grande como su edificio de apartamentos, varios autos grandes de lujo y una casa de vacaciones en un lugar exótico. Haley tejió mientras pensaba en todos los beneficios que la feliz pareja debía compartir y se dio cuenta de que a ella no le importaban ninguna de sus costosas posesiones.

Todo lo que ella había querido era Garrett.

Pero él no la había querido.

Y en las primeras horas de la mañana, Haley admitió que la verdad todavía dolía.

DAMON SE DESPERTÓ, sudando, justo cuando la granada detonó.

Le tomó un momento darse cuenta de que estaba en casa en su propia cama y no tirado en la tierra en Afganistán.

El sueño había sido más vívido esta vez.

La conciencia de su propia impotencia había sido aterradora.

Él estaba temblando y su corazón latía con fuerza como si hubiera cruzado la mitad de la ciudad corriendo. Cerró los ojos, respiró hondo y se dijo a sí mismo que superaría eso.

Él se dejó caer e hizo cien abdominales, pero eso funcionó incluso menos que la última vez. El necesitaba una distracción.

Damon encendió la luz y se dirigió a su escritorio. Los planos para los condominios en la torre Flatiron 5 Fitness estaban extendidos allí, en progreso, pero no se sentía práctico. Él sacó su cuaderno de bocetos y lo hojeó hasta encontrar una página nueva, tomó su lápiz favorito y comenzó a dibujar. Él dejó que su lápiz siguiera su propio camino, dejó que su imaginación se apoderara de su mano.

Rápidamente se dio cuenta de que estaba dibujando a Haley.

Riendo. La forma en que ella se veía después del clímax. Cabello enredado, ojos brillantes, mejillas enrojecidas. La forma en que ella lo miraba le daba placer.

Él había podido darle esa alegría.

Eso no era poca cosa.

No era algo para tirar al vacío.

Su madre le habría dicho que luchara por Haley, pero Damon no quería que sus demonios estuvieran más cerca de ella de lo que ya estaban. Él todavía estaba tentado de llamarla, solo para escuchar su voz, pero sabía que tenía que ser responsable. Incluso si ella se olvidaba de Garrett, se merecía más de lo que él podía darle.

Ella estaba mejor sin él.

No importa lo que él anhelara en la noche.

Había algo muy satisfactorio en capturar la imagen de su alegría para siempre. Damon se concentró en cada línea, haciéndolo exactamente bien, y antes de que se diera cuenta, había llegado el amanecer.

***

HALEY ESTABA nerviosa por ir a Flatiron 5 Fitness el miércoles por la tarde. Era su día libre y ella estaba decidida a ir a esa clase de masajes.

Incluso si Damon la estaba impartiendo.

Ella no iba a dejar que la posibilidad de volver a verlo influyera en sus propios planes. Ella había hecho eso años atrás, cuando Garrett había regresado a la ciudad con su nueva esposa, y ella se había desviado de su camino para evitar cruzarse con cualquiera de ellos. El regreso de Garrett fue la razón por la que ella hizo su maestría en Nueva York, aunque no se lo había admitido a nadie más.

Haley no volvería a ser tan cobarde.

Especialmente porque había sido solo sexo. Ella no podía permitir que todas las parejas sexuales afectaran sus elecciones futuras.

Ella llamó a F5F con anticipación y le dijeron que no necesitaba hacer ninguna preparación ni traer nada específico. Era una clase abierta y el profesor la modificaba cada semana para adaptarla a los asistentes. La mujer sugirió que Haley usara equipo de yoga, ya que no habría desnudez en la clase. Cuando ella se enteró de que Haley tenía un pase de un día, enumeró muchas de las características del club, alentando a Haley a hacer un día completo y a preguntar en la recepción si tenía más preguntas.

Haley se detuvo en el hospital con el nuevo gorro de quimioterapia de Natasha. La mamá de Damon estaba dormida, pero Haley le quitó el sombrero que le picaba y le puso el nuevo. Ella pensó que tal vez Natasha sonreía un poco, pero ella tenía que correr hacia el tren.

Haley llegó a F5F un poco antes, habiendo dejado tiempo extra. Deambuló por la tienda con equipo y ropa de F5F, luego observó a los escaladores en la enorme pared de roca durante un rato.

A sus hermanos les encantaría eso.

"Hola", dijo una mujer, deteniéndose a su lado. "Eres nueva, ¿no? Soy Cassie Wilson, una de las socias fundadoras de Flatiron 5 Fitness."

Haley estrechó la mano de la otra mujer. Cassie era más alta que ella, delgada y elegante. Ella tenía un vendaje en la parte superior del brazo izquierdo. Era rubia y tan bonita que podría haber sido modelo, pero Haley tenía la clara sensación de que Cassie era inteligente. "¿Por qué se llama Flatiron 5 Fitness?"

"Porque somos cinco." Cassie hizo señas en sus dedos. "Yo, Tyler, Theo, Kyle y Damon." Ella sonrió. "Y está en el distrito de Flatiron."

Haley recordó las fotos que había encontrado en línea. Entonces, eres la única mujer.

Cassie se rió. "Y nunca me dejan olvidarlo. Sin embargo, son buenos muchachos." Ella levantó las manos. "Siento que tengo cuatro hermanos mayores."

"Cinco socios parecen mucho."

"Es una gran responsabilidad y se necesitan muchas habilidades diferentes para que funcione. Cada uno de nosotros tiene nuestros dones."

"¿Cuál es el tuyo?"

"¡Marketing!" Los ojos de Cassie se iluminaron con entusiasmo. "Kyle es el visionario. Ty es el tipo del dinero. Theo es el de relaciones públicas.

Ese hombre conoce a todos los que vale la pena conocer y a quién llamar cuando necesitemos algo."

"¿Dijiste que había un quinto socio?" Preguntó Haley, sintiéndose muy obvia.

Damon. Nuestro caballo oscuro. Es un poco misterioso y tiende a ser callado, pero luego se le ocurren estas increíbles ideas. Es un gran diseñador. El diseño y la combinación de colores son gracias a sus habilidades. Es acogedor pero profesional." Cassie frunció los labios. "No sé cómo describirlo, pero él ve las cosas de manera diferente y, a menudo, señala algo que el resto de nosotros hemos pasado por alto."

"Parece una buena persona para tener en el equipo".

Cassie sonrió. "Aunque él no hace su turno con el club. Nos encanta burlarnos de él al respecto."

"Pensé que este era el club".

"Sí, F5F es el gimnasio, pero también está el club de baile F5F, que solo abre de jueves a sábado por la noche. Es totalmente una creación de Kyle y funciona bien para atraer nuevos miembros. Su popularidad también nos da mucha visibilidad en los medios, gracias a las conexiones de Theo." Ella dudó y se quedó tan repentinamente en silencio que Haley supo que había más.

"¿Por qué parece que eso no es algo bueno?"

"Porque tenemos la política de que al menos uno de nosotros está en el club de baile cuando está abierto. Con cuatro de nosotros, Tyler hace los cálculos y el dinero, pero también tiene un trabajo diario, todo sale bien. La cuestión es que ahora mismo Kyle y Theo han estado pasando tiempo en San Francisco, gestionando la disposición de nuestro club hermano, nuestra primera expansión." Ella exhaló un suspiro. "Me gusta el club de baile. No me importa trabajar los viernes por la noche, pero he estado trabajando todos los viernes por la noche. Damon tiene una cita permanente con su novia todos los viernes por la noche y ni siquiera habla de romperla."

Haley parpadeó. "¿Su novia?" repitió, sin querer hacerlo.

"Natasha", dijo Cassie poniendo los ojos en blanco. Ella sacudió su cabeza. "Él se niega a cambiar las cosas. Kyle regresó el fin de semana pasado y para el Año Nuevo, pero este fin de semana que viene, me toca de nuevo a mí." Ella hizo una mueca. "Realmente podría no gustarme esta Natasha inflexible y exigente, si alguna vez la hubiera conocido."

Haley se sorprendió. Damon no les había dicho a sus socios que su madre estaba enferma, y mucho menos que se estaba muriendo. Ella sabía por sus cursos de cuidados paliativos, y por experiencia, que él necesitaría apoyo emocional cuando Natasha falleciera.

Cassie sonrió. "Pero todos somos amigos y socios. Nos apoyamos el uno al otro."

¡Esos eran sus amigos y socios! ¿Cómo podría no haberles confiado eso?

La expresión de Cassie se volvió contrita. "Lo siento. No sé por qué terminé contándote todo eso."

"La gente me dice cosas todo el tiempo", dijo Haley, porque era verdad. "Debo parecer comprensiva".

"O eres una buena oyente. Gracias por dejarme desahogarme. Ahora, ¿debes estar aquí para una clase o para hacer ejercicio?"

"Tengo un pase de invitado". Haley lo sacó de su bolso pero no le dio la vuelta para que Cassie no pudiera ver la letra de Damon en la parte de atrás.

"Lo tienes. ¿Cómo puedo hacer que tu visita a F5F sea un éxito?"

"Me gustaría asistir a la clase de masajes a las dos."

"El masaje y el yoga están ambos en el séptimo piso. Puedes tomar ese ascensor allí mismo. Hay vestuarios y casilleros en cada piso, si deseas guardar tu bolso y abrigo. ¿Trajiste un candado?

"No, no pensé en eso".

"Te prestaremos uno".

"Gracias. ¿Necesito entregar esta tarjeta en algún lugar?"

"Te la marcaré y puedes quedártela". Cassie sonrió. "Para que no olvides dónde estamos." Haley asintió con la cabeza. "Vamos a conseguirte un brazalete para que puedas ir a donde quieras. F5F es todo tuyo por el día. También puedes instalar la aplicación en tu teléfono."

Haley siguió a Cassie hasta el escritorio de entrada. Ella se puso el brazalete que le dieron y Cassie marcó el frente de la tarjeta y se la devolvió sin darle la vuelta. Haley exhaló un suspiro de alivio. Después de que Haley tuviera la aplicación en su teléfono, la recepcionista le indicó el ascensor.

"¡Que tengas una gran clase!" gritó Cassie. "Si tiene alguna pregunta sobre el club, Sonia aquí puede responderla para ti."

A Haley se le aceleró el pulso cuando subió en ascensor al piso donde se llevaban a cabo las clases de masajes, e incluso el ambiente tranquilo no la calmó mucho. No era la primera en llegar y las otras dos mujeres se apresuraron a presentarse. Había nueve personas reunidas por la clase antes de que llegara la instructora.

No era Damon.

Haley no sabía si sentirse aliviada o decepcionada.

No. Ella lo sabía. Ella estaba decepcionada.

"Buenas tardes a todos", dijo la instructora con una sonrisa brillante. "Veo que hoy tenemos algunas caras nuevas. Soy Liz." Ella los saludó a todos y los clientes habituales les devolvieron el saludo. "Dado que tenemos gente nueva con nosotros, revisemos rápidamente lo que cada uno de ustedes ya sabe y lo que desea aprender. Estaba pensando que hoy podríamos hablar sobre los meridianos, pero averigüemos qué piensan..."

HALEY LE HABÍA ENVIADO por correo electrónico su horario a su madre, como siempre hacía, así que ella no se sorprendió cuando sonó su teléfono el miércoles por la noche. Era la única noche que ambas estaban libres esa semana.

"¿Cita caliente esta noche?" preguntó su mamá, como siempre.

"De ninguna manera. Estoy pensando en un baño de burbujas." Haley no tuvo que fingir bostezar. Ella había dormido tan poco la noche anterior que estaba exhausta. "¿Y tú?"

"Lo mismo para mí." Su madre se rió y hablaron sobre el trabajo en sus respectivos hospitales durante unos minutos. Las enfermeras jefes siempre estaban en un abuso de poder, al parecer, los médicos siempre estaban absortos en sí mismos y los pacientes eran alternativamente molestos y encantadores. Su madre le preguntó entonces sobre su investigación y Haley le contó sobre sus nuevas habilidades de masaje.

"Sabes", dijo su madre y Haley se sentó más derecha. Ella conocía ese tono y siempre iba seguido de una sugerencia. Por lo general, una que no le agradaba. "Están creando una publicación aquí para que alguien dirija un nuevo programa de terapias complementarias. La idea es que la enfermera cree un equipo de profesionales de la salud con habilidades en diversas terapias, luego se enlace con todos los departamentos y ofrezca los servicios de su equipo según sea necesario. Habría mucha educación involucrada, tanto para los pacientes y sus familias como para el resto del personal. Parece que sería perfecto para ti."

"Excepto que vivo en Nueva York. Sería un gran viaje cada día."

Su mamá suspiró. "Eso se cambia fácilmente, ¿no?"

"Me gusta estar aquí, mamá."

"¿Por qué? No es como si tuvieras muchas conexiones personales, Haley. Todos tus amigos del programa de maestría se han mudado a otro lugar."

"¿Y?"

"Trabajas mucho y podrías trabajar mucho aquí pero estar más cerca de tu familia." Su madre hizo una pausa y Haley se preparó. "Te echo de menos."

Haley sonrió. "Piensas que si vuelvo a casa encontraré un buen tipo y te daré más nietos."

"Se me ocurrió la idea". Su mamá se aclaró la garganta. "Hay varios médicos nuevos muy agradables en el personal. Solteros."

"Me gusta estar aquí, mamá", repitió Haley, sin querer meterse en ese lío.

"No lo creo. Estás sobreviviendo ahí. Lo entendí cuando regresaste para la maestría, pero ya obtuviste ese título. Ven a casa, Haley."

"Esta es mi casa."

"¿Un apartamento estudio amueblado en Goodwill? No, Haley, eso no es un hogar."

"Es mi hogar". Incluso mientras decía las palabras, Haley miró alrededor del apartamento y lo vio como lo haría un extraño. No era un espacio personal.

Ella siempre estaba lista para irse, pero ella no había ido a ningún lado en un tiempo.

Quizás era hora de cambiar eso.

Su mamá ignoró su comentario. "Es una gran posición, Haley. El salario es realmente bueno y es perfecto para ti. Serías la candidata ideal, si solo presentaras una solicitud."

"No quiero mudarme".

Su mamá hizo una pausa. "Oh. ¿Estás viendo a alguien?"

"No", dijo Haley porque era verdad. Tener sexo con Damon, incluso si existía la posibilidad de que volviera a suceder, no era de lo que estaba hablando su madre. "Pero ahora tengo un gato." Ella no sabía por qué había dicho eso. No era verdad.

"Un gato. ¿Eso es lo que cuenta ahora como familia? ¿Un gato y un trabajo? ¿Eso es una vida?" Su mamá hizo un sonido de desaprobación. "Haley, sabes que hay más en la vida que eso. No te estás volviendo más joven y quiero verte feliz."

"Pero estoy feliz, mamá. Simplemente no estoy haciendo lo que crees que debería estar haciendo. Eso es diferente a ser infeliz."

"¡Haley!"

Haley sabía que nunca convencería a su madre para que entendiera su punto de vista, por lo que utilizó un argumento familiar. "Tú fuiste quien me enseñó que valía la pena esperar por el hombre adecuado."

Su mamá suspiró. "¿Vas a conocer a alguien?"

"Sí. Hoy fui a un gimnasio en el centro para una clase de masaje. Podría volver, tal vez unirme." Eso tampoco era cierto, pero su madre lo tomó como una señal de aliento. Hablaron de los hermanos de Haley, ella tenía una actualización de lo adorables que eran sus sobrinos y sobrinas, y le advirtieron que podría haber una boda en la primavera.

"Si hay una boda, volveré a casa para ella", dijo. "Alguien tiene que llenar el equipaje de Tiffany con confeti."

"Y piensa en traer una cita", agregó su mamá.

Haley puso los ojos en blanco. "No es como si pudiera pedir una en línea."

"Quizás sería más fácil si pudieras". Bromearon juntas sobre las citas en línea: su hermano mayor Brad había probado muchos servicios con malos resultados, luego conoció a Katie en la tienda de comestibles, su madre le exigió que enviara fotos del gato y luego terminaron la llamada. Haley le sonrió al teléfono y luego abrió su navegador.

Ella necesitaba encontrar un gato, de inmediato.

"ERES MALVADA", murmuró Shannyn mientras hacía otra serie de flexiones por orden de Cassie.

"Aguanta más", dijo Cassie. "Y mantén la espalda recta."

"Diabólica, tal vez."

Cassie sonrió. "¿No quieres lucir lo mejor posible cuando tengas veinte pisos de altura?"

"Eres completamente despiadada", dijo Shannyn, sentándose y secándose el sudor de la cara. Ella estaba sonrojada, pero sus músculos estaban perfectamente bombeados. Desde que ella y Tyler habían acordado posar para una de las vallas publicitarias, ella había estado haciendo mucho ejercicio. Ella era más fuerte y elegante. "¿Suficientemente bueno?"

"Te ves genial", dijo Cassie y lo decía en serio. Ella hizo girar su dedo y Shannyn se dio la vuelta para ser evaluada. "Creo que estás lista para la sesión de fotos. Ducha rápida, luego ese leotardo negro, por favor.

"Eso no es realmente un leotardo", dijo Shannyn. "Es una tela un poco delgada. Un cinturón."

"Y te ves increíble con él."

"Sin secretos". Shannyn puso los ojos en blanco y se apresuró a ir a las duchas de mujeres.

Cassie fue a la habitación que estaban usando para la fotografía y verificó que todo estuviera configurado y listo. La maquilladora estaba allí y la estilista, así como la fotógrafa que Shannyn había arreglado para que tomara su lugar. Ty ya estaba allí, por supuesto, ya que él siempre era puntual.

El hombre podría tentar a un santo. Estaba hinchado de su entrenamiento y desnudo por encima de la cintura. Cassie trataba de evitar mirar fijamente o babear.

Él pasó una mano por su elegante pecho y la miró intensamente. "Espero que esto valga la pena", dijo él, mostrando casi tanta renuencia a participar en su programa de publicidad como lo había hecho desde el principio.

Cassie sonrió. "Incluso te enceraste para nosotros".

"No me lo recuerdes". Ty hizo una mueca. "Va a picar".

"Entonces piensa en el resultado final, Señor Dinero. El anuncio es perfecto para el Día de San Valentín y lo sabes. Estaremos abrumados con nuevos miembros."

"¿Cuándo exactamente será tu turno de aparecer en una valla publicitaria F5F?" preguntó Ty.

"Cuando piense en un buen eslogan. Podría ser un tiempo." Cassie extendió la mano y despeinó un poco el cabello de Ty, sonriendo cuando él la miró con el ceño fruncido. "La idea es que tus amigos de las altas finanzas no te reconozcan, ¿recuerdas?"

"Lo recuerdo."

La fotógrafa lo colocó en posición y comenzó a verificar la iluminación. Shannyn regresó y los ojos de Ty se iluminaron. Él sonrió, con una expresión tan sensual y hambrienta que Cassie tuvo que apartarse. Ella estaba más que preparada para que un hombre la mirara así, especialmente un hombre como Tyler McKay.

Su nuevo tatuaje le picaba un poco. ¿Era posible que la supuesta magia de Chynna funcionara? Ella esperaba que se diera prisa y que hiciera lo que fuera a hacer. Ella tenía otra picazón que estaba cansada de atenderse sola.

Shannyn comprobó la iluminación ella misma y conversó con la fotógrafa, ajustando la pose de Ty.

Cassie hizo una seña al equipo de estilistas. "Queremos un look sensual realmente sexy. Aprovechen al máximo los ojos y los labios de Shannyn.".

En unos instantes, Shannyn tenía el pelo de una estrella de rock y los labios abiertos. Sus ojos parecían humeantes y misteriosos. Ella podría haber sido otra persona, más sensual y elegante de lo que jamás hubiera aparecido en la vida real.

Cassie sacó el boceto de la maqueta y revisó la pose con ella. Shannyn dio un paso en el abrazo de Ty y puso su mano izquierda sobre su pecho con su anillo de bodas visible. El brazo izquierdo de Ty estaba envuelto alrededor de la cintura de Shannyn, su anillo de bodas brillaba en las sombras. Él miraba a la cámara, luciendo imponente, protector y sexy como el infierno, mientras Shannyn se inclinaba contra él, tocando su piel con los labios. Ambos se veían perfectos, tonificados, elegantes y bronceados, y la pose era tierna y romántica.

La fotógrafa tomó un par de fotos y luego se las mostró a Shannyn. Ella hizo sugerencias de ajustes y se pusieron a trabajar mientras Cassie miraba.

Obtén suerte en F5F.

Esa campaña iba a prender fuego a Manhattan.

NO ERA el compañero de habitación ideal, pero Haley no había podido resistirse.

Parecía que ella tenía debilidad por los machos grandes, oscuros y melancólicos.

En el refugio, ella estaba abrumada por la gran cantidad de gatos adultos disponibles para adopción. La muchacha que trabajaba allí le explicó su política de ser un refugio donde no se mataba, luego señaló al gran gato negro que estaba sentado en la parte posterior del corral para gatos como si quisiera estar en cualquier otro lugar del mundo. Los gatos más jóvenes retozaban a su alrededor, pero él permanecía impasible. "Si fuéramos un refugio para sacrificar, él se habría ido hace mucho", dijo ella, como si eso no la molestara demasiado.

El gato las miró, como si supiera que estaban hablando de él. Era completamente negro y un gato enorme. Una pantera en miniatura. Elegante y potente. Tranquilo y atento. Le faltaba un ojo y tenía la oreja rasgada.

Haley se preguntó si tenía un tatuaje o había hecho el servicio militar.

"¿Por qué? ¿Porque es negro? Ella sabía que era menos probable que los gatos negros fueran adoptados, aunque pensaba que eso era una tontería.

"Eso y él es miserable. Terminó aquí porque resultó herido en una pelea y ha estado aquí desde entonces."

"¿Cuánto tiempo?"

"Ocho meses. Nadie vino por él. Quizás no tenía a nadie." La muchacha se encogió de hombros. Déjame mostrarte los gatitos. Tenemos unos adorables atigrados..."

"No", dijo Haley, sosteniendo la mirada fija del gato negro y sabiendo exactamente a quién le recordaba. "Estoy interesada en ese gran gato."

Su ojo parecía brillar de color verde mientras la miraba y la punta de su cola comenzó a moverse. Al igual que alguien que ella conocía, no tenía prisa por compartir sus pensamientos.

"¿De verdad? Lo han castrado, por supuesto ", dijo la muchacha. "El veterinario lo hizo al mismo tiempo que lo curaba. Se suponía que eso lo calmaría, pero no lo parece. Él todavía tiene sus garras, así que arañaría tus cosas."

"Pensé que se suponía que debías ayudar a los gatos a ser adoptados, no disuadir a la gente", dijo Haley a la ligera y la muchacha se sonrojó.

"Él es un problema. Deberías saber en lo que te estás metiendo."

"Me gustan los problemas", dijo Haley, porque era verdad. "Quiero verlo."

DAMON ESTABA TERMINANDO el viernes por la noche cuando Ty entró en la sala de pesas. Damon saludó con la mano, notando que Ty todavía vestía su traje y corbata y llevaba su maletín. Él no pensó mucho en que Ty estuviera vestido, solo terminó de guardar las pesas. Él había estado preocupado por su madre todo el día y estaba ansioso por llegar al hospital. Damon odiaba tener este nudo en el estómago, sin mencionar la convicción de que no había nada que él pudiera hacer para ayudar.

Él realmente odiaba no poder hablar con Haley. Ella tenía la capacidad de hacerlo sentir mejor, pero él no quería pedir lo que no podía devolver. No era justo.

El día había pasado más lentamente de lo que él había creído posible.

Él revisó su teléfono de nuevo, pero no había ningún mensaje del hospital.

¿Quién le había dado a su mamá ese gorro rojo de quimioterapia? Era tejido y él se preguntó acerca de esa canasta de tejido en el apartamento de Haley. ¿Ella tejía tanto para pacientes de quimioterapia como para bebés prematuros? A él no le sorprendería.

Se recordó a sí mismo que no estaba buscando una excusa para llamar a Haley.

Pero Damon no estaba seguro de que fuera cierto.

A decir verdad, la perspectiva de agradecerle una vez más le parecía bastante tentadora.

"Espero que no estés planeando escaparte esta noche otra vez", dijo Ty y Damon saltó al darse cuenta de que Ty lo había estado observando. El otro socio no había dejado su maletín ni se había aflojado la corbata. Había una resolución en sus ojos que hizo que Damon se preguntara qué pasaba.

"Siempre estoy libre el viernes por la noche", dijo Damon, pero Ty negó con la cabeza.

"Siempre has estado libre el viernes por la noche. Esta noche es diferente."

Damon levantó una mano, solo dándose cuenta después de haberlo hecho que estaba gesticulando con su teléfono. "Mira, tengo que irme".

"Porque la encantadora Natasha te está esperando", dijo Ty y negó con la cabeza. "Nunca pensé que necesitaría hablarte sobre el trabajo en equipo, Damon. Siempre pensé que sería Kyle quien desaparecería cuando pudiéramos usar su ayuda, pero... "

Damon dio unos golpecitos en su reloj. "Tengo que irme."

"No", dijo Ty con firmeza. "Esta noche, tienes que quedarte". Cuando Damon habría protestado, Ty levantó un dedo y señaló hacia el vestíbulo. "Puede que hayas notado que tenemos un club aquí, uno que solo abre tres noches a la semana."

"Lo trabajé el jueves pasado", dijo Damon, escuchando frialdad en su tono.

"Y yo trabajé el sábado, y Cassie trabajó las tres noches. Con Kyle y Theo en San Francisco, es difícil mantener nuestra política de tener al menos un socio en el club cada noche."

"Oye, fue idea de Kyle..."

"Y él no está aquí porque está preparando el F5F del Oeste. ¡Tú lo sabes! Damon, tenemos que unirnos en los momentos difíciles para mantener este lugar en marcha."

"No me quedaré esta noche. Ya trabajé un día completo."

"Yo también", respondió Ty. "Y me encantaría ir a casa, pero me quedo." Él taladró un dedo en el pecho de Damon. "Y tú te vas a quedar. Ya envié a Cassie a casa. Ella está agotada y si se enferma realmente estaremos en un aprieto."

La ira se encendió dentro de Damon, pero no lo demostró. "Tengo planes para esta noche".

"Yo también. Shannyn tendrá que esperar y también Natasha." Ty era resuelto, su mirada dura cuando Damon no respondió. "¿O tengo que recordarte de nuevo que somos cinco socios igualitarios? Eso se puede revisar si quieres salir."

"No quiero salir", dijo Damon con fuerza. "Solo tengo que hacer algo esta noche".

"Eso no es justo, Damon, y lo sabes. Cassie necesita un descanso. El hecho de que no esté saliendo con nadie no es una razón suficiente para dejarla pasando todos los viernes por la noche aquí en el club."

Damon respiró hondo y miró alrededor de la sala de pesas, recomponiéndose. Tyler tenía razón y lo sabía, pero estaba preocupado por su madre. "Solo necesito hacer una llamada telefónica", dijo él, encontrando la mirada del otro hombre. "Si te parece bien".

"Dale mis saludos a la dama", dijo Ty y se volvió para irse. "Voy a subir a cambiarme. Si no estás en el club cuando vuelva a bajar, te encontraré, incluso si tengo que arrastrarte allí."

"Lo entiendo", reconoció Damon. Ty asintió una vez y se fue, dirigiéndose hacia el ascensor y su apartamento en la torre sobre el club.

Damon apretó el puño, exhaló y luego marcó el número de la estación de enfermeras del hospital. Él odiaba pedir ayuda, pero se trataba de su madre y su consuelo.

Y solo había una persona en la que podía confiar para ocupar su lugar esa vez.

SIETE

Haley llegó temprano a su turno, aunque se decía a sí misma que no era porque era viernes por la noche. No. Era porque estaba nevando como loco y había gente que llegaba tarde al trabajo y otros querían llegar a casa. Se suponía que lo peor de la tormenta azotaría durante la noche.

El gato había revisado el apartamento a fondo cuando ella lo llevó a casa. Contrariamente a la predicción, él todavía no había puesto sus garras en sus muebles. A él no le gustaba mucho comer y tendía a sentarse en el alféizar, ya sea mirándola a ella o mirando por la ventana. Él parecía distante y no había querido acurrucarse o incluso dejarse acariciar.

Haley estaba bastante segura de que no creía que se quedara. Ella había asado pescado esa noche para ella y le había dado un trozo. Él se lo había tragado y luego la había observado más de cerca, aún con cautela, aun considerando su mérito.

Cuando ella se fue, miró hacia arriba desde la calle y vio su silueta en la ventana. Impulsivamente, ella saludó.

Megan estaba en el escritorio de la sala de cardiología. Haley asintió con la cabeza y fue a poner sus cosas en su casillero, preguntándose qué haría el gato en su ausencia.

Ella todavía no había decidido un nombre para él, aunque le había enviado una foto a su mamá.

"Hola", dijo Megan, dando la vuelta al escritorio. "Hay un mensaje para ti".

"¿Para mí?"

Sonó una alarma y Megan maldijo en voz baja, luego se apresuró hacia el escritorio. Haley se cambió y cerró su casillero, luego siguió a Megan hasta el escritorio. La otra enfermera estaba hablando por teléfono, pero levantó un dedo y le indicó a Haley que esperara.

"¿Qué pasa?" Haley preguntó cuando Megan terminó la llamada.

"Oncología llamó." Preguntaron si habías llegado, luego cuándo estarías y dejaron un mensaje." Megan rebuscó en el escritorio y sacó una hoja de papel rosa. "¡Aquí! Te preguntan si podías ir con la Señora Pérez."

"Porque Damon no vendrá."

"¿Eso significa algo para ti?" preguntó Megan cuando Haley no dijo nada.

"Lo hace", dijo Haley. "Gracias. Es una paciente que responde muy bien a los masajes. Supongo que está sufriendo."

"Espera un minuto. ¿Es ella la que tiene el hijo sexy?

"Bueno, ella tiene un hijo. Él me dejó probar los masajes con su madre y ella respondió bien, así que le dije que podía hacerlo de nuevo si me necesitaba. Suena como si lo hiciera." Haley se encogió de hombros, tratando de parecer casual al respecto. "¿Me necesitas temprano?"

"No. Todo tranquilo." Megan cruzó los dedos y sonrió.

"Bien. Volveré a las ocho."

El teléfono sonó de nuevo y Megan asintió con la cabeza a Haley antes de que ella lo contestara.

Haley luchó contra su decepción todo el camino hasta la sala de oncología. El mensaje la había hecho darse cuenta de lo mucho que había estado esperando ver a Damon, aunque solo fuera para regañarlo por no confiar en sus amigos y socios. Pero Oncología no habría llamado si él hubiera estado allí. Tal vez él ni siquiera iría esa noche. Ella no estaba segura de si debía estar contenta de poder ayudar a su madre o molesta porque ella solo era útil.

Luego llegó a la sala de oncología y Khadija la saludó con una sonrisa. "¡Hola! Recibiste el mensaje."

"Absolutamente. ¿Cómo está la Señora Pérez?

"No está bien. Pobrecita. Incluso los opiáceos no están ayudando esta noche."

Haley sintió una oleada de compasión. "¿Grave?"

Khadija hizo una mueca. "Creo que sí. Detuvieron el tratamiento porque no está ayudando."

El corazón de Haley se apretó de compasión por Damon de nuevo. Ella caminó por el pasillo hasta la habitación de Natasha con Khadija. "¿No suele venir su hijo los viernes por la noche?"

"Él llamó y dijo que tenía que trabajar hasta tarde. Él es quien preguntó por ti." Khadija hizo una mueca. "En realidad, sonaba bastante molesto por el trabajo,"

"¿De verdad? Supongo que se preocupa por su madre, pero no parece del tipo que muestra sus emociones."

Khadija se rió. "No, su corazón no está en su manga. Quise decir que él fue realmente conciso. Jake es así cuando está molesto", dijo ella, refiriéndose a su esposo. "Muerde las palabras y se pone aún más callado de lo habitual. La mayoría de la gente no nota cuando él se enoja, pero yo he aprendido a buscar las señales."

"Instinto de supervivencia", bromeó Haley y Khadija sonrió.

"Tienes razón." Ella golpeó suavemente la puerta. "Hola, Señora Pérez. ¿Te sientes mejor?" Hubo un débil gemido de respuesta. "Ella ha tomado algunos analgésicos", murmuró Khadija. "Pero esa es su asignación por hoy y no está funcionando. Llamé a su médico para solicitar más morfina."

Haley asintió. No importaría ahora si Natasha tuviera demasiado. Ella se mordió el labio cuando vio que Natasha se había acurrucado de costado. Ella parecía aún más pequeña y frágil que la otra noche. Era fácil creer que había sido bailarina, porque era muy pequeña. Parecía ser todo huesos debajo de la sábana.

Haley dejó caer una mano sobre la rodilla de Natasha. "Hola", dijo con una sonrisa y vio a Natasha mirarla. Damon me preguntó si podía visitarte. ¿Quieres un masaje?

"¿No vendrá él?" susurró ella.

"Más tarde", Khadija articuló con la boca y luego se encogió de hombros.

"Está nevando", le dijo Haley a Natasha. "Las carreteras están en mal estado. Parece que se ha retrasado, pero yo puedo intentar ayudarte ahora,"

"Haley".

"Esa soy yo", dijo Haley, sacando la loción de masaje del cajón. Ella sonrió. "¿Es bueno o malo que te acuerdes de mí?"

"Bueno", dijo Natasha con una sonrisa de respuesta.

"Sé que no soy tan buena en esto como tu hijo, pero ¿deberíamos intentarlo?"

Los ojos de Natasha se cerraron mientras asentía.

"Podrías hablarme de Rusia", dijo Haley, acomodando a la mujer mayor sobre su estómago. Le desabrochó el cuello de la bata y se frotó loción entre las manos. Las luces ya estaban tenues en la habitación y Khadija había cerrado la puerta. El monitor cardíaco emitía un pitido, pero por lo demás, la habitación estaba en paz. "¿Cómo era?"

"Fría", dijo Natasha. "Gris." Ella suspiró ante el primer toque de Haley. "Pero cuando bailábamos en el escenario, era como otro mundo, un hermoso mundo de color y posibilidades." Ella respiró unos momentos mientras Haley trabajaba sobre sus hombros, luego suspiró de nuevo. "No era una ilusión. Bailar trajo posibilidades."

"Porque conociste a tu marido cuando bailabas,"

"Sí. Mi Marco ". Natasha sonrió sin abrir los ojos. "Y tuvimos un hijo".

"¿Él se parece a su padre?" Preguntó Haley, porque no pudo resistirse.

"Podrían ser hermanos. Tan parecidos, pero con tantos años de diferencia." Ella se humedeció los labios. "Lo extraño mucho, mi Marco, pero eso no es suficiente para hacerme desear no haberlo conocido. Él lo era todo para mí."

Haley asintió ante la familiaridad de la historia. "Parece que viviste una historia de amor".

"Lo era. ¡Lo es!" Los ojos de Natasha se abrieron. "¿Y tú has vivido una historia de amor?"

Haley negó con la cabeza. "Yo no. Sin embargo, mi mamá y mi papá lo hicieron, y mi hermano mayor."

"Y tú también quieres una."

Haley frunció el ceño ante la convicción de que ella debía querer lo mismo que su madre y Natasha. Ella esquivó la pregunta en lugar de responder. "¿No es difícil, sin embargo? ¿Cuándo termina?"

"Nunca termina", dijo Natasha con convicción. Ella se llevó una mano al pecho. "Él está aquí, en mi corazón, todo el tiempo, dándome fuerzas y ayudándome a seguir sin él." Ella hizo un gesto hacia la habitación. "Él está aquí, en mis sueños, hablándome, diciéndome que me está esperando."

Haley se preguntó. "¿Esperando por ti?"

Natasha asintió. "Marco dice que pronto volveremos a estar juntos". Ella suspiró. "Sé que es verdad, pero Damon, mi muchacho Damon, estará solo. Eso es lo que realmente me rompe el corazón."

Y no había nada que Haley pudiera decir al respecto.

ALGO ESTABA MAL.

Ty no sabía qué era, no exactamente, pero Damon había cambiado. Él no conocía bien a Damon, por lo que no estaba seguro de qué pensar de la impasibilidad de su compañero. Damon se había presentado a su turno en el club, como Ty había insistido, pero no parecía disfrutarlo y no interactuaba mucho con los clientes. Ty tenía la impresión de que Damon estaba cumpliendo con un deber o marcando tiempo.

Ty deseaba conocer mejor a Damon, pero el otro hombre siempre había sido un misterio para él. Había sido Kyle quien había conocido a Damon en su intensa búsqueda de competencia potencial, y era cierto que Damon era un excelente entrenador y preparador físico. Su talento artístico había sido inesperado y su capacidad para acertar por completo un diseño fue lo que lo llevó a formar parte de la sociedad. Sin embargo, Damon tenía límites y Ty ni siquiera estaba seguro de qué tan bien lo conocía Kyle.

Ty miraba a Damon de forma discreta en el club. El otro hombre estaba de pie en el otro extremo de la pista de baile, con los brazos cruzados sobre el pecho, mirando a los clientes mientras bailaban y festejaban. Estaba erguido y se veía imponente, pero no muy amigable.

¿Le molestaba tanto tomar un turno? Ty había revisado el horario y

Damon no había trabajado un viernes por la noche en el club F5F desde abril.

Él sabía que había tocado un nervio cuando había acusado a Damon de no hacer todo lo posible, pero se preguntaba qué estaba pasando.

"Oye, ¿qué pasa con el asesino?" preguntó uno de los instructores, señalando a Damon. Él compartía la sonrisa dispuesta de Kyle y una confianza tranquila, pero tenía el pelo oscuro y unos ojos azules llamativos. Ty lo había visto bailando antes, encantadoras mujeres de izquierda a derecha, y se había preguntado si Kyle tenía otro hermano al que no conocía. "Parece que está listo para matar gente con sus propias manos". Ty no podía discutir con eso, porque era cierto. "Está destrozando totalmente el estado de ánimo".

"Tuvimos que cambiar el horario, no es gran cosa".

"Para que Cassie pueda tener una noche libre", dijo el joven asintiendo. "Ella ha estado aquí casi todas las noches desde que Kyle se fue a San Francisco." Ella señaló a Damon. "Él no está aquí a menudo, pero nunca lo había visto con ese aspecto."

Ty se abstuvo de comentar sobre el estado de ánimo de Damon. "¿Vienes aquí a menudo, entonces?"

"Todas las noches que estén abiertos", dijo el tipo asintiendo. "Es el mejor lugar para bailar en la ciudad. Las mujeres más bellas de la zona." Él vio a alguien hacer un solo en la pista de baile, admiración en su expresión. "Mi hogar lejos de casa." Él suspiró. "Viviría aquí si pudiera."

Ty vio la oportunidad de conectar su nueva empresa. "Podrás hacerlo, pronto. Venderemos condominios en la torre sobre F5F."

El joven se rió. "¡Como si yo pudiera pagar eso! Sin embargo, es una gran idea

"Estoy pensando que tú y Kyle deben llevarse bien,"

Él rió de nuevo. "Kyle nos llama gemelos separados trágicamente al nacer". Se volvió y le ofreció la mano. "Hunter Tate", dijo. "Tienes que ser Tyler McKay, el tipo del dinero".

"¿Yo?"

"Oh, sí, puedo olerlo en ti". Hunter respiró hondo y sonrió. "Lástima que nada de eso se me pegará".

Ty se rió entre dientes porque sabía que se suponía que debía hacerlo.

"Esta no es tu idea de un buen momento más que la de él". Hunter retrocedió contra la pared junto a Ty cuando Ty no respondió. "Deberías contratar a alguien para trabajar en el club", dijo. "Quiero decir, con Kyle y Theo tanto en el oeste, alguien necesita tomar la iniciativa aquí y mantenerlo en marcha. Eso no va a cambiar cuando abras F5F West. Necesitas a alguien a quien le guste estar aquí.".

Fue un tono tan obvio que Ty no pudo evitar sonreír. "Déjame adivinar. Tienes en mente al candidato perfecto."

Hunter se echó a reír, no preocupado en lo más mínimo por que Ty hubiera visto a través de él. "Tienes razón. Amo este club. Pago por estar aquí todo el tiempo. Yo también pertenezco al gimnasio. Que me paguen por estar aquí sería como el cielo en la tierra." Él sonrió. "Podrías incluir uno de esos condominios como parte de mi compensación".

A Ty le divirtió que el joven fuera tan directo. "Bueno, envíanos un currículum y lo pensaremos", dijo, sin querer dar demasiado aliento. Era una buena idea, pero quería saber qué sabía Kyle sobre Hunter.

"No hay problema." Hunter sacó su teléfono. "Resulta que tengo mi currículum listo. ¿Por qué no me das tu correo electrónico y te lo envío?" Él levantó la vista y se encontró con la mirada de Ty, con confianza en sus ojos.

"Qué coincidencia que hayas tenido la oportunidad de hablar

"No creo en las coincidencias más de lo que creo en la suerte", dijo Hunter. "La suerte está hecha. Quiero trabajar en F5F. ¿Cómo sabría alguno de ustedes eso a menos que yo se lo dijera?

Eso era bastante cierto. Ty le dio a Hunter el correo electrónico del club y le dijo que lo pensarían.

Él observó a Damon, incapaz de descartar su sensación de que su compañero estaba tenso por la presión, y sabía que Hunter prácticamente ya tenía el trabajo.

DAMON ODIABA LLEGAR TAN TARDE.

Eran más de las cuatro de la mañana cuando él llegó al hospital. No había ayudado que Ty hubiera intentado hablar con él cuando cerró el club de baile. Lo último que Damon iba a hacer era confiar en sus socios y dejarles decidir que ya no debería ser parte de F5F porque tenía demasiado en su plato. El mejor camino era superar el desafío y llegar al otro lado.

De algún modo.

El vestíbulo del hospital estaba desierto. La enfermera en el escritorio de la sala de oncología miró hacia arriba cuando las puertas del ascensor se abrieron y lo saludó con la punta de los dedos.

Él lo tomó como una señal de que su madre estaba más o menos bien.

Damon caminó por el pasillo, sin poder entablar conversación. No le gustaba decepcionar a nadie. No le gustaba que no pudiera arreglar todo para su madre. No le gustaba que Ty y los demás no tuvieran idea de lo que estaba pasando en su vida, pero tampoco quería confiar en ellos. La enfermedad de su madre era privada.

Un calvario al que él tenía que sobrevivir solo.

Él tenía la garganta apretada cuando llegó a su habitación, pero el sonido del monitor cardíaco en su interior lo tranquilizó. Él abrió la puerta solo un poco, sin querer molestarla, y contuvo el aliento ante lo vulnerable que se veía.

¿Cuánto tiempo más sería?

Él caminó hacia la cama, moviéndose tan silenciosamente como pudo. Ella no se despertó, lo cual era inusual. Su madre siempre había tenido el sueño ligero.

Pero entonces, probablemente le habrían dado algo para el dolor.

Damon hizo una bola con las manos en los bolsillos y la miró, preguntándose qué haría él cuando eso llegara a su inevitable final, odiando no poder cambiar nada de eso.

Luego vio el frasco de loción de masaje en la mesa auxiliar. No estaba donde él lo había dejado.

Haley había estado con ella.

Ella había ido.

El alivio inundó a Damon y supo que tenía que hacer algo para agradecerle.

Él podía pensar en una cosa que estaba más que dispuesto a hacer.

Sin embargo, ella podría no estar interesada. Él había dicho que era el fin.

Damon levantó la manta y tapó a su madre con ella, oliendo el familiar aroma de la loción mientras lo hacía. Su mamá sonrió y tomó su mano sin abrir los ojos. Ella le dio un pequeño apretón en los dedos, como si él fuera el que necesitara consuelo, luego su mano se deslizó mientras dormía más profundamente de nuevo.

Él la observó dormir un rato y luego volvió a la estación de enfermeras. Él se enteró de que Haley no solo le había dado un masaje a su madre: su toque había significado que su madre no había necesitado morfina extra para dormir. La enfermera estaba entusiasmada con el efecto sobre los signos vitales de su madre y Damon estaba más que contento de escucharlo.

Haley había ido más allá.

Y ahora él se lo debía.

Él era lo suficientemente honesto consigo mismo como para alegrarse.

HALEY TOMÓ un momento al final de su turno y regresó a la sala de oncología. Todo estaba tranquilo, todas las enfermeras respondían llamadas y se alegró de que no hubiera nadie que la viera visitar la habitación de Natasha. La puerta estaba casi cerrada y ella escuchó por un momento, notando el sonido lento y constante del monitor. Ella sonrió, asumiendo que la presencia de Damon era la responsable, luego abrió la puerta un poco.

Pero Natasha estaba sola, profundamente dormida.

O él se había ido o nunca había estado.

Haley se mordió el labio, incapaz de evitar preguntarse por qué. Había muchas posibilidades. Él tenía una cita. Estaba teniendo sexo con otra persona. Se había mudado a otra compañera dispuesta y ella todavía pensaba en él. Patético, pero supuso que ella todavía le era útil.

Incluso eso terminaría demasiado pronto.

Haley giró para irse y se topó con un obstáculo.

Un obstáculo del tamaño de un hombre, uno que olía a perfume y cigarrillos. Damon vestía una camiseta negra que le quedaba como su segunda piel con el logo F5F sobre su corazón, jeans y una chaqueta de cuero. El olor le decía que había estado en una fiesta y ella estaba disgustada de que él pudiera salir y divertirse como si su madre no lo hubiera estado esperando. Haley miró hacia arriba para dejarle ver su opinión, luego lo empujó con molestia. Ella caminó por el pasillo, sin querer hablar con él.

Escuchó a Damon caminar tras ella, pero no se detuvo. El ascensor estaba allí, así que se apresuró a entrar y apretó el botón, pero las puertas no se cerraron lo suficientemente rápido como para detener a Damon. Él entró, luciendo decidido y formidable. Las puertas se cerraron y el ascensor empezó a descender. Haley cruzó los brazos sobre el pecho y trató de ignorarlo, lo que no era fácil ya que él prácticamente llenaba el espacio.

Damon apretó el botón de parada y Haley lo miró. Ella extendió la mano para iniciar el descenso del ascensor de nuevo, pero él la tomó de la mano.

No era justo que su piel fuera tan cálida y su toque tan suave.

"¿Qué pasa?" preguntó él, su voz peligrosamente baja.

"Tú. Enciende el ascensor de nuevo, por favor ".

"Contéstame primero."

Haley respiró temblorosamente. "¿Cómo te atreves a pedirme que visite a tu mamá porque decidiste ir a una fiesta?" exigió ella y sus ojos brillaron. "Pensé que te preocupabas por algo más que tú mismo..."

La yema de su dedo aterrizó sobre sus labios. "Tenía que trabajar."

Haley dio un paso atrás y se encontró en la esquina del ascensor, con Damon todavía asomándose sobre ella. "Bueno, han cambiado mucho de ejercicio si bailar y beber es trabajo..."

"No estaba bailando. Y no estaba bebiendo."

"¿Por qué debería creerte? Hueles como si hubieras ido a una fiesta."

Él apretó los labios y por un momento pareció exasperado. Luego volvió a permanecer impasible. El hombre de piedra. "Tenemos un club de baile en F5F", admitió él. "Odio los bares. Odio esa escena social, pero hoy me recordaron que no he estado haciendo mi parte al tomar los turnos de los viernes por la noche en el club." Su voz se endureció y entrecerró los ojos. "Nadie me dice que no estoy jugando para el equipo."

"No se puede fumar en los bares."

"Pero se puede fumar fuera de ellos y la gente lo hace. La nube es increíble y es ineludible."

"No deben fumar cerca de las puertas".

Él casi sonrió. "Es invierno. Lo hacen."

Ella lo consideró, sabiendo que la acusación de sus socios le había dolido. "¿Te acusaron de no hacer tu parte?"

Él asintió una vez.

"Pero es porque vienes a visitar a tu mamá".

"Sí." Damon mordió la palabra, lo que hizo que Haley recordara el comentario de Khadija. Él pulsó el botón para poner el ascensor en movimiento de nuevo y sus ojos brillaron cuando la miró. "Entonces, hice mi parte esta noche y nadie tiene motivo de queja. Fin de la historia."

"No lo creo."

"¿Que se supone que significa eso?"

Haley cruzó los brazos sobre el pecho. "¿Cómo puedes jugar en el equipo si no les has hablado de tu mamá?"

"No es de su incumbencia."

"Creen que ella es tu novia".

"Lo sé." Sus ojos se entrecerraron. "¿Cómo lo sabes tú?"

"Cassie me lo dijo cuando fui a la clase de masajes."

Sus cejas se arquearon con sorpresa.

"Yo no pregunté. Ella se estaba desahogando un poco. La gente me dice cosas."

"Es bueno saberlo", gruñó él y ella supo que no estaba contento.

Pero Haley no iba a dejar que cambiara de tema. "Si ellos supieran que ella es tu madre y que está en la sala de oncología, nadie te acusaría de no hacer tu trabajo."

Damon la miró con frialdad. "No es su problema. No lo saben y no lo van a saber."

"Pensaba que eran tus amigos."

"Más o menos."

"Y tus socios".

Él asintió.

"¿Estoy en lo cierto al suponer que son la suma de tu red de apoyo emocional, además de tu mamá?"

"No tengo una red de apoyo emocional porque no la necesito", espetó él.

"Todo el mundo necesita una", respondió Haley. "Especialmente cuando la persona más cercana a ellos en todo el mundo va a morir."

Luego contuvo el aliento por haber tenido tan poco tacto como para decir la verdad en voz alta.

Damon no dijo nada.

Ella ni siquiera estaba segura de que estuviera respirando.

El ascensor se detuvo y las puertas se abrieron. Haley le lanzó una mirada furtiva, sorprendida de descubrir que él no parecía enfadado en absoluto.

Él parecía derrotado.

Su frustración con él se disolvió. ¿Lo habría hecho ella también bajo una tensión similar? Haley lo dudaba. Su expresión era una prueba positiva de que él necesitaba un amigo.

Pero cuando él levantó la mirada hacia ella, volvía a estar sereno e impasible. Él se aclaró la garganta. "Supongo que no me dejarías darte las gracias por darle un masaje a mi mamá esta noche."

Haley tragó. "Pensaba que ya no podrías hacerlo".

"Creo que podría arreglármelas esta noche".

Solo sexo. Haley debía estar cansada porque en ese momento ella quería mucho más de Damon Pérez.

Luego recordó su postura en el ascensor un momento antes. Él estaba solo. Estaba dolido. Él necesitaba su energía.

Aunque estaba tratando de ocultarlo. Había algo en la combinación de fuerza y vulnerabilidad que la hacía querer llevarlo a casa y amarlo toda la noche.

Haley sabía que debía marcharse, pero no quería. Ella quería estar con Damon, incluso si era la última vez.

Especialmente si era la última vez.

Él se quedó parado y esperó en silencio su decisión, y ella se preguntó por qué él no estaba tratando de abrumarla con su toque. Si él la besaba, o simplemente deslizaba ese dedo sobre su boca de nuevo, ella estaría prácticamente perdida. Él podía salirse con la suya fácilmente, pero ni siquiera lo intentaba.

"No estás usando exactamente todas tus habilidades para hacer un argumento persuasivo."

La sonrisa de Damon fue fugaz pero potente. "Porque sé que ese toque puede inclinar la balanza. Estoy tratando de ser justo."

Haley negó con la cabeza porque él entendía tan bien su poder sobre ella, y levantó un poco más su bolso. "La buena y confiable Haley Slater", murmuró. No parecía una credencial tan buena en ese momento. Ella se dirigió a la línea de taxis, sin importarle que no conociera al primer conductor en absoluto.

"Haley", dijo Damon detrás de ella. "Por favor." Su voz quedó atrapada en la única palabra y ella miró hacia atrás, solo para ver desolación en sus ojos por el más mínimo latido del corazón. Entonces su armadura volvió a estar en su lugar y él era solo un hombre increíblemente atractivo parado solo, mirándola con una expresión cautelosa. "Te necesito esta noche", admitió él tan suavemente que ella casi no escuchó las palabras.

Resultaba que él no necesitaba tocarla para ser irresistible.

"Yo también te necesito", murmuró ella, luego le ofreció la mano.

DAMON NO TENÍA intención de dejar que Haley se arrepintiera de su elección.

Él no quería estar solo.

Él no quería irse a casa solo.

Él sentía una desesperación que no auguraba nada bueno para las próximas horas. Él sabía lo que sucedería si se iba a dormir solo, y no quería volver a tener la pesadilla, o al menos, quería retrasarla el mayor tiempo posible.

Él no se había sentido vivo hasta que había discutido con ella en el ascensor, y entonces supo que no iba a ser tan fácil como esperaba dejarla escapar de su vida. Incluso alejarla desafiaba todos sus instintos. Cuando ella lo había reprendido, intrépida y articulada, él había querido hacerle el amor hasta que ella rugiera de placer.

Eran más de las cuatro. El sol saldría pronto. Si él estaba haciendo el amor con Haley, tal vez podría eludir al monstruo por una noche más.

Tal vez él podría olvidar su impotencia dándole placer.

Él quería sentirse fuerte y autoritario, a cargo de todas las variables, en lugar de estar sujeto a sus caprichos.

Él reclamó su mano en el taxi y la apretó con fuerza. Sus dedos estaban fríos pero parecía un poco sorprendida por su toque. "¿Fuiste al club para la clase?" preguntó él.

"Miércoles", admitió.

"¿Fue una buena clase?"

"Sí. Aprendí sobre los meridianos". Ella se volvió para estudiarlo cuando él asintió. "Pensaba que tal vez tú enseñabas la clase".

"No. Contratamos expertos siempre que podemos. Principalmente hago citas personales. Entro cuando es necesario. Y hago muchos programas de levantamiento de pesas y entrenamientos

"¿Es esa tu área de especialización?"

"Más o menos." Damon sabía que el taxista estaba escuchando y también comprendía que Haley necesitaba que le entregara más información personal. "Me especialicé en entrenamiento personal con pesas antes de unirme a F5F. Conocí a Kyle en un gimnasio donde solía entrenar."

"¿Competiste? ¿Es por eso que entrenas?"

Él sacudió la cabeza. "No, yo necesitaba un trabajo y la formación era algo que entendía. Tenía que demostrar mi valía en ese gimnasio, pero eso no me preocupó. El entrenamiento tiene que ver con la perseverancia y la consistencia, mantener la postura, presionar un poco más cada vez. Tienes que comprometerte para tener éxito y no hay éxitos de la noche a la mañana."

"¿Por qué entendías tan bien el entrenamiento?"

"Siempre levanté pesas".

Haley asintió. "Oh. Pensé que tal vez lo habías aprendido en el servicio militar."

Damon se volvió para mirarla, pero ella se había inclinado hacia adelante para dirigir al conductor a su edificio. Él sacó su billetera, pero ella ya había pagado el pasaje y se había bajado del taxi. El conductor lo estaba mirando por el espejo, así que Damon salió, preguntándose qué había planeado ella.

¿Ella estaba cambiando de opinión?

¿Y cómo sabía ella que él había servido en el ejército?

El taxi se alejó y él se acercó a la acera, luchando contra la sensación de que ella se había escabullido por uno de sus puntos de control. "¿Cambiaste de opinión?" preguntó él con brusquedad.

"No, pero pensé que tú podrías haberlo hecho." Ella le sonrió. "Creo que encontré un secreto".

"No es un secreto". Sin embargo, él se sentía a la defensiva y expuesto. Sorprendido.

"Solo una de esas cosas que no le cuentas a nadie. ¿Tus socios saben que serviste en el ejército?"

"No lo sé. Nunca les dije que lo hice."

"¿Por qué no? ¿No estás orgulloso de eso?"

Orgulloso no comenzaba a describir cómo se sentía Damon de sus años de servicio activo. Él la miró con hostilidad. "Se acabó y no tiene nada que ver con F5F".

"Pero tiene mucho que ver contigo y por qué eres como eres", dijo ella. Haley abrió la puerta de seguridad. "Y realmente, si quieres que sea un gran secreto, deberías encorvarte."

Él se quedó mirando a Haley mientras ella entraba al edificio. Admiraba el rebote en su paso y la confianza en su afirmación, y su convicción de que él la seguiría justo detrás. Ella podría haberlo llevado a cualquier lugar y Damon la habría seguido. Esa era una advertencia y él tomó nota de ello. Nunca podría haber más entre ellos de lo que había ahora, por lo que esa realmente tenía que ser la última vez con Haley.

Damon la haría contar.

Él le daría una noche para recordar.

DAMON NO DIJO nada más hasta que estuvieron dentro del apartamento de Haley. Él ni siquiera habló entonces y ella se preguntó si realmente lo había conmocionado al hacer una buena suposición. Ella encendió la luz y estaba cerrando las persianas cuando escuchó su abrigo caer sobre la silla.

Ella miró por encima del hombro para encontrarlo detrás de ella, intensamente ardiente en sus ojos. Él la tomó en sus brazos y la giró, su agarre suave pero decidido, luego se inclinó para besarla.

Y el gato le saltó por detrás.

De hecho, ella se había olvidado del gato, sobre todo porque no estaba a la vista cuando entraron en el apartamento. Él se movió rápidamente, lanzándose hacia las sombras, y ella se asombró de lo alto que podía saltar. Él estaba sobre los hombros de Damon, clavando sus garras en la piel, mostrando los dientes mientras siseaba.

"¿Qué demonios...?" gritó Damon cuando el gato le arañó la oreja. Él agarró al gato por la nuca y lo tiró al suelo. El gato aterrizó sobre sus pies, luego se agachó y siseó. Había veneno en ese sonido y su cola azotaba.

Bien. Ella tenía un protector. Aparentemente, el pescado era el camino hacia el corazón del gato.

"Nuevo compañero de cuarto", dijo ella a la ligera mientras la pareja se miraba fijamente, cada uno preparado para golpear al otro. "Todavía está aprendiendo modales".

"Se nota." Damon miró al gato con sospecha.

El gato miró a Damon aún más.

"Debería ser ilegal que haya tanta testosterona en el aire", dijo ella y Damon la miró.

"¿Eso ataca a todo el mundo?"

Él, no eso. No sé. Solo lo he tenido desde el jueves. Ni siquiera tiene un nombre todavía."

"Ninja", dijo Damon entre dientes.

Haley reprimió las ganas de reír. "Quizás." Ella se inclinó y, por primera vez, el gato se acercó a ella, rodeando sus tobillos y luego sentándose sobre su pie. Él continuó mirando a Damon, moviendo la cola y doblando las orejas hacia atrás.

"No puedes haberlo elegido por su apariencia."

"Creo que es hermoso. Mira lo elegante y negro que es. Como una pequeña pantera."

Damon resopló. "Se ve bastante golpeado".

El gato le siseó.

"Dijeron que había estado en una pelea y que tuvieron que curarlo. Creo que es su actitud lo que le impidió ser adoptado durante tanto tiempo."

"No es exactamente encantador."

"Él me defendió".

"De mí." Damon negó con la cabeza y exhaló. "Por supuesto, su actitud no te detendría a ti."

"¿Qué significa eso?"

"Que te gusta traer a casa perros callejeros."

Haley decidió no sentirse insultada. "No hay nada de malo en ayudar a los demás". Ella se agachó y frotó la oreja del gato y en realidad él ronroneó un poco. "Pensé que él necesitaba a alguien".

"Así que te convertiste en ese alguien". Damon frunció el ceño. "¿Qué hay de lo que tú quieres, Haley? ¿Qué pasa con lo que tú necesitas, en contraposición a lo que todos los demás necesitan de ti?"

"Oh, por eso te traje a casa", dijo ella. "Me ibas a dar un orgasmo. Me vendría bien eso."

Damon le dirigió una mirada que le recordó tan perfectamente la expresión del gato en el refugio que ella se rió.

"¿Qué es tan gracioso?"

"Yo pensé que él me recordaba a ti. Sin embargo, prometo que no lo llamaré Damon."

"¿Qué?"

"Oh vamos. Ambos tienen actitud. Ambos son gruñones y no cooperan. Ambos están ansiosos por la pelea." Su voz vaciló pero continuó de todos modos. "Y ambos son hombres hermosos, poderosos y honorables."

Damon la miró a los ojos. "¿Hermoso?"

Haley asintió con la boca seca. "Precioso."

Él sonrió y acortó la distancia entre ellos, luciendo como un depredador en la caza. Ella estaba más que preparada para ser su presa. Él tomó su rostro entre sus manos y la atrajo hacia los dedos de los pies, su mirada buscó la de ella. "Nadie me había llamado así antes."

"Quizás necesites amigos más inteligentes".

Su sonrisa fue tan rápida y seductora como siempre, luego se inclinó y tocó sus labios con los de ella. El gato aulló, pero Haley lo ignoró. A ella le encantaba que Damon estuviera pidiendo permiso, aunque su respuesta no estaba en duda. Ella envolvió sus brazos alrededor de su cuello y le abrió la boca, dándole la bienvenida, invitándolo, rindiéndose a él.

Damon hizo un pequeño gruñido en el fondo de su garganta, luego inclinó su boca sobre la de ella. Era un beso magistral y hambriento, un beso conquistador, un beso que no dejaba dudas sobre sus intenciones para el futuro previsible. Era un beso que aseguraba que los objetivos a corto plazo de Haley fueran exactamente los mismos que los suyos. Le prendía fuego a la sangre y le dejaba las bragas mojadas.

El gato se escabulló y ella lo escuchó aterrizar en el extremo de la encimera de la cocina. A Haley no le importaba a dónde fuera.

Las manos de Damon estaban sobre ella, empujando su abrigo y su suéter a un lado, trabajando debajo de su ropa para tocar su piel. Ella no podía desnudarse lo suficientemente rápido y encontró sus propias manos sumergiéndose debajo de su camisa, empujándola hasta sus hombros, desabrochándole los jeans. Era una fiebre con Damon, una necesidad de acercarse lo más posible lo antes posible. Ella nunca había sentido tanta urgencia con nadie más, y él parecía sentirlo también. Él gimió cuando sus senos desnudos tocaron su pecho, luego profundizó su beso. Arrojaron la ropa en todas direcciones, luego él rompió abruptamente su beso y extendió la mano para sacar la cama. Haley aprovechó la oportunidad para quitarse el resto de su ropa y robarle una larga mirada desnudo.

Luego él se volvió y le sonrió, haciéndole señas con un solo dedo. Haley pudo ver que era enorme y duro. "¿Cómo te gusta más?" murmuró él contra su garganta, sus manos se deslizaron sobre su piel.

"Quiero cambiar en el 2018. Fuera lo viejo y adentro con lo nuevo."

Sus ojos brillaron. "Entonces, tú has estado en la cima y yo he estado en la cima". Su dedo se deslizó entre sus muslos y ella jadeó cuando la acarició. "¿Desde atrás? ¿Contra la pared de nuevo? ¿Estilo cavernícola?" Sus dedos se deslizaron dentro de ella, su pulgar haciendo cosas malas en su clítoris, Haley se encontró retorciéndose en su mano. "¿Debería comerte primero? Dime lo que quieres, Haley."

Ella negó con la cabeza, incoherente por su toque experto.

Él sonrió. "Tienes que decírmelo. Tienes que decirlo en voz alta o no hay recompensa."

"¡No puedes hacer las reglas!"

"Sí, puedo. Estoy haciendo una ahora. Porque aquí hay algo que he notado sobre ti. No te gusta pedir nada para ti. No te gusta desear nada en voz alta. Entonces, vas a exigir lo que quieres de mí, o te quedarás sin eso."

Haley gimió cuando él la pellizcó y bajó la cabeza para darle un beso. Su lengua jugueteó con la de ella y la inclinó sobre el sofá, su calor presionado contra ella, su mano volviéndola tan loca como su boca. Luego rompió el beso y le sostuvo la mirada. Ella estaba jadeando y ya le había clavado las uñas en los hombros.

"¿Qué será, Haley?"

"No eres un gigoló", logró decir ella.

Él se rió entre dientes. "No, pero quiero complacerte. Te haré todo lo que quieras ". Ella lo miró a los ojos y el corazón le dio un vuelco ante la intensidad de sus ojos. "Haré realidad tu sueño más perverso, pero tienes que decirme cuál es."

"No tengo sueños perversos".

"Todo el mundo los tiene."

"¿Cuál es tu sueño perverso?"

"Tú, mordiéndome el hombro para evitar gritar mientras te corres, conmigo enterrado dentro de ti". Él arqueó una ceja mientras ella se sonrojaba. "Pero eso ya lo hicimos".

"Esa no puede ser tu fantasía."

"El recuerdo me ha mantenido caliente durante más de una noche" Él se inclinó para succionar su pezón, rozándolo con los dientes y engatusándolo a un pico apretado. Damon movió su lengua a través de él, enviando escalofríos a través de su cuerpo. "Nombra tu veneno, Haley."

"Desde atrás", admitió ella, sonrojándose mientras lo hacía. "Sobre una silla, estilo cavernícola. Siempre me he preguntado como es."

Damon sonrió, aparentemente sorprendido por su elección. Luego la levantó y la echó sobre su hombro. Movió el gran sillón que ella poseía de modo que el frente estuviera contra la pared, luego la giró y se colocó de pie detrás de ella. Haley se dio cuenta de que no podía moverse. Él estaba justo detrás de ella, presionado contra ella desde la cadera hasta la rodilla, con un brazo alrededor de su cintura y sus pies entre los de ella. Él tomó su mandíbula con la otra mano, inclinando su rostro hacia atrás para un beso, y su erección presionó contra su trasero. "¿Así?"

"No exactamente. Pensé que estarías dentro ", dijo ella, solo para sorprenderlo.

Él se puso un condón, la levantó y luego se puso entre sus rodillas. "Soy demasiado alto para que funcione cuando estás en punta de pies." Él la levantó del suelo y Haley envolvió sus piernas alrededor de las de él antes de que él pudiera sugerirlo. Vio el destello de su sonrisa antes de que él se deslizara dentro de ella. Ella arqueó la espalda para darle la bienvenida, amando cómo ella lo abrazaba.

Cuando estuvo enterrado dentro de ella, se inclinó y le besó el cuello en el hombro. "Siempre me gustaron las mujeres emprendedoras", murmuró él contra su piel y Haley se rió. Su brazo se apretó alrededor de ella entonces y comenzó a moverse, su otra mano regresó para atormentar su clítoris. "Extiéndete más", le susurró al oído, luego lo besó. "No retengas nada".

Haley no quería contenerse. "Quiero vernos", logró susurrar.

"¿Hay un espejo?"

"Dentro de la puerta del armario".

Él extendió la mano y abrió la puerta del armario sin cambiar de postura, inclinándola hasta que Haley pudo verlos perfectamente. Ella se veía tan pálida contra él, su piel casi blanca en comparación con el bronceado dorado profundo de él. Su cabello y ojos eran tan oscuros en contraste con los de ella, y ese enorme tatuaje parecía peligroso. Él era un animal macho perfecto, un hombre de las cavernas que la había secuestrado y le estaba quitando lo que quería. Su mano cubrió su seno, ahuecando y apretándolo; su brazo parecía fuerte alrededor de su cintura; cuando su otra mano se movió entre sus muslos, fue fascinante verlo, especialmente cuando ella sintió sus fuertes dedos persuadiendo su placer.

"Pero voy a gritar", susurró Haley, sintiendo la marea subir dentro de ella. Ella luchó contra su agarre pero no había escapatoria. Él la mantuvo cautiva, su abrazo decidido pero gentil. Haley lo vio fugazmente, luego se retorció mientras sus dedos se sumergían dentro de ella con una velocidad cada vez mayor. Él estaba moviendo las yemas de los dedos por su clítoris, besando su oreja, moviéndose dentro de ella, volviéndola loca de mil maneras.

"No puedo morderte el hombro", susurró ella mientras el temblor comenzaba profundamente dentro de ella. "No podré correrme, sabiendo que todos me escucharán".

"No voy a dejarte ir hasta que tengas un orgasmo", le susurró al oído y ella se estremeció de placer. "Te ordeno que te corras."

"No puedo. ¡Damon, no puedo!"

"Lo harás."

"No", comenzó a protestar Haley, sabiendo que estaba en la cúspide pero que no podía soltarse. Entonces Damon cambió su agarre, profundizando dentro de ella mientras se movía para bloquear una mano sobre su boca. Su otra mano se deslizó hacia abajo el tiempo suficiente para que él pasara un dedo por su clítoris y Haley le echó un vistazo a su reflejo. La combinación fue suficiente para enviarla al límite y ella se corrió con una avalancha atronadora, mordiendo su palma mientras su orgasmo seguía y seguía y seguía.

Ella escuchó a Damon maldecir en voz baja y luego se tensó detrás de ella, conduciendo más adentro y abrazándola con más fuerza mientras encontraba su propia liberación.

Ella estaba respirando con dificultad cuando él levantó la mano y le volvió la cara para poder besarla dulcemente. Ella podía sentir su corazón latiendo contra su espalda y se alegró de no ser la única tan afectada.

"Ducha", dijo él cuando rompió el beso y ella sonrió ante la vaga satisfacción en su tono.

"No creas que puedes ser mandón todo el tiempo."

"Parecía que te gustaba bastante", murmuró él, saliendo de ella y luego levantándola fácilmente en sus brazos. Sus ojos brillaron mientras la miraba. "¿Cómo estuvo eso?"

"Genial", admitió Haley.

"Y acabo de empezar", dijo él mientras la dejaba en el baño. "Sigue. Cuéntame otra de tus fantasías ".

"¿Entonces puedes hacerla realidad?"

"Bastante. Esta noche, mi objetivo es complacer."

Entonces ella tuvo una sensación extraña sobre la finalidad de su tono.

¿Sería esa la última vez que estuvieran juntos?

¿Era su plan dejarla con un recuerdo antes de desaparecer de su vida?

OCHO

Damon se había quedado dormido.

Él nunca se quedaba dormido en ningún lugar excepto en su propia cama con la puerta cerrada y sus rutinas completadas. Él nunca era flojo con la disciplina y nunca dormía en otros lugares.

Pero él se había quedado dormido en la cama de Haley. Damon era consciente de que el gato lo miraba, sentado en el extremo de la encimera de la cocina con la cola azotando. Damon había pensado que cerraría los ojos por un momento, solo para recuperar el aliento después de otro orgasmo asombroso.

Y luego regresó a Afganistán, en ese pueblo polvoriento.

Él estaba viendo la granada rodar hacia ellos en cámara lenta, sabiendo que el niño los había comprometido, sabiendo que su propia adherencia a las reglas les iba a costar mucho. Parecía que él tenía mil años para darse cuenta de todas las repercusiones de ese pequeño proyectil, pero se movía muy lentamente. Su cuerpo no respondía. Él no podía interponerse entre Foster y la granada, a pesar de que luchaba por lanzarse hacia adelante.

Y el sonido. El sonido llenaba sus oídos hasta estallar. El sonido era más fuerte que cualquier cosa que él escuchado antes, desgarrándolo, destruyendo, aniquilando, triturando... hasta que Buchanan gimió.

Foster no volvió a moverse.

. . .

DAMON SE DESPERTÓ con una sacudida, sentándose en la cama y preguntándose dónde diablos estaba. Él jadeaba y el sudor le corría por la espalda, el pánico hacía que su corazón se acelerara. Él quería correr, esconderse, salir de ahí.

Él estaba de pie, agarrando sus jeans cuando Haley se despertó y se sentó.

"Tengo que irme", dijo él, escuchando el terror en su voz. Él podía haberla lastimado. Él podía haber atacado sin darse cuenta de lo que estaba haciendo. Él había violado su propio protocolo y ella podría haber pagado el precio.

Él tenía que irse a casa, donde estaba seguro.

Donde el mundo estaba a salvo de él.

Él se puso la ropa, consciente de que Haley lo estaba mirando sin levantarse de la cama. Probablemente ella estaba horrorizada. Probablemente ella pensaba que había algo malo en él.

Lo había.

"No solo serviste en el ejército", dijo ella con esa tranquila convicción que él encontraba tan desconcertante. "Tienes Estrés Post-Traumático."

Y así, el secreto que Damon luchaba por ocultar estaba a la vista. Él se sentía expuesto y vulnerable, lo que no exactamente ayudaba en su situación actual.

Él tenía que salir.

Inmediatamente.

DAMON ERA un ex militar y tenía Estrés Post-Traumático. Haley se sentía estúpida por no haber visto la verdad antes, aunque esa no era su área de especialización.

Ella simplemente creía que debía comprender los problemas de todos.

Y preferiblemente arreglarlos.

Ella vio el pánico en los ojos de Damon cuando hizo su suposición y sabía lo suficiente sobre la condición para entender que él querría huir.

Pesadillas, flashbacks o sueños malos.

Respuesta de lucha o huida.

Desprendimiento emocional.

La lista de síntomas se desplegó en su mente y ella fácilmente identificó los que había notado en el comportamiento de Damon.

"No es de tu incumbencia", dijo él, agarrando su camiseta.

Haley se movió rápidamente. Ella estaba de pie y apoyada contra la puerta del pasillo cuando Damon se volvió. Ella sabía que él no la lastimaría, pero veía en sus ojos que él no confiaba tanto en eso. "Es de mi incumbencia, porque estás aquí en mi apartamento."

"Eso no volverá a suceder".

"Puede que no. Lo que va a pasar es que vamos a hablar de esto."

"No en esta vida."

"No es mi vida lo que está en juego", respondió Haley con calma. "Es la tuya."

Él hizo una mueca y miró hacia otro lado, apretando una mano en un puño. "No lo entiendes".

"No del todo, no. Eso no significa que no pueda ayudar."

"¡Sí significa eso!" Sus ojos brillaron.

"¿No recibiste tratamiento?"

"Fue hace mucho tiempo." Él se pasó la mano por el pelo. "Tengo un sistema. Tengo una rutina. Me enseñaron eso y funciona."

"Hasta que estás estresado", supuso Haley. "Entonces los síntomas empeoran de nuevo".

"Tengo un sistema", dijo él, rechinando las palabras. Si la pura fuerza de voluntad pudiera curarlo, ya lo habría hecho. Haley estaba asombrada por su disciplina. "No voy a hablar de esto. Voy a superarlo."

"Tienes que hablar de ello, si no conmigo, con uno de tus socios o con un terapeuta. Esa es la única forma de superarlo."

"Tú no sabes lo que es lo mejor para mí", dijo él con una hostilidad que ella sabía que en realidad no estaba dirigido a ella. "No puedes arreglarme, Haley".

"No, tendrías que arreglarte tú mismo, y eso significa pedir ayuda. Supongo que no te gusta pedir ayuda ".

"No necesito ayuda."

"¿Porque todo va tan bien?" Ella sacudió su cabeza. Todos necesitamos ayuda a veces, Damon. Nadie puede hacerlo todo solo."

Él respiró hondo, inspeccionó el apartamento como si encontrara las palabras allí en alguna parte, miró al gato y volvió a mirarla a los ojos.

"Tú pediste venir aquí", señaló ella.

Él la fulminó con la mirada. "Te debía un agradecimiento".

Haley pensó que intentaría hacerlo sonreír. "Si agradecieras a todos con orgasmos como ese, tendrías muchos más amigos."

Sin embargo, Damon no se rió. De hecho, él parecía más sombrío que antes. "No va a suceder de nuevo." Él se inclinó para agarrar sus botas.

"Entonces, ¿no quieres que visite a tu mamá cuando tú no puedas?"

Él se giró a medias, con expresión cautelosa, y Haley supo que estaba desgarrado. "Eso no es lo que yo dije."

"Si lo hago, ¿me darás las gracias de nuevo?"

La mandíbula de Damon se apretó y ella pensó en volcanes al borde de la explosión. Su control era asombroso. Sus ojos ardieron, luego él se recompuso de nuevo. "No. Esta fue la última vez. Lo siento. No debería haber venido aquí."

"Me alegro de que lo hayas hecho."

Ella consiguió una mirada enojada por eso.

"No puedes arreglarme, Haley. No te mentiré. Y no prometeré nada que no pueda cumplir."

Haley negó con la cabeza. "Bueno, me gustaría vivir en ese mundo", dijo ella. "Imagínate, poder controlar cada pequeña cosa. Imagínate estar al mando de todos los detalles, de poder decidir qué sucede a continuación." Ella levantó las manos. "Quién vive. Quién muere. Quién tiene cáncer. Quién gana la lotería. Eso sería algún tipo de poder."

"No te burles de mí".

"No me estoy burlando de ti. Estoy señalando la falla en tu lógica. No puedes controlar todos los detalles. No eres Dios. No puede saber que puedes cumplir todas y cada una de las promesas que haces. Solo puedes intentarlo."

"No veo la diferencia".

"Hay una grande. Porque si crees que tienes el control total y algo más grande que todos nosotros hace equivocarte, ¿dónde te deja eso?" Ella no creía que tuviera que mencionar la enfermedad de su madre.

Damon parecía tan repentinamente quebrantado que la compasión de

Haley cobró nueva fuerza. "Justo donde estoy, en caso de que no lo hayas adivinado", admitió él en voz baja.

"No pudiste cumplir una promesa", supuso ella en un susurro. "Así que no harás ninguna más."

"Decepcioné a alguien. No volveré a hacer eso nunca más." Él negó con la cabeza y se alejó de ella. Damon cogió su chaqueta, sin ni siquiera mirarla.

"¿Pero qué pasa cuando tú necesitas a alguien, Damon?"

Él le dio una mirada ardiente. "Nunca necesito a nadie."

"Lo harás pronto." Ella podría haber dicho que ya necesitaba a alguien, pero sabía que él discutiría eso.

"No." Él sacudió la cabeza, enfático al aferrarse a sus conclusiones. Haley admiró su determinación. "No. No pediré lo que no pueda regresar."

"Te estás subestimando a ti mismo. Tus socios te respaldarían si les confiaras la verdad."

"¿Ya terminaste?" preguntó él, su tono más agudo. "Esto era sexo, Haley, no terapia. Lamento haber tenido una pesadilla, pero eso no me convierte en tu próximo proyecto. No tienes derecho a examinar mis elecciones y molestarme para que tome otras diferentes.".

"Porque yo era sólo un revolcón", dijo ella con voz dura, y lo vio estremecerse.

"No digas eso".

"¿Por qué no? Debe ser lo que quieres decir."

"No, no es..." Él se quedó en silencio, luego la miró por un momento. "¿Qué pasó con Garrett?" preguntó en vez de eso. "¿Qué hizo él?"

La pregunta tomó a Haley por sorpresa, pero ella le dio una de sus propias respuestas. "No es de tu incumbencia".

"Tienes razón", dijo él en voz baja. Él maldijo en voz baja, giró y salió de su apartamento.

Haley maldijo un poco más fuerte, puso el cerrojo detrás de él para que el sonido hiciera eco en el pasillo, luego cruzó los brazos sobre el pecho.

¿Había alguien a quien hubiera querido sacudir más que a Damon?

El gato la miró desde su posición en el mostrador.

"Tal vez debería llamarte Damon", le dijo ella y él saltó elegantemente, llegando a enroscarse alrededor de sus tobillos. Él maulló y la miró, obviamente hambriento. "Excepto que tienes mucho más encanto", reconoció. "Especialmente cuando quieres pescado".

Tal vez a ella no le quedaba nada que Damon quisiera lo suficiente como para activar su encanto. Haley hizo una mueca y se dirigió a la cocina para abrir una lata de atún para el gato.

HABÍA NEVADO MÁS durante la noche. Había alrededor de seis pulgadas de la materia blanca en el suelo y más estaba cayendo. Damon se subió la cremallera de la chaqueta y regresó a la casa, sabiendo que el ejercicio calmaría su mente.

Siempre era así.

El ejercicio era una de las claves de su plan. Ejercicio regular. Alimentación saludable. Metas pequeñas y alcanzables. Un paso a la vez. Mucho descanso. Se trataba de rutina, de controlar las pequeñas cosas para que las grandes no abrumaran.

Así era como había terminado en el gimnasio donde había conocido a Kyle.

A pesar de los vestigios de su pesadilla, él estaba pensando en las palabras de Haley. Ella no se había enojado con él ni lo había acusado. Su tono había sido directo pero no emocional. Ella lo había desafiado y no le tenía miedo, y la combinación significaba que él no podía descartar lo que ella había dicho.

Las pesadillas habían regresado desde que su madre se había enfermado. Él había estado sin tenerlas durante años y eso las hacía parecer peores. Sin embargo, eran más o menos iguales. Y él adivinaba que era la impotencia lo que las provocaba, la falta de control, esa sensación de inevitabilidad y su propia impotencia ante los acontecimientos.

Como esa granada rodante.

Él nunca lo olvidaría.

Nunca olvidaría que había sido él quien le había recordado a Foster sobre la R.O.E.

Buchanan había perdido una mano.

Foster había muerto.

Él no solo era el responsable, sino que había salido ileso.

Más o menos.

Parecía estar mal. Debería haber sido él quien hubiese muerto o quedado mutilado. Debería haber sido él quien hubiese pagado el precio por seguir las reglas.

El terapeuta lo había llamado culpa del sobreviviente.

Damon caminaba penosamente por el parque, moviéndose rápidamente. Él tenía tres sesiones privadas en la sala de pesas esa mañana, una tras otra, y sabía que tenía que recuperarse. Aunque no había dormido mucho, tenía que asegurarse de que esos clientes obtuvieran lo que habían pagado. Él era el responsable. Él cumplía con sus obligaciones con F5F. Eso no iba a cambiar. Él exhaló, haciendo los ejercicios de respiración que le habían enseñado para calmarse y trató de concentrarse.

Él podría haberlo logrado si su teléfono no hubiera sonado.

En cambio, se quedó en medio del parque vacío, la nieve caía silenciosamente a su alrededor, mientras la enfermera de la sala de oncología le decía que su madre se había ido.

Luego inclinó la cabeza y lloró en silencio, sintiéndose más solo que nunca.

"HOLA A TODOS USTEDES en el Polo Norte, o su equivalente más cercano", dijo Kyle, su voz alegre provenía del altavoz.

"Déjame adivinar", dijo Cassie mientras se deslizaba en su asiento. "Hace sol y calor en San Francisco". Un pie de nieve había caído en Manhattan durante el fin de semana y la ciudad estaba hecha un desastre. Había habido cortes de energía y retrasos en el tránsito, aunque las cosas estaban volviendo a la normalidad.

"Hermoso", dijo Kyle con entusiasmo. "No demasiado caliente. Viento fresco del océano ". Él hizo una pausa. "Sin nieve."

"Adelante", dijo Cassie. "Restriégalo."

"Odio esas cosas", dijo Kyle. "Dame niebla o incluso lluvia cualquier día en vez de la basura blanca".

"¿No afecta la temperatura fría a la hora de surfear?" Preguntó Cassie cuando Damon entró en la sala de conferencias.

"El norte de California es la razón por la que Dios hizo los trajes de neopreno, Cassie".

"Es simplemente refrescante porque fue a surfear hoy", dijo Theo, también en el altavoz. "Kyle cree que se está convirtiendo en un SEAL de la Marina".

Damon resopló. "No lo creo", murmuró él en voz baja, pero los muchachos de California obviamente no lo escucharon. Él sacó un bloc de papel y lo golpeó con el bolígrafo. "¿Tenemos una reunión o qué?"

¿Qué le pasaba? Cassie sabía que la expresión de Damon era más inescrutable de lo habitual y no era propio de él estar de mal humor. ¿Cuándo lo había visto sonreír por última vez? Había pasado demasiado tiempo. ¿Estaba él tan molesto porque Ty lo había hecho trabajar la noche del viernes anterior? Ciertamente él había estado de mal humor desde el fin de semana. Cassie se había sentido aliviada de tener un viernes por la noche para ella sola, pero estaba dividida entre la sensación de que Damon debería haber tomado su turno antes y la sensación de que algo andaba mal.

"Oye, ¿ese tatuaje ya ha hecho su magia?" Preguntó Kyle.

"Ni siquiera un poco", tuvo que admitir Cassie.

"Los primeros días aun", dijo Kyle, su tono alentador. "Sucederá".

Cassie no estaba tan segura.

Ty entró caminando a la reunión, luciendo tan delicioso como siempre. Cassie adoraba un hombre de traje. Había estado loca por ese hombre durante mucho, mucho tiempo, pero Ty estaba fuera de los límites ahora. ¿Ese era el problema? Ella ya había encontrado al amor de su vida, pero ¿él se había casado con otra persona?

"Siento llegar tarde", dijo Ty, tomando su lugar y abriendo su maletín. "¿Tenemos una agenda?"

"No oficialmente", dijo Cassie y él le sonrió. Su estúpido corazón latió con fuerza, pero ella mantuvo su expresión suave.

"No hay problema. Me gustaría hablar sobre sumar a alguien al equipo", dijo Ty. "Estamos muy cansados y Cassie ha hecho demasiados turnos de noche. Voy a sugerir que contratemos a una o quizás dos personas para administrar el club de baile."

"¡Estás delegando a mi bebé!" Se quejó Kyle.

"Solo después de que lo abandonaste", respondió Cassie.

"Y, por supuesto, Damon no va a renunciar a sus viernes por la noche con Natasha", dijo Kyle.

Damon frunció el ceño pero no respondió.

"Lo hizo el viernes pasado", contribuyó Cassie.

"Solo con mal humor", agregó Ty.

"¿Y qué pensó Natasha de eso?" Preguntó Kyle alegremente. "¿Ha suspirado por la negligencia después de sobrevivir un viernes por la noche sin tu cariño?"

"Cállate," gruñó Damon, mordiendo cada palabra.

Cassie intercambió una mirada con Ty. Eso era lo más cerca que había escuchado a Damon estar de perder los estribos.

"¿Disculpa?" Dijo Kyle. "¿Te estás volviendo hostil conmigo, hermano?"

"Te estoy diciendo que te ocupes de tus propios asuntos", espetó Damon. Él se puso de pie y salió de la habitación. "Tú decide lo que quieras", dijo él desde la puerta. "Me voy."

"¡Whoa!" dijo Ty, levantando las manos.

"¿Qué fue eso?" Kyle y Theo exigieron al mismo tiempo.

"El sonido de ti empujando tu suerte demasiado lejos", dijo Ty y comenzó a ponerse de pie.

"¿Yo?" Protestó Kyle. "Solo lo estaba provocando un poco..."

"Déjame", dijo Cassie, tocando el hombro de Ty para que se quedara quieto mientras ella iba tras Damon.

"Buena idea", murmuró Ty asintiendo. "Él no quería hablarme".

Entonces, ella no estaba sola al pensar que algo andaba mal. Cassie no iba a sacar ninguna conclusión sobre ella y Ty pensando de la misma manera. Él estaba casado.

Ella encontró a Damon en su casillero, metiendo cosas en su bolsa de mensajero, todas sus cosas, como si no tuviera intención de volver.

"¿Nos vemos mañana?" preguntó ella, apoyándose en la puerta para bloquearla.

"No."

"¿Quieres contármelo?"

"No."

"¿No crees que después de diez años de asociación, tal vez merezcamos una explicación?"

Damon inclinó la cabeza por un momento. Cassie casi podía sentir la guerra dentro de él y se preguntó de qué se trataba.

Luego él cerró su casillero con su cuidado habitual y se volvió hacia ella, sus rasgos se compusieron de nuevo. Sin embargo, sus ojos, sus ojos estaban angustiados. "Natasha no es mi novia. Ella es mi madre y le diagnosticaron cáncer. Pasaba todos los viernes por la noche con ella.".

"Oh, Damon, lo siento mucho. Deberías habernos dicho..."

Levantó una mano para silenciarla. "Ya no importa. Ella está muerta."

Cassie estaba tan sorprendida que le tomó unos momentos encontrar las palabras. ¿Cómo él había podido pasar por eso sin decírselos? ¿Sin siquiera mencionarlo? Ella tampoco creía que los demás lo supieran. Ella se encogió por dentro al recordar a Kyle burlándose de él. "¿Qué podemos hacer para ayudar?"

"Nada. Se acabó." Damon respiró hondo y ella lo vio ponerse un poco más erguido que antes. "Puedo trabajar las noches en el club ahora, o si prefieren, puedo dejar la sociedad. Déjame saber lo que decidan."

Él habría pasado junto a ella, pero Cassie no se movió. "No puedes simplemente irte. Somos socios."

La mirada de Damon se posó en la de ella. "Bien. Dame un horario y una lista de tus expectativas. Las cumpliré todas." Él le dio una mirada oscura y ella salió de la puerta, sintiéndose impotente mientras lo veía alejarse.

"¿Cuándo es el funeral, Damon?" le gritó, pensando que asistir era una cosa que todos podían hacer por él.

"No va a haber uno", dijo él sin darse la vuelta, y Cassie se quedó en silencio, de nuevo en shock.

Cassie sintió que Ty se paraba detrás de ella. "¿Entonces?"

"Natasha era su mamá. Ella acaba de morir de cáncer."

"¿Qué?" exigió Ty. "¿Él nunca nos lo dijo?"

"Ella ha estado en el hospital. Él iba allí los viernes por la noche para visitarla. Su mamá es Natasha."

Ty maldijo y se pasó una mano por el pelo. "¿Por qué no nos lo diría?"

Cassie se volvió hacia Ty. "Él tampoco va a hacer un funeral. ¿Qué podemos hacer?"

Ty frunció el ceño y siguió con la mirada a Damon. Él estaba pensativo y preocupado, y Cassie esperó su conclusión. "Nada, supongo", dijo él finalmente. "Especialmente si eso es lo que quiere".

"Él se siente mal". Ella miró en dirección a Damon, pero él se había ido.

"Está mal, pero presionar a Damon solo será contraproducente. Quizás eso era lo que quería su mamá." Él miró a Cassie y ella vio que ambos estaban igualmente sorprendidos.

"Él dijo que dependía de nosotros si seguía siendo socio."

"Por supuesto, él sigue siendo un socio" Ty estaba impaciente con la posibilidad de que Damon dejara F5F. "La privacidad es una cosa, pero esta asociación es otra. Simplemente él está lidiando con muchas cosas y no piensa con claridad."

Yo también lo creo. Él se veía devastado, Ty."

"¿Tú no lo estarías?" Él no esperó una respuesta, pero Cassie asintió. "En realidad, esto me da una buena razón para llamarlo más tarde. Decidamos si contratamos a Hunter u a otra persona, y trabajemos en los detalles para el comienzo de Chynna."

"Hice algunas maquetas para el lanzamiento del Día de San Valentín", ofreció Cassie. "Es un miércoles este año, lo cual no es perfecto, pero pensé que podríamos abrir el club de baile esa noche para un evento especial." Ella suspiró. "Kyle dijo que son los tatuajes que hace en la luna llena los que tienen la magia del amor, pero desafortunadamente no hay luna llena en febrero este año."

"Kyle y Theo todavía están en la línea. Hagamos algunos planes." Ty hizo un gesto y Cassie regresó a la sala de conferencias, notando que ambos miraban hacia el vestíbulo con preocupación por Damon.

"Él necesita que lo necesitemos", susurró ella.

Ty asintió. "Lo hacemos. Me temo que lo difícil será convencerlo de eso."

HALEY ESTABA parada frente a la casa donde sabía que vivía Damon, reuniendo sus nervios. Ella había esperado hasta el miércoles y su día libre, pero no podía soportarlo más. Las enfermeras de oncología le habían contado sobre el fallecimiento de Natasha. Ella había llorado bastante y había dicho algunas oraciones más por la mamá de Damon. Ella esperaba que Damon la llamara, pero no lo hizo. Haley tenía la sensación de que él se cerraría del mundo, lo que era la peor opción posible.

Él podría tener pesadillas.

Él podría estar experimentando su trastorno de estrés postraumático en toda su gloria nuevamente.

Él estaba solo y no debería estarlo.

Aunque ella esperaba que él fuera hostil, tenía que intentar ayudar. Ella se acercó y tocó el timbre. Resonó por toda la casa, pero no hubo ningún otro sonido. No hubo pisadas en el interior. Las cortinas no se movieron y nadie miró hacia afuera. Ella no podía ver ninguna luz encendida.

Por supuesto, con su entrenamiento militar, Damon podría estar más quieto y más silencioso que los humanos normales. ¿Él tendría que salir a buscar comida? Por lo que ella sabía, él tenía suficientes raciones en el sótano para sobrevivir al Armagedón. ¿Él dejaría la casa para ir a trabajar? Damon parecía estar comprometido con F5F.

Quizás él se estaba quedando en el centro de la ciudad, en el club.

Las enfermeras le habían dicho que no iba a haber un funeral para Natasha. Haley pensó que esa era una mala señal del estado emocional de Damon. Era imposible ignorar el hecho de que su madre se había ido y no iba a dejar que él lo intentara.

Ella esperaba una pelea y estaba lista para una.

Era gracioso, pero solo unas pocas semanas atrás, ella lo habría dejado con su miseria, sabiendo que él no quería su interferencia. Resultaba que arriesgarse una o dos veces le había dado a Haley la necesidad de hablar y ser más activa para facilitar el cambio.

Incluso si eso significaba ofrecer ayuda donde no se necesitaba ayuda.

Ella tocó el timbre de nuevo.

Nada.

Ella dio la vuelta a la parte trasera de la casa y llamó a la puerta de la cocina. No había cortinas en la ventana de esa puerta, y pudo ver que la cocina estaba meticulosamente limpia.

Como si nadie viviera allí.

O como si Damon viviera ahí.

Haley regresó a la puerta principal para tocar el timbre por última vez, solo para encontrar a Damon caminando por el camino de entrada hacia la casa. Él miraba el pavimento con el ceño fruncido, parecía de mal humor, y se detuvo en seco cuando la vio. Hubo un destello en sus ojos, pero ella no tuvo tiempo de decidir si era molestia o alivio antes de que desapareciera y fuera imposible volver a leer.

"¿Perdida?" preguntó él. Su tono era menos que acogedor y ella pensó que la resistencia comenzaría de inmediato.

"Tuviste que irte con Joe desde el hospital una noche. Él me dijo dónde vivías."

"¿Red de espías?"

"A él le gusta burlarse de mí. Yo no tenía la intención de venir aquí nunca."

"Pero lo hiciste." Damon no pasó junto a ella, no abrió la puerta, no se arriesgó a que ella entrara. Él se paró a dos metros y medio de ella, con expresión cautelosa, y ella se preguntó si él tenía miedo de acercarse. "¿Qué dije para cambiar de opinión?"

"Nada. Fue lo que hiciste." Ella dio dos pasos hacia adelante y lo vio inhalar.

Ah. Haley comprendió que tenía poder en esa transacción, que a él le preocupaba perder el control si ella lo tocaba. Él debía estar cerca de dejarlo escapar.

Entonces, ella lo tocaría. Haley estaba segura de que tenía que romper la compostura de Damon para marcar la diferencia.

"¿Qué hice?"

"Me lo agradeciste tan bien que no puedo olvidarlo."

Él frunció el ceño de nuevo. "Haley..."

"Siento lo de tu mamá", dijo ella, interrumpiéndolo. "Ella era una buena dama." Cuando él no respondió a eso, ella le ofreció la mano, como para darle la mano. "Vine a darte mi más sentido pésame."

"Debes haber venido por más que eso", acusó él, la comisura de la boca se levantó solo un poco. "Nada es tan simple contigo".

"¿Eso es algo bueno?"

La sonrisa casi se liberó, luego él negó con la cabeza y lanzó un suspiro. "Es algo interesante", admitió Damon con cautela.

Haley tomaría interesante sobre las otras posibilidades. "¿Por qué?"

"Porque no tienes miedo. Crees que puedes picarme y picarme sin repercusiones, como si fuera un gran oso de peluche, pero te equivocas, Haley. No quieres provocarme. No quiero que me provoques."

"¿Por qué?"

"No quiero hacerte daño. Viste la otra noche... "

"No me harás daño".

"No lo sabes".

"Lo sé." Haley levantó la barbilla. "Tienes la brújula moral más fuerte de todas las que he conocido. No te tengo miedo, Damon."

"Quizás deberías tenerlo." Él pasó junto a ella.

"¿Porque estás decidido a protegerme de ti mismo?"

Él se puso rígido pero continuó hasta la puerta sin mirar atrás. "Fue genial, Haley, pero no hagas más de lo que fue."

"Pensé que era romántico".

"Revisa tus definiciones de nuevo."

"No tengo que hacerlo. Asegurarse de que su pareja esté complacida es romántico. Punto final."

Él le dirigió una de esas miradas a fuego lento y pasó junto a ella.

"Incluso si es solo sexo."

Damon hizo una pausa y luego continuó hacia la puerta principal.

Haley continuó en tono ligero. "Las otras enfermeras dijeron que no ibas a organizar un funeral para tu madre."

"Realmente no es asunto tuyo", dijo él sin mirar atrás.

Haley negó con la cabeza. "Equivocado. Creo que los amigos les dicen a sus amigos cuando están cometiendo errores."

"No somos..."

"Creo que lo somos, o al menos estoy muy cerca de ser amiga tuya. La línea es un poco corta." Damon empezó a protestar, pero Haley siguió hablando. "Entonces, voy a decirte por qué te equivocas. En primer lugar, al no tener un funeral, no estás honrando la vida de tu madre."

"No necesito pagar para que un sacerdote diga algunas palabras sobre una caja".

"Creo que sí, en realidad, pero puedes manejarlo como quieras. Estás tomando una decisión egoísta porque no quieres hacerlo, y eso es eludir tu responsabilidad hacia ella."

Damon miró a Haley, luego la miró de verdad.

"Ella era una dama encantadora y sus días en esta tierra deben celebrarse. No puedes ser la única persona cuya vida tocó. Los funerales son más para los vivos que para los muertos. ¿Qué pasa con todas esas personas a las que les gustaría presentar sus respetos y honrar sus recuerdos de tu madre? ¿Qué pasa con su necesidad de un final o simplemente la oportunidad de decir adiós?"

Haley dio un paso atrás, a pesar de que deseaba desesperadamente tocar a Damon. En este momento, ella era la que necesitaba distancia. Ella no había planeado confesar eso a continuación, pero sabía que era necesario.

Aunque no sería fácil.

Ella tenía que convencerlo.

Es curioso cómo la necesidad de ayudar a Damon siempre sacaba sus propias confesiones.

"Mi mamá no quería tener un servicio funerario cuando mi papá murió", dijo Haley. "Ella estaba muy devastada por estar sin él, y tan enojada porque él había muerto haciendo su trabajo. Ella tenía una amiga que insistió en que ella simplemente estuviera de acuerdo y que se harían todos los arreglos. Su amiga dijo que mi mamá y los niños ni siquiera teníamos que venir."

Un destello de curiosidad apareció en los ojos de Damon. "¿Tú fuiste?"

"Por supuesto. De mala gana y con gran temor." Ella encontró su mirada. "Ir a ese funeral fue lo más difícil que había hecho hasta en ese momento de mi vida. Todavía está entre los tres primeros." Sus lágrimas brotaron y ella parpadeó para contenerlas.

Él esperó, en silencio, y ella supuso que se estaba preguntando por Garrett.

"Fue una celebración de la vida y fue hermoso. Lloré mucho, pero incluso entonces, supe que las lágrimas estaban curando. Ese servicio nos ayudó a comenzar a enfrentar su repentina pérdida. Las personas que asistieron nos ayudaron a aceptar la pérdida y superar nuestro dolor. Su amor y su compasión cambiaron todo para nosotros. Desde entonces, mi mamá ha dicho que su amiga le dio el mejor consejo que había tenido, especialmente porque no quería seguirlo."

"Vas a decirme para eso son los amigos".

"Te voy a decir que si engañas la memoria de tu madre en lo que le corresponde, solo porque es difícil, lo lamentarás por el resto de tu vida." Haley respiró temblorosamente. "Te digo que si evitas esta oportunidad de compartir tu dolor, es posible que no puedas superarlo. Cada una de esas personas te dará un poquito de energía, y eso marcará la diferencia en el mundo para ti." Ella hizo una pausa. "¿No crees que tu mamá querría que facilitaras eso?"

Él miró los escalones y Haley vio que su garganta se movía. "No sé a quién llamar".

"¿Tu mamá iba a la iglesia?"

"Algunas veces. Ella se mudó a la iglesia ortodoxa en Flushing después de la muerte de mi padre."

"Tal vez ella tenía amigos allí".

Él se encogió de hombros. "Probablemente."

"Ese es un buen lugar para comenzar. Llama al sacerdote de allí. Él te ayudará a superarlo. Es parte de su trabajo y ciertamente es algo de lo que sabe mucho más que cualquiera de nosotros. ¿Ella enseñó o fue mentora de algún bailarín?"

"No recientemente, pero hasta hace unos años, ayudaba en una academia de baile."

Entonces, pídeles que te ayuden. Ellos pueden hacer correr la voz. No tengas miedo de delegar. La gente sabrá que estás sufriendo: si inicias el proceso, te ayudarán."

Damon no dijo nada, solo siguió mirando hacia abajo. Ella se recordó a sí misma que no era razonable esperar más de él.

Ella había logrado lo que había venido a hacer.

Él no iba a agradecerle ni a invitarla a entrar ni a continuar su relación de ninguna manera. Tal vez él ni siquiera le dijera cuándo iba a ser el servicio.

No eran amigos, en opinión de Damon.

Este era realmente el final.

Era hora de irse.

Haley giró y caminó hacia la acera. Ella se dijo a sí misma que debía alegrarse de haber hecho una diferencia, pero no parecía suficiente.

Ella se sorprendió cuando Damon habló. "¿Todavía tienes ese gato?"

"Por supuesto." Ella se giró para mirarlo, todavía de pie en el escalón superior, con las llaves en la mano. Ella no podía leer su expresión, pero eso no la sorprendía.

"¿Ya lo nombraste?"

"No. No puedo decidirme."

"Todavía me gusta Ninja." Él la miró de cerca, casi sonriendo. "Ese fue un ataque sigiloso bastante impresionante."

Haley se sonrojó un poco, recordando fácilmente lo que habían estado haciendo cuando el gato atacó a Damon. "Yo podría llamarlo Defensor de la que da pescado."

"Un poco largo."

"Lo es." Ella asintió. "Ninja, entonces." Ella ya sabía que pensaría en Damon cada vez que viera a ese gato, así que ¿por qué no? "Él siempre está acechando algo, a veces incluso a mí."

Damon sonrió entonces. "Es un impulso fácil de entender".

Haley se atrevió a acercarse de nuevo. "No me hagas elogios ahora", dijo ella, sonando tan brusca como él solía hacerlo.

"Debería pedirte que dejes de jugar con mis expectativas."

"¿No te gusta?"

"Hubiera dicho que no, pero estás haciéndome cambiando de opinión". Damon sonrió brevemente y Haley sintió como si el sol hubiera salido.

Incluso cuando la sonrisa se desvaneció, ella no estaba segura de qué pensar de esa confesión, sin pensar en el brillo de apreciación en sus ojos.

Sus ojos parecían particularmente oscuros. "Gracias por actuar como una amiga, Haley, incluso cuando yo no lo hago. Tengo algunas cosas que aprender de ti."

Ella tenía un nudo enorme en la garganta. "De nada."

"Entonces", dijo él, mirando sus llaves en la cerradura. "Viendo que somos amigos y todo eso, ¿querrías venir a tomar un café?"

"¿Café?"

"Mi forma de decir gracias. O, dada la hora, la cena."

Él parecía tan esperanzado que Haley se arriesgó. "Esa no es tu oferta habitual."

"No." Sus ojos se iluminaron.

"Prefiero tener sexo que café", dijo ella y se sintió audaz.

Damon se rió entre dientes. "Sí, yo también. Estaba trabajando como preguntarte."

Haley se acercó a él, sonriendo un poco más a cada paso. "Qué plan nefasto. Llevarme a tu casa, luego embaucarme hasta la complacencia con café o comida..."

"¿Cuándo es exactamente que eres complaciente?"

"Aproximadamente al mismo tiempo que tú". Ella se detuvo justo frente a él y él levantó una mano para tocar su mejilla. Sus miradas se encontraron y se sostuvieron. De repente, en Queens no había suficiente aire para llenar los pulmones de Haley.

"Gracias", murmuró Damon, su voz ronca.

Haley apoyó la mejilla en su mano. "De nada, pero no olvides la otra forma en que das las gracias".

"¿Cena primero?"

"Trato."

"Entonces puedes hablarme de Garrett".

"De ninguna manera."

Damon sonrió, pero no parecía desanimado. Haley se preguntó por qué, luego él se inclinó y rozó los labios con los de ella, apartando pensamientos coherentes de su mente con un toque fugaz. Él era vacilante, como si pensara que ella podría rechazarlo. Pero Haley le rodeó el cuello con los brazos y se estiró hasta los dedos de los pies, devolviéndole el beso con entusiasmo.

NUEVE

Damon estaba asombrado por Haley. Hubiera sido increíble tenerla en cualquier equipo, porque ella simplemente no se rendía. Ciertamente ella no se desanimaba y había algo en su alegre persistencia que eliminaba la resistencia de Damon.

Cuando él estaba con ella, podía olvidarse de las pesadillas y los efectos de su experiencia. Damon podía olvidar su sensación de que había fallado en el pasado y podía concentrarse en el éxito en el futuro. Él podía creer en conquistarlo todo, tal vez incluso volver a tener una vida normal. Damon sentía esperanza cuando estaba con Haley. Él temía, en el fondo de su corazón, que no le fuera posible volver a ser normal de nuevo, pero cuando estaba con Haley, quería que fuera posible.

Y eso era potente.

Él se preguntaba si las personas que creían en las sirenas eran las únicas que las encontraban. Damon se preguntaba quién convencería a Haley de creer en ellos y se preguntó si él podría hacerlo. Cuanto más estaba con ella, más quería estar con ella.

Cuanto más comenzaba a esperar que pudiera haber más en eso que solo sexo.

Estaban en la cocina, considerando el contenido de la nevera y haciendo un plan para la cena, cuando sonó su teléfono.

Era Ty.

Hora de afrontar la música.

"Mi socio", admitió Damon. "Tengo que contestar esto, ya que salí de la reunión semanal".

"No lo hiciste". Haley pareció sorprendida.

"Yo lo hice."

"Debes haber tenido una buena razón". Su confianza en él era inquebrantable y Damon sabía que podía volverse adicto a eso.

"No la tenía. Por eso tengo que atender esta llamada y disculparme."

Haley le sonrió, la vista hizo que su corazón saltara. "Y crees que no veo tu brújula moral". Ella negó con la cabeza, burlándose de él gentilmente, y él deseó poder evadir la llamada de Ty y besarla en vez de eso.

Damon respondió a la llamada, entrando en la sala de estar para hacerlo. Él podía escuchar a Haley poniendo verduras en el mostrador, continuando con su plan de "ensalada grande".

"Oye, lamento haberme ido de la reunión", dijo él a modo de saludo.

"No hay problema", dijo Ty, tan tranquilo como siempre. "Ojalá nos hubieras dicho antes sobre tu mamá."

"Probablemente debería haberlo hecho."

"Siento lo de tu mamá".

"Gracias."

"Y lamento haberte molestado la semana pasada", respondió Ty. "Yo no podía entender por qué no estabas dando un paso al frente para ayudar más a Cassie. Debería haber sabido que tendrías una buena razón."

"Bueno, yo debería habértelo dicho. No quise ser reservado." Discreto, tal vez, pero no reservado.

"Creo que has tenido mucho en tu plato. Por supuesto, tu primera preocupación sería tu mamá, no nosotros", reconoció Ty. "¿Hay algo que podamos hacer para ayudar?"

Damon asintió con la cabeza a pesar de que Ty no podía verlo, sabiendo que Haley era la razón por la que tenía una respuesta. "Voy a organizar una celebración de la vida." Se sentía bien decirlo en voz alta. "Sería genial si alguien del equipo pudiera venir".

"Todos estaremos allí", dijo Ty, con un tono cálido. "Haznos saber la fecha y me aseguraré de que Kyle y Theo lo sepan."

"No pueden volar de regreso desde la costa solo por eso..."

"Sí pueden." Ty lo interrumpió con firmeza. "Trabajamos juntos, Damon. Algunos de nosotros somos más cercanos que otros, pero desearía que hubieras creído que podrías hablarnos sobre tu mamá. No te hemos apoyado en los últimos meses y ahora te compensaremos."

"Hablaron de eso después de que me fui", supuso Damon.

"Por supuesto que lo hicimos. Es un problema de equipo y cuanto antes se resuelva, mejor. ¿Qué más podemos hacer? ¿Quieres tomarte un tiempo libre?"

"No. Necesito la rutina de ir a trabajar." Damon decidió hacer una broma para aligerar el estado de ánimo. "Y si me pierdo mis entrenamientos, engordaré."

Ty se burló. "No creo que eso vaya a suceder muy rápido."

Damon frunció el ceño. "En realidad, podría necesitar algo de tiempo. Hay un terapeuta en Boston con el que me gustaría hablar de nuevo.".

"¿En Boston?" repitió Ty. "Seguro. Haznos saber cuándo necesites el tiempo."

Damon pensó en confiar más en Tyler, pero era demasiado rápido. Había sido demasiado reservado durante demasiado tiempo. Él tenía que esforzarse para compartir más.

Damon tenía una idea mejor. Él quería asegurarle a Ty que todavía quería estar en el equipo, y había una buena manera de hacerlo. "¿Sigues en el club?"

"Todavía en la sala de conferencias", admitió Ty. Cassie también está aquí en alguna parte. ¿Por qué?"

"Porque sé que se suponía que íbamos a hablar sobre las suites modelo para los condominios en la torre, y terminé algunos planos. Hay un tubo de dibujos detrás de mi escritorio. Si lo buscas, podríamos hablar de eso ahora."

"Suena como un gran plan", dijo Ty, luego llamó a Cassie. Damon la escuchó decir que buscaría los dibujos, luego cerró los ojos para recordar los diseños. Él podía verlos claramente y quería asegurarse de señalar los detalles. Damon oyó que se desenrollaba el papel y Cassie ponía pesas en las esquinas, luego Ty contuvo el aliento. "¿Cómo hiciste todo esto?"

"Después de que lo discutimos la última vez, me mantuve en eso. Es un desafío interesante." Damon negó con la cabeza. "Trabajaba mucho por la noche".

Hubo un momento de pausa y Damon escuchó que Haley comenzaba a picar verduras. También sonaba como si ella estuviera cantando en voz baja. El solo hecho de saber que ella estaba cerca lo hacía sentir más centrado.

Por primera vez en mucho tiempo, Damon pensaba que las cosas podrían estar bien.

"¿HAS ESTADO DURMIENDO ALGO?" preguntó Ty. "Hay mucho trabajo aquí".

Damon casi se rió. "Casi olvido lo que es dormir". Luego explicó el orden de los planos y supo que Ty los estaba extendiendo sobre la mesa de conferencias. "Los dos primeros son más predecibles, tanto en paleta como en diseño. Puedes ver que hay un diseño de apartamento tipo estudio, luego dos planos de un dormitorio."

"La decoración es toda en blanco y gris oscuro, neutral y elegante", dijo Ty. "Electrodomésticos de acero inoxidable, pisos oscuros, baldosas blancas, mucha luz en estos dibujos."

Damon pudo oír que Ty no estaba asombrado por ellos.

"Toca el cielo en F_5F", contribuyó Cassie. "Muy agradable."

"Pero un poco aburrido", dijo Damon. "Me preguntaba si queríamos hacer más una declaración". Él se aclaró la garganta. "Sabes, hay un axioma, que en el diseño hay tres reacciones: mala, buena y sorprendente. Apuntar a sorprender es el camino a seguir."

"Estoy de acuerdo", dijo Cassie.

"Entonces, pasa a las siguientes tres ilustraciones", invitó Damon. "Estas opciones son más caras, pero creo que lo llevan todo un nivel superior."

"Oh, sí", dijo Ty con aprobación. "Esto es sorprendente".

"Tiene estilo", dijo Cassie. "Y sería fácil vivir ahí".

Damon se animó. "Pensé que podríamos hacer que el diseño fuera más exclusivo que la paleta neutra habitual. Entonces, esa primera opción usa un neutro más cálido para los elementos de luz, como la pintura de la pared y los accesorios. Los pisos y los mostradores son oscuros pero con un tono fresco. Lo muestro con un carboncillo que es casi negro. Y hay una opción para que los azulejos, tanto en la cocina como en el baño, sean oscuros o claros, con acentos metálicos."

"Ese azulejo negro en el baño con accesorios color crema se ve increíble", dijo Cassie.

"Los grifos son de níquel pulido, que es una plata más cálida, y también podríamos encontrar cerillas para los herrajes de las puertas y la iluminación. Todavía estaba pensando algo de eso."

"Un color cálido", dijo Cassie. "Me gusta. No es estéril ni impersonal. Parece como estar en casa, pero tiene mucho entusiasmo."

"Especialmente la forma en que has elegido los muebles", dijo Ty. Él se movía a través de la pila de la presentación de Damon. "Esta combinación de elementos tradicionales y un diseño limpio es realmente atractiva."

"Y de lujo", dijo Cassie. "Creo que es perfecto para F5F. Sofás de cuero y candelabros."

"Mantenerlo neutral pone la atención en la gente", dijo Damon y escuchó a Cassie chasquear los dedos.

"Nos aseguraremos de que el equipo que venda las unidades no solo sea atractivo, sino que se vista de manera que se vea como en casa en las suites modelo."

"Vendiendo la fantasía", reflexionó Ty.

"Bueno, el edificio en sí crea algunas limitaciones", dijo Damon. "No podemos tener ventanas masivas, por ejemplo, debido al marco del edificio. Pero podemos intentar aprovechar al máximo lo que tenemos."

"Creo que sí", dijo Ty. "Esta segunda opción es fabulosa".

"Los espejos son geniales", dijo Cassie. "No puedo esperar a ver este construido."

"Me gusta lo lujosos que parecen ser", dijo Ty. "El aspecto encaja con la marca F5F".

"Y se ven espaciosos con el diseño abierto", coincidió Cassie. "¿En cuántas unidades pensaste que podrían caber?"

Hablaron de los detalles y Damon le dijo a Ty dónde encontrar sus estimaciones de costos para el acabado. Él sabía que Ty haría un mejor trabajo al calcular los gastos totales y asegurarse de que ganaran dinero vendiendo las unidades de apartamentos.

"Los estamos haciendo como condominios, ¿verdad?" preguntó. "¿Con una tarifa de mantenimiento?"

"Sí, porque seguiremos siendo dueños del edificio", estuvo de acuerdo Ty. "Y nos ocuparemos de todo el mantenimiento".

"Vamos a tener que conseguir un portero", bromeó Cassie. "La gente lo esperará si los lugares se ven tan bien."

"Estaba pensando que probablemente deberíamos contratar uno", dijo Ty. "De nuevo, encaja con la imagen".

"Toca el cielo en F5F", les recordó Damon, porque pensaba que era un buen eslogan.

"El problema es que yo quiero este", dijo Cassie, dando golpecitos con el dedo en algo antes de reír. "Podría vivir totalmente en este diseño de un dormitorio con el candelabro, Damon. Tiene suficiente brillo para mí."

"Déjame adivinar. Te encanta ese baño negro —bromeó Damon.

"¡Así es! Me vería tan bien ahí."

"¿Pero quién te vería?" preguntó y ella se rió.

"¡Oye, dale un poco de tiempo al nuevo tatuaje!"

"Entonces, no tenemos que preocuparnos por vender el modelo", bromeó Ty. "Ya está vendido".

"Ahora, espera un minuto", protestó Cassie y Damon sonrió ante el tono habitual de broma. "Lo compraría, pero ¿debería tener que hacerlo? Ya tú vives aquí, Ty."

"No todo el tiempo."

"Pero ya tienes un apartamento aquí", corrigió Cassie. "Creo que los cinco socios deberían tener uno. Es justo que obtengamos un beneficio como ese."

"¿Quieres uno, Damon?"

"No lo sé. No había pensado en vivir en el centro de la ciudad." Damon se preguntó qué pensaría Haley de eso. Era extraño estar considerando la perspectiva de ella, considerando que él la había acabado de dejar regresar a su vida.

Ahora que se había dado cuenta de que quería que ella se quedara, Damon necesitaba hacerlo realidad.

¿Podría él hacerle cambiar de opinión sobre solo querer una carrera?

Primero él tenía que saber más sobre Garrett.

"Viaje más fácil", señaló Cassie. "Debería ser justo".

"Pero Ty soportó muchas construcciones mientras vivía en su casa, y también pagó algunos de los acabados".

"Gracias por defenderme, Damon", dijo Ty, con una sonrisa en su voz. "Pero vale la pena revisar la opción. ¿Hemos sido justos? Eso pensaba, pero revisaré las matemáticas y crearé una presentación para la próxima vez. Todos debemos estar seguros."

"Theo dijo que comprará un lugar en la ciudad cuando regresen de San Francisco", dijo Cassie. También le vendría bien vivir aquí.

"Podría ser", reconoció Ty. "No sé si Kyle quiere un lugar en el edificio ya que él y Lauren se mudaron juntos. Pero si ninguno de los dos lo hace, podríamos encontrar una compensación alternativa."

"Me suena bien", dijo Damon.

"A mí también", coincidió Cassie.

Una de las cosas que más le gustaba a Damon de sus compañeros de F5F es que rara vez convertían algo en una disputa emocional. Siempre eran racionales y siempre se resolvía fácilmente.

Se cuidaban el uno al otro. Ty no tenía que crear una presentación para demostrar que la compensación había sido justa. Damon confiaba en él, pero admiraba que su compañero hiciera eso para asegurarse de que todos fueran felices. Si alguien estaba descontento por algo, nunca había una oportunidad para que el resentimiento se pudriera.

"Son increíbles, Damon", dijo Cassie con entusiasmo. "Vamos a vender estos tan rápido que dejarán las cabezas dando vueltas."

"Entonces deberíamos cobrar más por ellos", dijo Ty fácilmente. Gracias, Damon. Tengo mucho con lo que trabajar aquí."

"Voy a tomar fotos de estos con mi teléfono y se las enviaré a Kyle y a Theo", dijo Cassie. "No los guardes todavía".

"Dile a Kyle que todavía estoy trabajando en el diseño del vestíbulo del F5F Oeste,", agregó Damon. "Estoy jugando con mosaicos de vidrio para el vestíbulo, pero todavía no lo he hecho bien."

"Porque no tienes nada más que hacer", se burló Cassie. "Deja que Kyle espere."

Damon sonrió ante eso.

"Y Damon, cualquier cosa que necesites, háznoslo saber", agregó Ty. "Envíame un mensaje de texto con los arreglos sobre la celebración de la vida si no tienes tiempo para llamar. Voy a correr la voz."

"Gracias", dijo Damon y lo decía en serio.

Él terminó la llamada y miró hacia la cocina. Haley estaba cantando, un poco desafinada pero con entusiasmo. Probablemente ella también estaba bailando, por el sonido, y Damon descubrió que su sonrisa se ensanchaba.

Ella tenía razón sobre sus socios y deseaba haber confiado en ellos antes. Ellos realmente lo respaldaban, y una vez que había comenzado a decírselos, no había sido tan difícil.

Damon quería agradecer a Haley de la forma en que a ambos les gustaba más.

Pero primero llamaría al sacerdote y concertaría una cita para hablar del servicio. Él tenía la sensación de que una vez que comenzara a agradecerle a Haley, no llamaría a nadie por un tiempo.

HALEY YA HABÍA COLGADO el abrigo y se había quitado las botas cuando sonó el teléfono de Damon, y también había echado un vistazo a su alrededor mientras él revisaba la nevera. La casa estaba perfectamente limpia aunque parecía un poco vacía. Ella se preguntó cuánto habría estado él en casa desde que su madre había ido al hospital.

El refrigerador estaba lleno de comida sana, por lo que él debía haber estado comiendo allí. Ellos habían acordado unas pechugas de pollo a la parrilla con una gran ensalada y arroz cuando sonó su teléfono. Ella encontró los ingredientes para una gran ensalada y estaban tan frescos que empezó a tener hambre. Encontró un cuenco grande después de que él respondió a su llamada, luego una tabla de cortar y un cuchillo, y se puso a trabajar.

Ella tenía mucha curiosidad por saber cómo vivía Damon y si había pistas sobre sus secretos en la casa, pero ella no quería parecer entrometida. Haley tenía la sensación definitiva de que lo había presionado lo suficiente por el momento y que probablemente su curiosidad no sería bienvenida.

Ella ni siquiera había esperado que él la invitara a la casa.

A ella le agradaba, realmente le agradaba y respetaba lo honorable y fuerte que era Damon. Era el tipo de hombre del que ella podría enamorarse, si se hubiera sentido inclinada a hacer algo así de nuevo.

Era demasiado fácil recordar cuánto había dolido la traición de Garrett. Su corazón se apretaba un poco incluso ahora y sentía un poco de ese viejo anhelo por su compañía. Ella pensaba que estaban tan bien juntos. Ella pensaba que podría tenerlo todo.

Y ella había estado tan equivocada. Haley no quería volver a ser tan vulnerable nunca. Ella todavía pensaba en Garrett como el hombre ideal, a pesar de que su decisión de casarse con alguien que no fuera ella estaba lejos de ser ideal.

¿Estaba ella esperando que otro hombre como Garrett entrara en su vida?

¿O quizás el mismo Garrett?

¿Su historia sobre nunca haber sido vulnerable era la verdad o era una excusa? Su nueva perspectiva para el año le hacía preguntarse si era una indicación de miedo.

Garrett la había lastimado gravemente. Ella sabía que nunca amaría a nadie más de la forma en que lo había amado a él.

Aun así, había algo en Damon que atraía a Haley una y otra vez. Ella sentía una conexión con él y no podía resistirlo. Era más que sexo, incluso si no podía ser más de lo que ya era. Haley sabía que era mejor no querer algo imposible. El amor era fugaz, no importaba lo poderoso que fuera, y el truco consistía en disfrutarlo mientras durara, no en esperar que durara para siempre.

Ellos estaban en el mejor momento. Eso era lo que la seducía y la hacía pensar en el futuro. Pero el mejor momento siempre terminaba. Era mejor estar preparado que soñar y sorprenderse.

Damon conocería a alguien más. Ella podría conocer a alguien más. Tendrían sexo con otras personas y seguirían adelante.

Pero disfrutaría eso mientras durara, porque estar con Damon la hacía feliz.

Ella podía escuchar a Damon hablando con su compañero, pero no quería escucharlo a escondidas.

Haley se puso los auriculares y puso música en su teléfono, colocándolo sobre la encimera mientras cortaba verduras en cubitos. Ella tenía una lista de reproducción de varias versiones de su canción favorita, que parecía perfectamente apropiada dadas las circunstancias.

Ella dirigiría toda la noche para tener sexo con Damon, eso era seguro.

Ese impulso no podría ser algo malo.

DAMON ESTABA APOYADO en la puerta de la cocina, mirando a Haley. Ella estaba en calcetines, con medias y un vestido de punto holgado, bailando en su cocina. Ella estaba de espaldas a él y cantaba, ajena a su presencia gracias a sus auriculares. Su teléfono estaba en el mostrador a su lado, y ella estaba agregando zanahorias en cubitos a un tazón grande mientras cantaba. Ya estaba cargado de verduras mixtas y pimientos picados.

Ella estaba desafinando.

Fuerte y apasionadamente.

Ella era increíblemente linda.

Él sabía que ella no podría oírlo acercarse y no quería que ella saltara de la sorpresa y se lastimara. Ella había elegido un cuchillo grande y el primer trabajo era asegurarse de que no se cortara. Damon cubrió la mano de Haley con una de las suyas en el mismo momento en que la agarró por la cintura por detrás. Él mantuvo esa mano sobre la tabla de cortar, asegurándose de que el cuchillo no pudiera hacer ningún daño. Ella lo soltó, luego se retorció en su abrazo y le sonrió, todavía cantando.

Pero ahora ella le estaba cantando.

Damon le quitó uno de sus auriculares y se lo puso en la oreja. Era la versión de Cyndi Lauper de I Drove All Night, una canción contagiosa y enérgica que él escuchaba a menudo en el club. El ritmo era perfecto para hacer ejercicio o bailar.

"Mi favorita", admitió Haley cuando se acabó. "la siguiente es la versión de Roy Orbison". Ella levantó un dedo. "Que se grabó primero pero se lanzó en segundo lugar. Después de su muerte."

"¿Y después de eso, la versión de Celine Dion?"

"No, la de Pinmonkey es la siguiente". Ella negó con la cabeza, haciendo que la cola de caballo rebotara. "Deben estar en orden cronológico."

"Ah, me perdí esa parte".

"Luego la de Celine Dion, luego la de los Macabeos, luego la de los Protomen, y luego la de Carly Smithson". Ella le lanzó una mirada triunfante. "Antes de esto, escuché la versión de Ray Dylan y la versión de John Waite".

"¿Todos cantando I drove all night to get to you?"

Haley asintió. "Por supuesto."

"¿Por qué?"

"Porque es la. Mejor. Canción. De. Siempre"

Él se apoyó contra el mostrador a su lado, intrigado. "Parece que no estás segura de eso".

Ella se rió y volvió a coger el cuchillo, reanudando el corte. Ella se sonrojó, solo un poco.

Quizás yo debería dar las gracias antes de la cena.

"¿Por qué es la mejor canción?" preguntó ella. Por su propia admisión, ella no era una romántica. ¿Ella era una optimista implacable? Haley parecía no tener ninguna duda de su capacidad para arreglar las cosas.

Incluso a él.

"¿Por qué?" repitió ella, como si la misma pregunta fuera ridícula. "¡Vamos! Se trata de querer tanto a alguien que tienes que estar a su lado. De inmediato. No importa el costo."

"Incluso si tienes que conducir toda la noche".

"Sí." Haley asintió. "Se trata de pasión, buen sexo y obsesión, y es simplemente perfecto".

"¿No se trata de amor verdadero?"

Ella se mordió el labio, considerándolo. "Supongo que podría ser". Su mirada se posó en él. "Creo que se trata más de ese momento en cada relación cuando la otra persona es lo único en lo que puedes pensar, la parte en la que todo parece perfecto y lleno de promesas".

"La parte que no dura".

Ella asintió con la cabeza, de fácil acuerdo. "No puede durar. Nada tan bueno puede seguir siendo tan bueno. Quizás el momento sea más dulce porque no puede durar."

"Quizás." Damon expresó sus pensamientos en voz alta. "Mi mamá habría dicho que el amor verdadero dura."

Haley asintió. "También la mía". Ella sacudió su cabeza. "Creo que es una fantasía para la mayoría de la gente."

"¿Y para nuestras mamás?"

"Ellas quieren creerlo. Tal vez ignoraron la verdad porque no querían verla." Ella hizo una mueca. "Tal vez sea más fácil creer la fantasía después de enviudar."

Estaba eso.

"No vuelvas a hablar de sirenas".

Haley sonrió. "Es lo mismo. Me puede gustar esta canción sin creer que el amor verdadero dura para siempre."

Damon se mostró escéptico. "Háblame de Garrett", la invitó, sin esperar que ella lo hiciera.

Su mirada de reojo fue cautelosa. "¿Por qué?"

"Tengo curiosidad."

"Yo tengo curiosidad por muchas cosas sobre ti, pero normalmente dices que no es mi problema".

Damon sonrió. "Culpable de los cargos. ¿Aún lo amas?"

"Sí." Haley exhaló. "Probablemente siempre lo haré".

El corazón de Damon se apretó con fuerza. "¿Por qué?"

"Porque él era perfecto".

"Nadie es perfecto."

"No, pero él era perfecto para mí. Estábamos tan bien juntos. Parecía inevitable."

"¿A pesar de que no vas a ser vulnerable como tu mamá?"

"Él me hizo olvidar todo eso. Él no era un socorrista. Yo pensaba que estaba a salvo, porque él no tenía un trabajo peligroso ". Ella guardó silencio de nuevo.

"¿Pero?"

Haley se mordió el labio y comenzó a cortar de nuevo. Esta vez, eran cebollinos. Ella no respondió a su pregunta.

"¿Dónde lo conociste?" preguntó Damon.

"Escuela secundaria. Después de que nos mudamos de aquí, lo conocí mi primer día en esa escuela. Él era amable conmigo y era hermoso. Capitán del equipo de fútbol. Jefe del club de ajedrez. Apuesto. Atlético. La fantasía de todas las muchachas de la ciudad, sin embargo, me habló a mí."

Damon se encontró experimentando un caso importante de celos. "Entonces, tenía buen gusto".

Haley sonrió. "No lo sé. Yo pensaba que era el destino ese momento. Él estaba dos años por delante de mí. Yo estaba abrumada por su interés y lo increíble que era. Me enamoré mucho, y parecía que el sentimiento era mutuo."

Una vez más, Damon tuvo que pedirle que continuara. "¿Y? ¿Cuándo terminó la escuela secundaria?

"Oh, fuimos a la misma universidad". Ella le lanzó una mirada. "No fue un accidente. Él iba a ser médico y yo me inscribí en la misma universidad en el programa de enfermería. Estaba tan emocionada de que pudiéramos vernos durante el año. Él me llevó allí y me ayudó a mudarme a mi dormitorio. Nos veíamos todos los días y pasábamos muchas noches juntos." Ella suspiró con un anhelo que hizo que Damon quisiera lastimar a ese Garrett.

"Pero algo salió mal".

"No pronto. Me gradué y fui a trabajar al hospital de la ciudad donde habíamos ido a la escuela secundaria. Su padre era médico de cabecera e iba a hacerse cargo de la consulta, así que teníamos este plan de volver allí para construir nuestro futuro. Él tuvo que ir a Chicago para hacer su residencia, así que yo estaba trabajando y ahorrando dinero para una casa, hablando con él por teléfono y esperando que viniera a visitarme. Decidimos que la boda sería cuando él regresara a la ciudad y comenzara a ejercer."

Ella se quedó en silencio de nuevo, por lo que Damon supuso. "¿No volvió?"

"Oh, él regresó en la primavera, justo a tiempo". Haley se encontró con la mirada fija de Damon. "Él trajo a su esposa".

"¿Su esposa?"

"Parece que ambos estaban haciendo sus residencias y se enamoraron perdidamente. Solo una mirada fue todo lo que se necesitó, por lo que tengo entendido. Ellos no podían esperar, así que fueron al ayuntamiento de Chicago para casarse."

Damon estaba atónito. "¿Él ni siquiera llamó para decírtelo?"

Haley negó con la cabeza. "Fue una suerte no haber seguido adelante con los planes de la boda. Yo tuve un mal presentimiento cuando él dejó de llamar después de Navidad. Yo sabía que algo andaba mal porque nunca quería hablar, pero yo pensaba que él solo estaba preocupado por su residencia. Yo pensaba que podríamos resolver los detalles más tarde, tener una ceremonia más informal o alguna más tarde."

"Quizás ir al ayuntamiento".

"Yo sí pensé en eso". Haley frunció el ceño y cuadró los hombros. "Ellos eran la pareja perfecta. Todo el mundo lo decía. Se veían muy bien juntos y su matrimonio obviamente estaba destinado a serlo. Eran harina del mismo costal: ambos habían terminado la escuela de medicina, ambos eran hijos mayores de médicos, ambos aspiraban al éxito. Él dijo que no me había hablado de ella porque no quería herir mis sentimientos ".

Damon no pudo evitar burlarse. "¿Verlo casado no iba a hacer eso?"

Haley sonrió. "Él solo estaba evitando el trabajo desagradable, me imagino".

"O no era muy inteligente".

"Garrett es brillante", dijo ella entusiasmada y Damon sintió una feroz punzada de celos.

"Debes haber estado realmente molesta."

"Estaba devastada. Fue entonces cuando me di cuenta de que había cometido el error de mi madre sin querer. Amar a un hombre más que cualquier otra cosa te hace vulnerable. Algo puede suceder de la nada un martes por la mañana al azar y el significado de tu vida puede ser arrebatado. Yo pensaba que, debido a que Garrett iba a ser un médico de cabecera, yo estaría a salvo, pero al final eso no importaba. Cualquier hombre puede enamorarse de otra persona y dejarte, y luego marcharse sin mirar atrás."

"Así que nunca más".

"Nunca más. Él todavía tiene mi corazón y es mejor así." Haley le sonrió y él vio un destello de lágrimas en sus ojos que le dieron ganas de hacerle un daño grave a ese tipo Garrett.

"Entonces, solo sexo".

Ella asintió. "Solo sexo. Quiero vivir honestamente y estar en el momento, y exprimir todo lo bueno antes de que se acabe."

"Porque se acabará".

"Por supuesto." No había carga emocional en sus palabras, solo una aceptación de cómo debía ser el mundo. "Y cuando lo haga, todavía quedan las otras constantes en la vida. Amigos, familia, buen trabajo. Creo que esos son los lugares para encontrar alegría, porque no mienten sobre el futuro."

Damon respetaba ese punto de vista.

"Y de un buen momento es de lo que se trata esta canción, para ti".

Haley asintió. "Además, solo me gusta la cruda necesidad de escucharla. Podría escucharla todo el día."

Damon señaló su teléfono, sabiendo que era hora de burlarse de ella. "Suena como si lo hicieras".

Ella le sonrió, impenitente. "A menudo lo hago".

Damon quería besarla más que a nada en el mundo. Él frunció los labios como si estuviera considerando un asunto muy serio. "Pero aquí está la cosa. Tienes cuatro versiones más para escuchar. Deben ser otros doce o quince minutos de escucha que no quieres interrumpir"

Ella se apoyó contra la encimera junto a él, abandonando la ensalada, sus ojos brillaban. "Yo podría hacer otra cosa mientras escucho esas versiones. ¿Alguna sugerencia?"

Damon fingió pensar en eso. "Tengo una idea, pero llevaría más de quince minutos hacerlo correctamente". Ambos estaban apoyados de espaldas contra el mostrador y tenían los brazos cruzados sobre el pecho. La parte superior de la cabeza de Haley estaba en el hombro de Damon y él podía oler su loción corporal. La cálida presión de ella contra su costado le daba ideas muy interesantes.

Entonces Haley chocó su cadera contra la de él, e inclinó la cabeza hacia atrás para sonreírle, dándole una vista más allá de sus labios hasta su escote. "Puedo repetir las canciones, para que empiecen de nuevo", susurró. Ella deslizó su lengua por su labio, deliberadamente burlándose de él. "Al menos si me gusta tu idea."

"Te ha gustado antes".

"¡Un masaje!" dijo ella, fingiendo malinterpretar. "Pero realmente no necesito uno esta noche."

"Yo estaba pensando en algo más íntimo que eso", gruñó él y se inclinó para besar su sien. Ella contuvo el aliento y él la sintió estremecerse, una señal de su efecto sobre ella que capturó su interés por completo. Ella se lamió los labios de nuevo y esta vez, él se inclinó y la besó dulcemente.

"Ibas a agradecerme", susurró ella cuando él levantó la cabeza.

"Quizás no necesitemos música". Damon se movió para pararse frente a ella, atrapándola entre él y el mostrador con sus caderas. Ella se retorció un poco y deslizó sus manos por sus brazos, obviamente muy feliz con su situación. Damon la tomó por la cintura con las manos y la levantó un poco. "Tal vez me gusta dar las gracias sin acompañamiento".

"Puede que te guste más con la música".

"Podría, pero no auriculares. Eso es demasiado complicado ".

Haley se rió y activó el sonido, luego puso los auriculares en el mostrador y le rodeó el cuello con los brazos. Él la levantó para que se sentara en el borde del mostrador lejos de la tabla de cortar. Haley envolvió sus piernas alrededor de él, manteniéndolo cautivo contra su calor, que era justo donde Damon quería estar. Damon capturó sus labios debajo de los suyos y entendió exactamente por qué Haley pensaba que la canción era tan perfecta. El latido coincidía con el de su pulso y la necesidad de las palabras encontró un eco perfecto en su corazón.

<hr>

DAMON LLEVÓ a Haley escaleras arriba como si no pesara nada. La ensalada fue abandonada y también su teléfono, pero ella podía escuchar la letra de la canción que los seguía. Damon no encendió la luz, sino que caminó con total confianza en la oscuridad. Ella podría haber roto su beso para dejarlo concentrarse, pero él reclamó sus labios nuevamente, deteniéndose en el rellano para apoyarse contra la pared y besarla profundamente. Damon se inclinó hacia ella, aplastándola un poco, y Haley lo agarró con fuerza. Ella abrió la boca para él, amando cómo él se deleitaba con ella y pasaba sus manos sobre ella, cómo hacía un pequeño gruñido en el fondo de su garganta.

Era como si él no pudiera resistirse a ella.

Como si tuviera hambre de todo lo que ella pudiera dar.

Eso era lo bueno.

Y Haley no podía negarle nada a Damon. Ella sentía que él la necesitaba en ese momento y estaba más que feliz de proporcionarle lo que él quisiera. Ya fuera consuelo o satisfacción, no le importaba. Se acabaría y él seguiría adelante, pero ella no quería pensar en eso.

Ella lo deseaba, sin importar cómo o por qué él la deseaba.

Era curioso cómo nunca se cansaba de él. Otras relaciones se habían desvanecido más rápidamente, perdiendo su poder después de la segunda vez o incluso de la primera. Con Damon, parecía que cada vez era nuevo y poderoso.

Tal vez era porque él estaba tan sexy. Él estaba duro, su erección tensaba contra la parte delantera de sus jeans, y ella se frotaba contra él con anticipación. Sus músculos estaban tensos como si él se estuviera conteniendo, pero Haley no quería que lo hiciera. Él rompió el beso y la acarició, dejando un rastro de besos hasta sus pechos, la barba incipiente rozando su piel.

"Eres perfecta", murmuró él, luego besó su pezón a través del suave tejido de su vestido. Él la agarró con fuerza y luego le rozó el pezón con los dientes, riendo cuando ella arqueó la espalda y gimió. "Te puedo oler", ronroneó él.

"No es de extrañar", susurró ella, luego se frotó de nuevo sobre él. "Puedo sentirte."

Su sonrisa brilló. "No lo suficientemente bien".

"Entonces, ¿qué estamos haciendo, demorándonos en las escaleras?" preguntó Haley en broma.

"Perdiendo el tiempo", respondió él, luego la atrapó y continuó hasta el segundo piso. Fue directamente a una habitación en la parte trasera de la casa y Haley vio tan pronto como encendió la luz que debía ser su dormitorio. Era minimalista y perfectamente ordenado, la cama individual hecha con precisión militar.

"Esquinas de hospital", bromeó ella y él se rió un poco. Había un gran escritorio, tan grande que podría haber sido hecho con una puerta de madera, y un taburete al lado. Había una sombra sobre la ventana y el suelo de madera estaba desnudo. Damon encendió una lámpara de escritorio sin bajar a Haley y luego volvió a apagar la luz del techo antes de llevarla a la cama.

"¿No en la oscuridad?" preguntó ella sorprendida.

"Quiero verte, Haley. No quiero perderme nada." Sus palabras la emocionaron casi tanto como su beso, pero luego él la estaba besando de nuevo. Damon se inclinó sobre ella, quitándole la ropa mientras su beso la ponía caliente e impaciente por más. Ella se quitó el vestido, compartiendo su deseo de desnudarla, luego suspiró de satisfacción cuando sus manos ahuecaron sus pechos. Como era su costumbre, él se inclinó y besó los pezones, provocando a uno con la boca y el otro con las yemas de los dedos. Ella agarró su cabeza, abrazándolo, entrelazando sus dedos en su cabello, y simplemente disfrutaba. Cuando él cambió de lado, ella gimió, segura de que no podría soportarlo si él seguía yendo tan lento.

"¿No te gusta?" murmuró él contra su piel. Su aliento era cálido y su boca firme.

"Me encanta y lo sabes. Te estas burlando de mí."

Damon se rió entre dientes, una respiración que le hizo cosquillas en el pezón apretado. "Acabo de empezar", amenazó él, luego se puso de pie. Damon se quitó la camiseta, su mirada ardía y estaba fija en ella, luego él se desabrochó los jeans y se los quitó. Su ropa interior era blanca contra su piel bronceada pero rápidamente siguió a los jeans. Él le sonrió mientras se quitaba el reloj y lo dejaba a un lado, algo en su expresión hizo que ella se preguntara qué estaba haciendo.

"Pareces peligroso", dijo ella.

"Te ves hermosa", respondió él, luego él se inclinó y le desabrochó la cola de caballo. Su cabello cayó sobre sus hombros y él pasó los dedos por él, extendiéndolo mientras le sonreía. Ella estaba segura de que él nunca había estado tan grande cuando habían estado juntos. Ella extendió la mano para tocarlo suavemente y él se estiró ante su toque, recuperando el aliento. "Vas a romper el condón", dijo ella.

"Lo dudo."

Ella deslizó su mano hacia abajo, ahuecando y acariciando sus bolas hasta que sus ojos brillaron. Luego ella deslizó un dedo por la parte inferior de su pene, deteniéndose justo debajo de la punta. Él ni siquiera respiró hondo, se quedó de pie, sereno y esperando lo que fuera que ella hiciera.

Haley sonrió cuando decidió sorprenderlo. Ella se inclinó y lo tomó en su boca, girando alrededor de la cama para quedar de rodillas ante él. Ella lo rodeó y lo agarró por las nalgas, que en realidad podrían haber sido hechas de acero, luego comenzó a provocarlo con los labios y la lengua.

Damon se quedó helado. Ella lo sintió enderezarse y supuso que había echado la cabeza hacia atrás. Sus dedos bailaban sobre sus hombros, su toque tan vacilante que ella supo que lo había sorprendido, y luego él gimió como si el sonido fuera arrancado de lo más profundo de él. Ella acariciaba sus bolas y supo que él estaba complacido porque se volvía más duro y grueso con cada toque. Ella probó la sal justo antes de que él susurrara su nombre y ella pensó que podría estar acabando con él.

Luego él gimió y la tomó por los hombros con las manos, alejándola de él. "Haley", murmuró él. "No tienes que hacer eso".

"Pero te gusta."

"Pero se supone que esto es sobre lo que te gusta a ti. Yo soy el que da las gracias, ¿recuerdas? Él la tendió de espaldas mientras hablaba, pasando sus manos sobre ella en una caricia sin fin. Él la miró y sonrió, sintiendo bien el peso de su toque en su piel. Cuando ella estuvo de espaldas, le pasó la yema del dedo por el interior del muslo, haciéndole cosquillas con su toque. "Déjame complacerte, Haley", dijo él, el hilo de incertidumbre en su tono casi acaba con ella.

Damon no podía imaginar que ella se negaría, ¿verdad?

Ella separó los muslos y sonrió mientras él bajaba su peso entre ellos. Él la besó de nuevo en su camino hacia abajo, luego lamió sus pezones como si fueran dulces. Sus manos rodearon su cintura y besó su ombligo, luego le lanzó una mirada maliciosa antes de cerrar la boca sobre ella.

Su lengua fue directo al grano, la forma en que la movía hacía que

Haley gimiera en voz alta. "Muerde la almohada si es necesario", murmuró él contra su muslo. "Pero nadie te escuchará aquí".

Haley decidió dejarlo ir cuando fuera el momento, para no preocuparse por hacer ruido. No era propio de ella, pero ella sentía una especie de abandono con Damon, era la convicción de que estaba borrando sus propios límites.

O tal vez él lo hacía.

Ella ciertamente no se arrepentía.

Su boca se cerró sobre ella de nuevo, cálida y dulce, su lengua y dientes rápidamente la volvieron loca. Él movió las manos debajo de ella y volvió a rodearle la cintura con las manos. Haley tenía las piernas abiertas contra sus hombros. Su peso y posición aseguraban que ella no pudiera moverse, aunque ella no estaba atrapada o aplastada. A Haley le encantaba la sensación de estar confinada pero resguardada. Protegida. Él era mucho más fuerte que ella, pero Haley sabía que él se alejaría de inmediato si ella daba alguna indicación de que quería que lo hiciera. Ella podría detenerlo con la punta de un dedo.

Pero detenerlo era lo último que ella quería hacer. Damon la atormentó hasta que ella se retorció en su agarre, esforzándose por liberarse, su corazón martilleaba y su respiración se entrecortaba. Sus dedos se hundieron en sus hombros y sintió los dedos de sus pies apuntando mientras se acercaba a la cima...

Luego él levantó la cabeza. "¿Necesitas algo para morder?" preguntó él y Haley casi gritó de frustración.

"¡Yo estaba tan cerca!"

"Lo sé." Damon se reía de ella y ella quería besarlo. "Pero será mejor si tienes que trabajar para conseguirlo." Él deslizó sus manos por su torso, acariciando sus pechos por un momento, luego las deslizó hacia abajo hasta su cintura. "A menos que quieras parar".

"Eres malo."

Él sacudió la cabeza. "No lo creo."

"Entonces eres muy bueno".

Él se rió y a ella le encantó el sonido. "¿Cual prefieres?"

"Me gustaría que volvieras a hacer eso, pero que no te detengas".

"Y me gustaría que gritaras hasta el techo cuando sea el momento".

Haley lo señaló con un dedo. "Solo si estás dentro de mí. Quiero correrme contigo encima de mí, dentro de mí, llenándome y reclamándome."

Él la miró sin pestañear, sus ojos oscuros e intensos. Ella estaba segura de que sus fosas nasales se ensanchaban, pero luego él llevó la mano a los jeans sin moverse. Encontró el condón y puso el paquete en la cama junto a ella. Luego se encontró con su mirada de nuevo, sosteniéndola mientras se hundía más y la reclamaba una vez más.

DIEZ

Era oficial.

No había nadie como Haley.

Todo lo que Damon tenía que hacer era convencerla de que se quedara.

En realidad, él pensaba que tenía que convencerse a sí mismo de dejarla quedarse, pero se preocuparía por eso después de haberle dado el mayor orgasmo de su vida. Damon quería que ella siempre asociara el buen sexo con él, que pensara en él cada vez que sintiera el deseo, que acudiera a él cuando quisiera satisfacción.

Porque él siempre se la daría.

Damon se estaba dando cuenta de que era una responsabilidad que nunca se cansaría de cumplir.

Ella se rendía a él tan completamente, cerraba los ojos y separaba los labios, le abría las piernas y le daba la bienvenida a todo lo que él le ofrecía. Sus pezones estaban tan tensos como su clítoris, y ella estaba mojada, tan gloriosamente mojada. Él no podía esperar a estar dentro de ella, pero él la quería en la cúspide antes de moverse. Ella se retorcía mientras él se la comía, sus músculos se tensaban mientras disfrutaba del poco de confinamiento. Damon estaba inundado por su olor y solo podía pensar en su placer, aprendiendo cuidadosamente exactamente lo que más le agradaba. A ella le gustaba hacerlo despacio, pero con pequeños brotes de acción, como si él realmente fuera a comerla. El roce ocasional de un diente contra su clítoris casi la enviaba a la luna y él sabía que cuando llegara el momento, iba a provocar ese brote o pellizcarlo.

Y él no iba a soltarlo con prisa. Él quería que ella viniera y viniera y viniera, que se viniera hasta que no tuviera más para dar, que se corriera hasta que estuviera exhausta, flácida y colapsada en sus brazos.

No tardaría mucho. Él la besaba y le pasaba lengua, sintiendo cómo ella arqueaba la espalda. Su pulso estaba acelerado y había un brillo de sudor en su piel. Sus pezones estaban aún más duros y su respiración se aceleraba. Ella lo agarró por los hombros, clavó las uñas en su carne y susurró su nombre con una desesperación que podría haberlo enviado a la luna.

"¡Ahora!" ella suplicó. "Ahora, ahora, ahora."

Él se movió, decidido a darle lo que ella quería, y tomó el condón. Ella se lo quitó de la mano y lo arrojó al suelo, luego tomó su rostro entre sus manos y lo besó con avidez. "Todo de ti", murmuró entre besos. "Todo de ti, ahora. Me encanta la sensación de ti sin eso."

No era humanamente posible resistirse a ella. No cuando ella era tan dulce, tan caliente, tan húmeda, tan decidida a borrar cualquier otro plan que no fuera el suyo. Damon estaba sobre ella, luego dentro de ella, hundiéndose tan rápido que se estremeció en un esfuerzo por contenerse. Ella estaba tan apretada como siempre, pero resbaladiza y ardiente. Él le lanzó una mirada, sin saber cuánto tiempo duraría, y su sonrisa satisfecha estuvo a punto de acabar con él allí mismo.

"Juntos", dijo ella.

"Eres exigente".

"Es la única forma de obtener lo mejor".

Damon se movió y Haley se mordió el labio, arqueándose para darle la bienvenida a todo. Sus uñas se arrastraron sobre su hombro y sus ojos parecían más oscuros. Sus mejillas estaban enrojecidas y su cabello enredado sobre sus hombros, haciéndola lucir tan diferente de su habitual compostura como era posible.

"¿Que es tan gracioso?"

"Nada. Parece que te estás divirtiendo, eso es todo.".

Haley se rió. "¿Puedes culparme?"

"Ni un poco." Él se inclinó sobre ella y se acomodó más resueltamente entre sus muslos. Él apoyó su peso en los codos, se secó la boca y luego se inclinó para besarla de nuevo. "Ese era el plan, después de todo", murmuró él contra su exuberante boca.

"Pensé que el plan era hacerme gritar".

"El grito es solo la señal del éxito del plan".

"Entonces, ¿cuál es el plan?"

"Agradecerte." Él le besó la oreja, le pasó una mano por el pelo y luego lo cerró alrededor de su nuca. Volvió a besarle la boca. "De la mejor manera posible y de la manera más completa posible".

"Eso podría llevar más de una vez", susurró ella.

"Estoy listo para eso", respondió él y ella abrió los ojos. "Pon tus piernas alrededor de mí", invitó él en voz baja. "Quiero verte venir ahora mismo. Quiero que grites tan fuerte como puedas cuando lo hagas."

Haley contuvo el aliento y se sonrojó hasta los pezones, pero hizo lo que él le pidió. El movimiento la abrió de par en par, pero también aseguró que su clítoris pudiera frotarse contra la raíz de su eje. Él giró las caderas, asegurándose de que lo hiciera, y ella dio otro de esos deliciosos gemidos.

"Eres peligroso", susurró ella.

"Recién estoy comenzando", prometió Damon, luego se movió dentro de ella. Ella contuvo el aliento y él sabía que ninguno de los dos duraría mucho. Él trataba de mantenerlo lento, pero con Haley moviéndose como lo hacía y besándolo como lo hacía, Damon no tenía muchas posibilidades de éxito. Su propia sangre se calentaba y su necesidad se elevaba a una gran velocidad. Él la vio jadear y vio que sus ojos brillaron, luego la sintió pasar las uñas por su espalda y volver a subir.

Cuando ella se apretó a su alrededor y luego gritó en su liberación, él no pudo reprimirse más. Damon se enterró profundamente dentro de ella y apoyó la cara en su hombro, dándole la bienvenida a su liberación y rindiéndose a la suya.

Ella era perfecta.

No había duda de eso.

A HALEY le temblaban las rodillas cuando finalmente dejaron la cama y fueron al baño a limpiarse. Ella le tiró una toalla a Damon y él la agarró, él la abrazó y la besó lentamente. Él exudaba alegría y calma, y era más afectuoso que nunca.

¿Había cambiado algo porque ella le había hablado de Garrett?

De cualquier manera, el cambio era bueno.

Él llevó su ropa al baño mientras ella se estaba aseando y se inclinó en la puerta para mirarla, sonriendo. A ella le hubiera gustado haber echado un vistazo al piso de arriba, pero él ya había apagado la luz. Otra puerta estaba cerrada y la otra habitación en sombras. Eso fue todo lo que vio antes de que él la empujara de regreso a la cocina.

"Es hora de comer", dijo él sin rodeos.

Ella se sorprendió de que no fuera más tarde de lo que era. Era solo la hora de cenar, aunque afuera estaba oscureciendo. Trabajaron juntos: ella terminó la ensalada y él puso el arroz, luego asó el pollo en una parrilla en el patio trasero. Ella lo escuchó hablar con un vecino y mencionar que habría un servicio para su mamá. El vecino le dijo que se asegurara de compartir los detalles y él se comprometió a hacerlo, tan fácilmente como si siempre hubiera planeado hacerlo.

"Tenías tanta razón", dijo él cuando volvió a entrar. "Es mucho más fácil de esta manera, pero nunca lo hubiera hecho sin ti". Su mirada se clavó en la de ella. "Gracias."

"Te lo dije, para eso están los amigos".

Damon parecía que iba a decir algo y Haley esperaba que no fuera a explicarle que no eran amigos. Ella lo había escuchado suficientes veces. "Vamos. Comamos antes de que se enfríe ", dijo ella y él asintió con la cabeza.

"¿Me dirás cuándo y dónde serviste en el ejército?" preguntó ella y le echó un vistazo.

"Afganistán. Pero no quiero hablar de eso."

Haley asintió con la cabeza, sintiendo como si él estuviera construyendo muros entre ellos de nuevo. Ella supuso que debía haberlo esperado. "Muy bien", dijo ella y siguió cenando. Haley lo sintió mirándola pero decidió no llenar el silencio.

Comieron hasta que ella escuchó el sonido de sus cubiertos en el plato.

"Recuerdo la primera comida que comí en esta cocina después de llegar a casa."

Haley miró sorprendida.

Damon estaba inspeccionando la habitación. "No volví a casa de inmediato. Tuve que ir a terapia para el trastorno de estrés postraumático y eso fue en Boston. Decidí no volver a enlistarme cuando estaba allí. Ellos recomendaron eso, pero yo sabía incluso antes de que se dijera algo que no podía volver." Su mirada chocó con la de ella. "Yo quería pensar en el futuro en lugar del pasado, pero lo único que sabía hacer era matar gente y tomar sus cosas.".

Haley sonrió porque sabía que él lo esperaba, pero sabía que había sido un momento difícil para él. "He escuchado esa broma antes", dijo ella, preguntándose cual era exactamente la raíz de su trastorno de estrés postraumático. ¿Un solo evento traumático? Eso es lo que ella habría esperado, pero también sabía que cada caso era único.

Escuchar era el mejor regalo que ella podía darle a Damon, ahora que él quería hablar.

¿Por qué él quería confiar en ella ahora? Haley volvió a tener la sensación de que algo había cambiado, aunque no sabía qué.

"Es cierto, junto con muchas otras cosas que aprendes". Damon miró hacia otro lado y Haley supo que estaba pensando en las cosas que preferiría olvidar.

Ella no dijo nada, solo terminó su pollo y esperó.

"Probablemente sepas que una de las cosas que ayuda a controlar los efectos del estrés post-traumático es el ejercicio".

Haley asintió. "Junto con muchos otros mecanismos de afrontamiento."

Damon los contó con los dedos. "Buena dieta. Manejo del medio ambiente. Evitación de choques. Una rutina diaria. Dormir mucho. La lista es larga y todo ayuda."

Haley asintió de nuevo, contenta de que él hubiera ido a terapia. Sin embargo, ella no estaba realmente sorprendida. Damon no era irresponsable, ni siquiera con su propio cuidado. Él habría querido resolver el problema.

"Entonces, cuando llegué a casa, me inscribí en un gimnasio en el camino. No es un lugar elegante, pero tenían un buen equipo y no era demasiado caro. Me gustó que el dueño tuviera una debilidad por los niños, especialmente los niños que estaban siendo acosados o que mostraban interés en entrenar. Los hacía venir después de la escuela y les enseñaba gratis durante uno o dos meses. Los descubría y les daba consejos. La mayoría de ellos no duraba mucho, pero había algunos que realmente se metían en eso. Él me pidió ayuda." Damon sonrió un poco. "Tal vez él pensó que yo necesitaba algo diferente en qué pensar después de mi milésima flexión del día."

"¿Te gustan los niños?"

Damon asintió. "No tenía ni idea hasta entonces, pero me gustaron. Y me gustó enseñarles. Eventualmente, hubo algunos que quisieron quedarse, incluso si tenían que pagar para aprender más. Zeke los dejó ser mis alumnos, así que tenía una especie de entrenamiento. No era mucho dinero, porque esos niños a menudo no tenían mucho. Zeke insistía en que pagaran algo, para enseñarles el valor de obtener lo que quieres. De trabajar por ello. Algunos de ellos pagaban sus lecciones haciendo recados para mí o para mi mamá. Había uno que le entregaba los comestibles todas las semanas desde la tienda hasta aquí."

"Suena bien. Una cosa comunitaria ".

"Lo era. Yo también regresé a la escuela, decidido a obtener el título que no había terminado porque me inscribí. Cambié de carrera, así que me tomó un poco más de tiempo, pero cuando terminé, conocí a Kyle en el trabajo. No me di cuenta en ese momento, pero él estaba yendo por todos los clubes de Nueva York, haciendo una encuesta antes de abrir F5F. Él se uniría a aquellos de los que había oído cosas buenas, vería lo que estaban haciendo bien y lo que podrían estar haciendo mal, además de estar atento a las personas buenas. Yo no podía creer mi suerte cuando él me preguntó si quería un trabajo en la apertura de un nuevo gimnasio en la ciudad."

"Pero eres un socio".

Damon asintió. "Inicialmente, me contrataron para entrenar en la sala de pesas. Pero luego fui allí y miré la construcción, y pensé que tenían algunos elementos de diseño incorrectos. Yo sabía que no podía explicarlo bien, así que regresé aquí y básicamente armé una presentación argumentando mi caso. Una semana después, se lo llevé a los socios, esperando que me dieran las gracias, tal vez actuaran en consecuencia o tal vez no, tal vez me dieran algo de efectivo si lo hacían. En cambio, estaban muy emocionados y me pidieron que me uniera a la asociación." Él sacudió la cabeza. "Fue como un sueño hecho realidad. Esas cuatro personas que se conocían y se habían conocido en la universidad, luego yo, hijo de un carpintero y ex-militar también." Él levantó las cejas. "Una de esas cosas no es como las demás."

Haley sonrió, de nuevo porque sabía que él lo esperaba. "¿Es por eso que no les confiaste lo de tu mamá?"

"Probablemente. Realmente no pensé en eso. Simplemente no quería perder F5F. Sé que será lo que me dé un propósito ".

Haley asintió con la cabeza en comprensión. "¿Qué pasa con el gimnasio local?"

"Oh, se cerró cuando Zeke murió. Yo le di una membresía completa en F5F. Se la compré con mi primer cheque de pago, pero creo que solo vino una vez. Dijo que era demasiado elegante para él." Damon sonrió al recordarlo y el corazón de Haley se apretó. "Yo todavía regresaba para ayudar a entrenar a los niños dos noches a la semana hasta que falleció." Él se encogió de hombros. "Seguiría haciéndolo si el club estuviera allí".

Haley le creyó. "Parece que murió joven".

Damon asintió. "Fue trágico. Accidente automovilístico. Ya sabes, todos esos niños a lo largo de los años salieron a honrarlo."

Haley lo miró con escepticismo. "¿Y olvidaste lo poderoso que era?"

Damon parecía avergonzado. "Trato de no pensar en los funerales. Me hace recordar otras cosas." Entonces él se levantó y llevó los platos al fregadero. En lugar de cargar el lavavajillas, comenzó a lavarlos y Haley fue a ayudar. Ella no sabía qué decir, así que simplemente secó los platos y los guardó, sintiendo todo el tiempo que Damon la estaba mirando.

Él se aclaró la garganta cuando todo estuvo hecho, y si ella no lo hubiera sabido mejor, podría haber pensado que estaba nervioso. "Nunca me mostraste lo que aprendiste sobre los meridianos en F5F".

"¿Verificando a tu instructor?"

"Prefiero vigilar al estudiante".

Haley le dio una mirada. "Eso suena como una línea de guión."

Inmediatamente él estuvo cerca de ella, su mano en su hombro y acariciando lentamente su barbilla. Ella se derritió, justo en el momento justo. "No se suponía que lo fuera", dijo él en voz baja. Él la miraba como si ella fuera increíble, y Haley se recordó a sí misma que no debía acostumbrarse. Entonces esa sonrisa renuente tiró de la comisura de su boca y ella estuvo perdida. "Hay algo sobre ti. No puedo tener suficiente." Él se inclinó para tocar con los labios la comisura de su boca. "Siempre quiero más".

Haley cerró los ojos en señal de rendición, se inclinó hacia atrás y dejó que él la tomara en sus brazos. "Lo mismo", susurró ella, justo antes de que él rozara los labios con los de ella. El ligero toque la dejó hormigueando y hambrienta de más.

"Tal vez deberíamos hacer algo al respecto", murmuró Damon, con el rostro tan cerca que ella pensó que podía ver todos sus secretos en sus ojos oscuros.

"Definitivamente deberíamos", respondió ella, luego se estiró para besarlo.

⁂

¿CÓMO PODRÍA SER TAN bueno la segunda vez?

¿Si no mejor?

¿Cómo podía mejorar el sexo con Haley cada vez? Damon no podía entenderlo. Él rara vez seducía a una mujer más de dos veces. Por lo general, para entonces ya estaba harto y estaba listo para un cambio. No se trataba de novedad o variedad. Era porque después de la segunda cita, las mujeres comenzaban a hacer preguntas. Querían saber más sobre él, ahondar en sus secretos y profundizar la conexión. Damon sabía que eso no era para él, así que él elegía con los pies.

La diferencia con Haley, se dio cuenta mientras la abrazaba después de su segundo episodio de hacer el amor esa noche, era que ella no había esperado para comenzar a hacer preguntas. Ella había estado profundizando en sus secretos incluso antes de que él la conociera, investigando y comprobando los archivos. En cierto modo, ella tenía una ventaja en las cosas y él no estaba preparado para eso.

Ella dormitaba un poco contra su pecho, su cabello era un glorioso enredo en sus manos, y él estaba contento de estar con ella. ¿Era porque no había batalla pendiente? ¿Ninguna amenaza de que ella descubriera la verdad sobre él y huyera?

¿O era porque dudaba que ella alguna vez se escapara de él?

No Haley. Ella iba tras él cuando pensaba que él estaba equivocado.

Damon le dio un beso en la parte superior de la cabeza. Había algo reconfortante en su determinación de enfrentarse a él y desafiarlo. Su persistencia era algo que él admiraba, especialmente cuando le decía algo que él no quería escuchar. Ella tenía agallas.

Por mucho que él supiera que no podría entregar lo que una mujer deseaba a largo plazo, Haley le hacía querer intentarlo.

Eso en sí mismo era bastante sorprendente.

De hecho, él quería hacerla cambiar de opinión sobre el compromiso y el amor verdadero. Él quería patear a ese imbécil de Garrett y mostrarle a Haley que el amor podía durar, si es alimentado por las personas involucradas. Damon quería demostrarle que el amor no siempre termina en tragedia, que vale la pena creer en algo más que en el momento.

Damon no estaba completamente seguro de dónde provenía este impulso, pero confiaba en él. Él se preguntó si su madre lo estaba inspirando a arriesgarse con el amor, a ganarse el corazón de Haley y conservarlo para siempre. Él esperaba eso. Natasha tenía muy buenos instintos sobre la gente y a ella le gustaba Haley, sin siquiera saber mucho sobre ella.

Haley se movió y miró a Damon, echándose el pelo hacia atrás mientras sonreía. Ella todavía estaba sonrojada y sus ojos brillaban. Él notó un par de detalles para agregar a su dibujo. "Eso fue genial."

Damon asintió. "Parece ser un resultado bastante consistente".

Ella rió. "¿Es eso lo que ha estado pasando? ¿Una prueba de coherencia?

"Por supuesto no." Él no pudo resistirse a sus labios y se inclinó para besarla una vez más. Como siempre, ella se envolvió alrededor de él, dándole la bienvenida, ofreciéndole todo lo que tenía para dar. Ella era tan generosa y amable que él sospechaba que la honestidad de su respuesta siempre lo sacudiría.

Él podría acostumbrarse.

Damon quería más de un momento con ella.

Ella suspiró contenta cuando rompieron el beso y pasó una mano por encima de su hombro. Ella delineó su tatuaje tribal con la yema de un dedo, luego lo miró a través de sus pestañas como si de repente se sintiera tímida. "¿Por qué este diseño?"

"¿Qué quieres decir?"

"Los tatuajes suelen significar algo. No entiendo este." Ella le lanzó otra mirada, como si sintiera que había más de lo que se veía a simple vista. "¿Qué significa?"

"Nada", admitió Damon sin tener la intención de hacerlo. "Es simplemente grande con mucha tinta."

Ella observaba su propia yema del dedo mientras delineaba el diseño. "Porque querías cubrir a otro", supuso ella, y él sabía que no debía sorprenderse.

"Todos los muchachos de mi equipo se hicieron el mismo cuando nos desplegaron. Yo no merecía usarlo más."

Ahí. Él lo había dicho en voz alta. Él no lo había admitido desde que había ido al salón de tatuajes para hacerse ese.

"¿Qué era?"

"No importa. Ahora es historia."

Haley lo miró con expresión escéptica, pero Damon no quería discutir sobre eso, y no quería hablar más de eso. Su pecho estaba oprimido por el recuerdo y sabía que tenía que distraerse del camino que lo conducía a su peor pesadilla.

Él la besó rápidamente, tanto para silenciar su inevitable pregunta como cualquier otra cosa. "No me has mostrado lo que aprendiste en F5F", dijo él, tratando de sonar normal.

Haley vaciló sólo un momento, evaluando su estado de ánimo, luego asintió. "Estás bien. No lo he hecho. Rueda hacia tu estómago y te lo mostraré."

"Hay un poco de loción en el baño. La buscaré."

Ella lo detuvo con la punta de un dedo. "No, espera aquí. Yo lo buscaré. De todos modos, quiero lavarme un poco primero."

Damon permaneció en la cama, con la barbilla apoyada en los puños y recordaba haberse cubierto el tatuaje. El artista había admirado el viejo tatuaje y se había mostrado reacio a taparlo porque era un buen trabajo.

Damon había insistido y, finalmente, cuando amenazó con irse a otra parte, el artista cedió.

Sin embargo, primero le había tomado una foto, solo para su propia colección.

El gran tatuaje tribal había dolido, mientras que Damon no recordaba que el primer tatuaje le doliera mucho. Él supuso que era psicológico, una especie de penitencia por su fracaso.

Damon sintió que los latidos de su corazón se ralentizaban y una languidez atravesaba su cuerpo incluso cuando escuchó el agua salpicando. Él estaba tan cansado. Él había estado corriendo durante mucho tiempo, tratando de hacer malabarismos con la enfermedad de su madre con sus responsabilidades en F_5F, y probablemente no lo estaba haciendo muy bien. Él se había sentido dividido entre sus obligaciones e incapaz de reconciliarlas. Él odiaba que su madre se hubiera ido y ya la echaba de menos, pero en cierto modo, le hacía la vida más sencilla.

Simplemente habría trabajo.

Solo habría F_5F.

¿Podría él convencer a Haley de que se quedara? Damon no estaba seguro de tener mucho que ofrecerle. El sexo era genial, pero eso no sería suficiente. Él quería contarle cosas pero sabía que no podría hacerlo. Simplemente no estaba en su naturaleza exponer sus secretos a la vista. Él estaba dispuesto a intentarlo, pero dudaba que fuera suficiente.

Después de todo, lo mejor de él no había sido suficiente para Foster.

Damon se preguntó qué le habría pasado a Buchanan. Ellos no se habían mantenido en contacto, aunque Buchanan le había enviado un correo electrónico un par de veces en los primeros días. Damon nunca había respondido.

Él esperaba que su ex compañero de equipo estuviera bien. Tenía que ser un infierno vivir sin una mano, su mano dominante además. Él debió haber sido dado de baja honoraria por razones médicas. Damon se preguntó si Buchanan se habría casado con esa novia que siempre le escribía, o si su lesión había sido un factor decisivo.

¿Era posible que Buchanan estuviera tan solo como él?

¿Era posible que la verdad de una persona pudiera ser el obstáculo para su felicidad?

Esa era una posibilidad preocupante. ¿Contarle a Haley toda su verdad terminaría con lo que ella llamaba el momento perfecto?

"Espero que no estés dormido." El paso ligero de Haley sonó en el suelo cuando regresó. Ella fue hacia su escritorio, probablemente con la intención de encender la lámpara.

"Déjala, por favor", dijo él y sintió que ella se volvía para mirarlo. "Me gusta la oscuridad".

"Tanto mejor para ocultar tus secretos", dijo ella a la ligera.

Por supuesto, ella había adivinado la verdad. Damon realmente no quería que ella viera los dibujos que le había hecho, no solo porque no estaban hechos. Todavía no estaban bien.

Él era consciente de ellos, temeroso de que pudieran revelar más de lo que pensaba a la mirada perspicaz de Haley. A ella podía no gustarle que él los hiciera, como si él fuera un acosador o algo así.

Como si él creyera en más de lo que ella creía.

Damon miró su silueta y vio que ella se había puesto el vestido de nuevo. Ella también se había recogido el pelo en una cola de caballo, lo que le parecía oficial. A él le gustaba que ella tuviera el pelo suelto. Damon se preguntó si ella se había vestido porque se estaba escondiendo de él o si tenía frío. Él no preguntó porque no quería escuchar la respuesta.

Haley le habría preguntado, sin importar cuál pensara ella que podría ser la respuesta.

La comprensión le robó otro incremento de su energía. Él cerró los ojos, queriendo solo dormir.

"Eso fue una broma", dijo ella, luego sintió que el colchón se hundía cuando ella se arrodilló a un lado de la cama. "Realmente deberías moverte al suelo. Todos los libros dicen que es mejor que darle un masaje a alguien en la cama."

"No me voy a mover a ningún lado". Damon bostezó. "Esto se siente demasiado bien".

"¿Cómo vas a evaluar mi técnica si se queda dormido?"

"Tal vez no pueda". Él bostezó de nuevo. "Siento que es un milagro que haya estado despierto tanto tiempo".

Las yemas de sus dedos se deslizaron por su espalda y luego subieron de nuevo con un poco más de presión. Ella le aplicó loción sobre la piel, extendió las manos y él supo que ella la había calentado primero en sus manos. Aunque sus manos eran pequeñas, su toque era firme y se sentía bien. Ella se movió para sentarse a horcajadas sobre él y puso su peso en cada gesto. Damon casi ronroneó de satisfacción. "Háblame de los meridianos", murmuró él.

"Así es como el que se mueve a través de tu cuerpo", dijo ella, su voz suave e hipnótica como su toque. "La línea medial va desde el perineo hasta aquí". Ella le pasó las yemas de los dedos por la espalda y Damon volvió a cerrar los ojos. Él respiró profundamente mientras ella continuaba, sin escuchar realmente mientras sucumbía a la magia de su toque.

Y la tentación del sueño.

DAMON NO LA ESTABA ESCUCHANDO.

Haley lo sabía, pero ella siguió hablando, repitiendo lo que había aprendido en clase y leído desde entonces. Ella le dio un masaje general, resolviendo las torceduras cuando las encontraba, aliviando la tensión de sus músculos. Claramente él había estado bajo mucho estrés. Él estaba tonificado por sus entrenamientos, pero donde debería haber cedido, la tensión de la enfermedad de su madre tenía su cuerpo tenso. Ella escuchó su respiración lenta y sintió su pulso caer y supuso que él estaba atrasado para dormir bien.

Si Damon podía hacer eso porque ella estaba con él, estaba bien para ella.

Ella siguió hablando porque no quería despertarlo inadvertidamente con un cambio. Cuando ella terminó con el masaje, supo que él estaba durmiendo profundamente. Ella se levantó con cuidado de la cama y lo cubrió con una manta, mirándolo dormir por un momento. Sus ojos se habían adaptado a la oscuridad y ella podía verlo en las sombras. Damon tenía el pelo revuelto y parecía más joven, menos severo. Ella estuvo tentada de tocar su mejilla, pero de nuevo, pensó que podría despertarlo.

¿Era ese el final de su momento? Haley no tenía ni idea. Esa noche había sido la mejor hasta ahora y ella no podía imaginar que hubiera más.

Haley observó a Damon durante un rato, reconociendo que estaba en conflicto. Ella quería más, pero tenía miedo de tener más.

Ella tenía miedo de volverse vulnerable.

Ella quería marcharse ahora, mientras las cosas fueran perfectas entre ellos, pero no quería perderse ninguna bondad.

Ella ya sabía que nunca olvidaría a Damon.

Finalmente, ella salió de la habitación. Ella abrió la puerta del dormitorio detrás de ella. Ella no la cerró por completo, porque pensó que el pestillo podría hacer clic.

Sin duda él oiría un pequeño sonido y se pondría en atención.

Él debió haber sido entrenado para eso y el trastorno de estrés postraumático lo habría empeorado.

Haley se aseguró de estar completamente en silencio. Ella no quería irse todavía, en caso de que Damon se despertara y quisiera hablar. Ella se sentía bien en su casa, bienvenida y segura. Haley iba a bajar a la cocina a ver si había té en el armario, pero no pudo resistir la tentación de investigar un poco.

Había dos dormitorios que daban a la parte trasera de la casa, uno de ellos era el de Damon. El otro tenía un sofá y una televisión, un par de estanterías para libros. Muchos de los títulos estaban en un idioma diferente que parecía ruso. Haley asumió que esos eran los libros de su madre. Había una canasta de crochet a un lado del sofá y ella echó un vistazo, asumiendo nuevamente que había sido su mamá quien había estado haciendo trapos de cocina.

Ella se detuvo en lo alto de las escaleras, escuchando la respiración constante de Damon. Luego se arriesgó y abrió la otra puerta. No emitió ningún sonido y, como esperaba, se abrió a un gran dormitorio que daba a la calle. Había una cama de matrimonio en un extremo y un escritorio grande con un espejo, pero lo que hizo que Haley se detuviera y mirara eran todas las fotografías. Había docenas de ellas, todas enmarcadas en los mismos simples marcos de madera negra, colgados en filas por toda la habitación. Todos eran en blancos y negros.

Ella se acercó para mirarlos y se dio cuenta de que eran dibujos. Algunos eran lápiz y otros carbón; otros estaban en tinta, pero para ella estaba claro que los había hecho la misma persona.

D.P. había rubricado y fechado cada uno en la esquina inferior derecha.

Ese era el trabajo de Damon.

Haley se llevó una mano a la boca y se movió lentamente por la habitación, mirando a todos y cada uno. Se habían colgado en el orden de creación, comenzando a la derecha de la mesa y continuando en el sentido de las agujas del reloj alrededor de la habitación. Esa mujer risueña tenía que ser Natasha cuando era joven.

Ahí estaba ayudando a una niña con sus zapatos de punta, con tanta ternura en su expresión que Haley se mordió el labio. A Damon le había llegado honestamente su afecto por la enseñanza. Ahí había una más rígida de un hombre, tal vez hecha a partir de una fotografía, un hombre que tenía los ojos de Damon.

Ahí estaba un joven sonriente, armado para el combate, aparentemente tomando un descanso en un lugar caluroso y polvoriento. Haley tragó y miró los dibujos circundantes. Los habían doblado en algún momento y supuso que él se los había enviado a casa con su madre en sus cartas. Ella leyó los nombres. Foster. Buchanan. Había un pastor alemán con otro hombre, el perro alerta y el soldado luciendo cansado. Killer y MacRae. Había otros sin nombre, una niña que vendía bufandas que parecían afganas, un anciano que vendía especias con mil arrugas en el rostro, una señora mayor que ofrecía una taza de té, el miedo y la bienvenida luchando en sus ojos.

Después de eso, había dibujos de niños, niños estadounidenses, algunos con enormes guantes de boxeo y otros con pesas que parecían demasiado pesadas para sus delgados brazos. Varios tenían expresiones de concentración o determinación, y había varios que incluían a un hombre corpulento. Su cabeza estaba rapada y su nariz se había roto al menos una vez, pero Haley veía toda su atención por cada niño. También había un retrato de él.

Ella reconoció a los socios de Flatiron 5 Fitness que había conocido mientras estuvo allí. Sus nombres estaban en la parte inferior del dibujo. Cassie. Kyle. Ambos se reían y él los había captado perfectamente. Había dos más: ambos hombres elegantes de traje, uno blanco y otro negro. Tyler. Theo.

En el escritorio había algunos dibujos sueltos y Haley sonrió mientras los miraba. Ahí estaba Khadija del hospital, concentrándose en sus gráficos, y aquí estaba la Dra. Smithson, escuchando a alguien. Esa persona no se mostraba, pero su preocupación y enfoque característicos eran claros. Él tenía un claro lugar junto a la cama y Haley sabía que Damon había observado al médico con Natasha.

Había algunos bocetos al azar que ella supuso estaban en el vecindario y algunos en el metro. Él era realmente talentoso y ella inspeccionó la habitación, viendo el orgullo de su madre por su habilidad y sintiendo como si hubiera tenido un vistazo secreto a su vida. Ella suponía que Natasha había sido la que había enmarcado el trabajo de Damon.

Haley también lo habría enmarcado. Ella volvió a admirar el trabajo.

Cuando entró al pasillo, pudo escuchar que Damon todavía estaba durmiendo.

¿Ella debía irse?

Ella no estaba segura. No era tan tarde. Ni siquiera las ocho.

Antes de que ella pudiera decidir, Damon gritó.

ÉL ESTABA DE VUELTA ALLÍ.

De nuevo.

Damon se agitaba en sueños, sabiendo que estaba teniendo la pesadilla y solo quería que se detuviera. Estaban en esa calle. Se acercaban a la esquina. Él sentía que se agitaba con su deseo de escapar.

Él había visto al niño.

Él le advertía a Foster.

Veía la granada y el tiempo se ralentizaba. Él sabía lo que era, por supuesto. Él sabía lo que iba a pasar.

Pero esta vez su cuerpo respondió.

Damon se arrojó sobre la granada. Se envolvió alrededor de ella, apretándola con fuerza, tratando de asegurarse de que no hubiera forma de que su fuerza destructiva tocara a Buchanan o Foster.

Luego se retorció en su agarre, haciéndose más grande, convirtiéndose en un guerrero enemigo. Ese hombre se rió y Damon cerró las manos alrededor de su garganta, exprimiéndole la vida por lo que había hecho. Se rió hasta que la sangre corrió entre los dientes del otro hombre, hasta que se filtró por sus oídos, hasta que corrió por sus ojos, hasta que no rió más. Aun así, él siguió apretando, exigiendo un pago para Foster y Buchanan y todos los demás...

"DAMON".

Una voz lo llamaba de regreso desde del abismo.

Una voz familiar que no pertenecía a Afganistán.

"¡Damon!"

Damon abrió los ojos, jadeando, en un sudor frío, y se encontró en su dormitorio a oscuras con el corazón acelerado. Él se dio cuenta de que había destrozado la vida de una almohada.

Y la sombra de Haley se recortaba contra la puerta, mirándolo.

Ella había dicho su nombre.

Ella lo había llamado de vuelta.

Él exhaló y examinó la habitación. Damon estaba en el suelo. Él había tomado la almohada de la cama y la había matado en su sueño.

Si Haley hubiera estado a su lado, él podría haberla matado, sin siquiera darse cuenta de lo que estaba haciendo hasta que fuera demasiado tarde.

Eso tenía que acabar.

Ahora.

Antes de que ella pagara el precio por sus pecados.

ONCE

Haley tenía un mal presentimiento sobre la pesadilla de Damon.

Era horrible verlo. Él murmuraba entre dientes, moviendo la cabeza de un lado a otro. Tenía las manos apretadas en puños y los dientes al descubierto. Él se había liberado de la manta a patadas y todo su cuerpo estaba tenso.

Vibrante.

Haley podía sentir la tensión que emanaba de él en oleadas. Ella quería intervenir, ayudarlo, despertarlo, pero temía empeorar las cosas de alguna manera. Ella nunca había visto a alguien tan atormentado.

Luego él gritó el nombre de alguien, lo gritó lo suficientemente fuerte como para levantar el techo o resucitar a los muertos. ¿Había sido Foster? Haley no estaba segura. Damon se arrojó de la cama, casi catapultado en el aire antes de aterrizar en cuclillas en el suelo. A Haley le recordó a Spider-Man por un instante. Ella podría haber jurado que él estaba despierto, porque Damon estaba inspeccionando la habitación en busca de cualquier villano con el que peleara.

Pero sus ojos estaban cerrados.

Él respiraba con dificultad y la luz brillaba en el sudor de su espalda. La almohada se había caído de la cama cuando él había salido de ella, y de repente él cayó sobre ella como si tuviera la intención de aplastarla. La agarró con las manos, retorciéndola con una fuerza aterradora.

Como si él estuviera retorciendo el cuello de alguien. La estaba destrozando, salvaje en su eficiencia.

Haley dio un paso atrás. ¿Él se lastimaría a sí mismo? Ella no podría soportarlo si él lo hiciera, y no podría soportar verlo sufrir tanto.

"Damon", dijo ella en voz baja.

Su cabeza se levantó de inmediato.

Ella dijo su nombre de nuevo, un poco más alto.

Sus ojos se abrieron de golpe y él la miró como si estuviera asombrado de encontrarla allí. Él examinó la habitación y se puso de pie con gracia atlética, luego agarró su ropa interior y jeans. Se vistió con una velocidad tan implacable que el pavor de Haley aumentó. Damon caminaba hacia ella mientras agarraba una camisa limpia, pero no se detuvo. Él simplemente le tocó el codo y la condujo hacia las escaleras, llevándola hacia el vestíbulo. Sus labios formaban una línea sombría y no la miró a los ojos.

"¿Qué está pasando?" preguntó ella cuando él no dijo nada.

"Te vas a casa. Te llevaré allí."

"¿No obtengo un voto en esto?"

"No." Ella vio el furioso destello de sus ojos antes de que él se inclinara para ponerse las botas. Él agarró su chaqueta y se la puso, luego la miró, probablemente porque ella no se había movido.

Haley cruzó los brazos sobre el pecho. "No quiero ir a casa".

"Te acompañaré a donde quieras ir".

"¿Qué pasa si quiero quedarme aquí?"

"No tienes esa suerte."

Haley negó con la cabeza. "¿Porque tienes pesadillas, no puedo quedarme aquí?"

"Eso es todo, sí".

"Eso es estúpido y lo sabes."

"¡Estúpido!"

Haley dio un paso atrás cuando Damon perdió los estribos por primera vez en su experiencia.

"¡Estúpido!" repitió él, luego extendió una mano. "¿Viste lo que hice allí? ¡Lo qué es estúpido es cualquier sugerencia de que te quedes!"

"No estoy de acuerdo. Creo que necesitas compañía."

"¡No!" Damon murmuró las palabras. "Eso es lo último que necesito en este momento".

Haley sintió que sus propios ojos se estrechaban. "Estás tratando de protegerme de ti de nuevo".

"Sí, lo hago, y con buena razón. Si hubieras estado durmiendo, podría haberte matado. No habría habido nada que tú hubieses podido hacer al respecto, y yo ni siquiera habría sabido lo que estaba haciendo hasta que terminara." Él tragó, su garganta moviéndose con agitación. "Hasta que fuera demasiado tarde."

"No lo sabes con seguridad. Puede que hayas elegido la almohada... "

"¡No lo sé con certeza! ¡Ese es el puto punto, Haley! No vale la pena correr ese tipo de riesgo." Damon alcanzó el cerrojo, lo abrió y luego abrió la puerta. Él se encontró con su mirada de nuevo. "Hemos llegado al final de esta buena parte", dijo él. "Necesitas irte."

Haley podría haber discutido con él. Ella podría haberlo seducido. Pero él si pensaba que ese era el final de lo bueno, entonces debía serlo.

Ella se puso las botas y agarró su bolso.

Ella no iba a llorar y mucho menos a suplicar. "Fue realmente bueno. Gracias." Haley sostuvo la mirada de Damon mientras se abrochaba el abrigo, luego pasó junto a él y salió por la puerta. Ella no miró hacia atrás. No miró fijamente a la acera. Ella mantuvo la cabeza en alto.

¿Él la miraba? Haley se dijo a sí misma que no podía importarle menos.

¿Él la seguiría? Haley se dijo a sí misma que no quería que lo hiciera.

¿Él la llamaría? Haley cerró los ojos, esperando que él no lo hiciera y temiendo que lo hiciera.

Porque había algo en Damon que la hacía retroceder una y otra vez, algo que lo hacía imposible de ignorar o resistir, algo —ella estaba empezando a preguntarse— que realmente podría romperle el corazón.

Ya le dolía bastante.

Alejarse ahora era la elección inteligente.

Él no la llamó por su nombre ni la siguió. Al final de la cuadra, Haley vio un taxi y lo paró, sin mirar atrás. Ella cruzó los brazos sobre el pecho y luchó contra las lágrimas mientras se sentaba en la parte de atrás.

Ella había exprimido cada momento de lo bueno y se dijo a sí misma que debía alegrarse.

Pero Haley, a pesar de sus mejores esfuerzos, no se alegraba en absoluto.

* * *

HALEY ACABABA de abrir una lata de atún cuando sonó su teléfono. Era su mamá. Ella le dio la mitad del atún al gato y luego respondió. "Hola mamá."

"Hola, cariño. ¿Estás ocupada?"

"No particularmente."

"Suenas triste".

"Tal vez un poco."

"Esa época del año se acerca. También he estado pensando en el cumpleaños de tu papá." Su mamá suspiró. "Cada año creo que debería ser más fácil, pero nunca lo es".

"No", admitió Haley con el nudo en la garganta. "Nunca lo hace." Ella observó al gato comer y decidió que era más fácil dejar que su madre pensara que el próximo cumpleaños era la razón por la que estaba deprimida. Ella se preguntó cómo podía llamarlo Ninja y no pensar en Damon ochenta y siete millones de veces al día.

Quizás ella lo haría de todos modos.

Ella iba a extrañarlo, y no solo porque le gustaba la forma en que él le daba las gracias.

"¡Pero tengo algo que decirte!" su madre se entusiasmó.

"Estás embarazada", supuso Haley, una vieja broma entre las dos.

"¡No!" Su madre se rió y luego se puso seria. "¿Lo estás tú?"

"No." Haley pensó en no haber usado condones cada vez.

Probablemente no.

Ella contó con los dedos y no lo creía.

"Porque hay muchas razones para sentirse triste además del cumpleaños de tu papá".

Haley hizo una mueca. Su mamá era demasiado perspicaz. "Es

invierno. Con menos sol y más gente malhumorada por el clima, es fácil sentirse menos que feliz todo el tiempo."

"Suficientemente cierto." El tono de su madre se volvió seco. "Entonces, aquí está la cosa. Publicaron los detalles sobre ese nuevo puesto y quería asegurarme de que lo supieras."

"Mamá, sabes que no me voy a ir de Nueva York".

"¿Por qué no? Siempre dijiste que te mudarías a donde encontraras la mejor oportunidad y esta es una gran oportunidad." Su mamá se aclaró la garganta. "Si tu carrera es lo primero, entonces no puedes pasar por alto esta oportunidad".

"Cierto." El gato terminó su comida, limpió su plato y olió la lata de atún. Él se sentó y se enroscó la cola a su alrededor, luego la miró expectante. Haley apoyó el teléfono contra su hombro y puso el resto del atún en su plato. La punta de su cola se movió mientras ella lo hacía, y parecía que sus ojos brillaban con satisfacción.

Aparentemente, los grandes machos oscuros y melancólicos podrían convencerla de que ella hiciera lo que ellos quisieran, cuando quisieran.

"Esta es una oportunidad que no querrás perder", continuó su madre. Haley no estaba escuchando realmente. Ella estaba mirando al gato. ¿Cuánto tiempo había pasado desde que alguien lo había mimado? Su pelo era maravillosamente negro, pero no tenía tanto brillo como ella pensaba que debería tener. Ella también le había sentido las costillas la única vez que él la había dejado que lo acariciara.

Bueno, ella se iba a encargar de él ahora.

Haley casi podía oír a Damon decir que estaba convirtiendo al gato en un nuevo proyecto. A ella le gustaban los proyectos. Quizás ella necesitaba uno.

Quizás el gato tendría que bastar.

"Espera. Déjame leer el memo." Su madre se aclaró la garganta y luego nombró el hospital donde trabajaba. "Estamos buscando un candidato para liderar un nuevo programa revolucionario para explorar opciones de curación alternativas e implementarlas en nuestras instalaciones". Haley parpadeó y comenzó a escuchar con más atención mientras su madre continuaba. "El candidato seleccionado tendrá un conocimiento sólido de tales opciones terapéuticas, así como experiencia en complementar la atención al paciente con tales estrategias. Se espera que el candidato seleccionado forme un equipo y opere independientemente de departamentos específicos en el hospital, creando programas para beneficiar a todos los pacientes y consultando a todos los departamentos en nuestras instalaciones." "Y luego hay una lista de credenciales que suena como tu currículum vitae, Haley."

"Vaya", dijo Haley, porque su madre lo esperaba y porque era verdad. "Eso suena como un trabajo de ensueño".

"Escucha la compensación", dijo su mamá, luego leyó un poco más.

Haley se enderezó. Ella podría comprarse una casa por sí misma con un salario así, al menos en un pequeño pueblo de Illinois. "Eh", dijo, sin querer mostrar demasiado entusiasmo.

¿Era hora de mudarse?

"Es perfecto para ti y está justo aquí en la ciudad. Podrías mudarte aquí y podríamos vernos todo el tiempo."

"¿Se supone que eso es algo bueno o no?" Haley bromeó y su mamá se rió.

"¡Eso es lo que dijo Brad!"

Se rieron juntas.

"Suena increíble, mamá".

"Podrían haber escrito este memo pensando en ti, querida".

Haley podía oír que su madre estaba ansiosa por preguntarle si se postularía. Ella se mordió el labio. ¿Qué la retenía en Nueva York? No mucho. "Tengo el gato ahora", dijo ella, mientras pensaba.

"Eso dijiste. Parece gruñón."

"Lo es, prácticamente".

Su mamá se rió entre dientes. "Si alguien lo va a convertir en un minino ronroneante, serás tú".

"Hasta ahora, no le gusta que lo toquen, pero todavía nos estamos acostumbrando el uno al otro".

"Lo acostumbraras, Haley. Siempre triunfas."

Haley se detuvo antes de que pudiera confesar algo sobre Damon. Ella pensó en el funeral para su madre y decidió que no iría a menos que él la invitara específicamente.

Quizás arriesgarse con Damon había sido suficiente para mostrarle lo que se estaba perdiendo, o lo que se estaba negando a sí misma jugando siempre a lo seguro.

Quizás su mamá tenía razón y era hora de empezar de nuevo. Haley no estaba segura, pero estaba lista para tomar otra oportunidad.

"¿Puedes enviarme ese memorando por correo electrónico?" preguntó ella. "Me gustaría postularme".

"¡Lo sabía!" dijo su mamá.

"No hay que mover los hilos por mí", dijo Haley, pero su madre se mostró despectiva al respecto.

"No necesitas ayuda con esto, Haley. Eres ideal para este trabajo y me reservo el derecho de decírselo a cualquiera que me pregunte."

Haley sonrió, sabiendo que era la mejor oferta que recibiría de su madre.

APARENTEMENTE, Haley era perfecta para el trabajo. Ella recibió un correo electrónico del departamento de recursos humanos del hospital dos minutos después de las nueve de la mañana del lunes. Ellos querían programar una entrevista telefónica, que Haley había reservado para el miércoles por la tarde, su día libre, para no estar mirando el reloj.

Ella pensaba que había ido bien, luego lo supo cuando recibió otro correo electrónico el jueves por la mañana. La persona de recursos humanos quería concertar una entrevista en persona y pidió coordinar con los turnos de Haley. Ellos iban a reservar vuelos para que ella fuera a la entrevista.

Al parecer, tenían algo de presupuesto para cubrir ese puesto de trabajo.

A la hora de la cena del viernes por la noche, Haley estaba tenía reservado para tres días en el Medio Oeste. Ella volaría el miércoles siguiente. Su hermano Brad iba a recogerla y ella pasaría la noche en la casa, que él estaba a punto de comprarle a su madre. Ella tendría la entrevista el jueves y volaría a casa el viernes por la tarde. Su madre quería que se quedara el fin de semana, ya que tenía tiempo libre, pero Haley tenía uno de esos días libres por una razón.

Ella tenía algo que hacer.

Bien podría ser la última vez que podría visitar a su padre en su cumpleaños.

Incluso ese pensamiento la hizo encogerse por dentro, pero ella tenía la sensación de que era hora de cambiar.

Cuando ella pidió tiempo extra, su jefe le sugirió que se tomara toda la semana siguiente, ya que sus vacaciones no utilizadas se estaban acumulando. Haley estuvo de acuerdo.

Ella no había oído nada de Damon y se dijo a sí misma que eso era todo lo que esperaba.

¿Él había reservado un servicio conmemorativo para su madre? Haley esperaba que sí, pero no iba a llamarlo para averiguarlo.

"Podríamos estar mudándonos", le dijo a Ninja. Él se levantó de un salto y caminó hacia ella, rodeando sus tobillos y luego mirándola antes de maullar de nuevo. "No te preocupes. No te dejaré." Ella se agachó y se sorprendió de que él no se alejara. Ella le frotó detrás de las orejas y él cerró el ojo, inclinándose hacia ella por un momento. Incluso ronroneó un poco, moviendo la cola.

Haley se agachó para darle un buen masaje. "Bajaré y le pediré al superintendente que te cuide y se asegure de que haya pescado en tu plato. Pero volveré. Si voy a Illinois, vamos juntos." Él maulló su aprobación de eso, luego le dirigió una de sus miradas atentas, como si dijera que la obligaría a hacerlo.

Cuando él se levantó de un salto y fue a su posición favorita en el alféizar de la ventana, Haley bajó para hablar con el superintendente.

NATHAN BUCHANAN ESTABA COMIENDO un bagel de camino a la puerta para ir al trabajo. Su mamá estaba en la mesa de la cocina, leyendo el periódico mientras se terminaba su segunda taza de café. Él no podía entender su obsesión por los obituarios. Todos los días los leía y encerraba en un círculo los nombres de las personas que conocía. A ella le tomaba años leer el periódico del sábado y a menudo también recibía los de la ciudad. A veces ella tenía que buscar en viejos anuarios o libretas de direcciones para confirmar si conocía a la persona o no, especialmente si no había una foto.

Nate pensaba que era morboso. Una cosa que había aprendido en Afganistán era aprovechar al máximo cada día y saborear todas las cosas buenas de la vida, porque nunca se sabía cuándo se iría todo al infierno. Él quería centrarse en la vida, no en la muerte. Presente, no pasado.

"Oh, ¿no es esto triste?" dijo su madre y él esperaba que ella realmente no quisiera una respuesta.

"Podrías leer los nacimientos y los anuncios", dijo él. "Eso ofrecería noticias más alegres".

"Tal vez lo haría si hubiera novias o embarazos en la familia."

"No me vengas con eso, mamá. Solo quieres el segundo si viene después del primero."

Su madre se rió y luego sacudió el periódico, doblándolo para que el artículo estuviera en la parte superior. Ella lo golpeó. "Mira este. Recuerdo haber visto bailar a esta bailarina. Ella era tan bella."

Nate miró la foto. Era vieja, pero eso no ocultaba la verdad. "Ella es bonita."

"Lo era. Esta foto debe de tener treinta años. No, más cerca de los cuarenta. Ella desertó de Rusia, ya sabes, por amor." Su madre suspiró, pasando el dedo por el artículo. "Sí, aquí está. Ella se enamoró de un carpintero, Marco Pérez, mientras estaba de gira y bailaba en Nueva York hace casi exactamente cuarenta años. Ella desertó para estar con él y tuvieron un hijo. Damon. Luego, el carpintero murió en un accidente. Muy triste..."

"Espera un minuto." Nate se volvió en el acto de salir de la cocina. "¿Su hijo era Damon Pérez?"

"Lo es. Sí, su nombre está aquí. Él tendrá más o menos tu edad, supongo, Nat, tal vez un poco mayor, dada la fecha de su deserción."

"Yo serví con un tipo llamado Damon Pérez". Nate volvió al lado de su madre y echó otro vistazo al periódico."

"Creo que es un nombre común".

"Sí, pero él era de Queens y su mamá era bailarina. Creo que dijo que era una bailarina de ballet. Su padre había sido carpintero, pero estaba muerto."

"¿De verdad?" Su mamá le entregó el periódico y Nathan se paró junto al mostrador, tan concentrado en leerlo que olvidó su bagel. "'Sobrevivida por su hijo, Damon'". Él dio unos golpecitos en el periódico. "Apuesto a que es él".

"¿No lo sabes? Quiero decir, te mantienes en contacto con muchos de tus amigos del servicio ".

"Pérez no era amigo de mucha gente. Era un poco solitario." Nathan agitó su mano artificial. "Él estaba allí ese día, mi comandante en jefe en realidad".

"Bueno, entonces, ¿por qué no te mantuviste en contacto?"

"Él nunca me respondió".

Los ojos de su madre se iluminaron. "¿Crees que se culpó a sí mismo por la muerte del otro joven?"

"No lo sé. Cuando no respondió, pensé que tal vez se había pasado a otras cosas. Sé que él dejó el servicio." Nate se encogió de hombros. "Pensé que tal vez se casaría o volvería a la escuela. Recuerdo que se había inscrito sin terminar su carrera." Él frunció el ceño. "Sin embargo, olvidé de lo que era".

"Bueno, no parece que se haya casado. No se mencionan nueras ni nietos, y creo que lo diría."

Nate asintió con la cabeza y volvió a leer el final del artículo. "El próximo jueves por la tarde es el servicio. Creo que voy a ir, por si acaso es él. No éramos amigos, pero yo lo conocía, y si este es Pérez, podría estar contento de tener compañía." Él miró el reloj y supo que tenía que ponerse en movimiento. "Pediré la tarde libre. No debería ser un problema."

"Voy a planchar tu camisa blanca, querido, y me aseguraré de que tu traje oscuro esté limpio".

"Gracias mamá." Él le dio un beso en la mejilla. "Ahora, ¿cómo podría ir y enamorarme de alguien que no es tan maravillosa como tú?"

"Deberías enamorarte de alguien, y pronto".

"Tienes que esperar a las buenas, mamá. Eso es lo que siempre me enseñaste."

"¡Oh, no me devuelvas las palabras por esto!" su mamá protestó con una carcajada. "Date prisa o llegarás tarde".

ERA extraño volver a estar en Illinois en invierno. Haley nunca estaba allí para el cumpleaños de su papá. Cuando ella iba por Navidad, no fue lo mismo. Todo el bullicio de las vacaciones distraía su ausencia. Pero en el invierno, con las decoraciones desaparecidas y la nieve acumulada, era difícil olvidar que su familia estaba allí porque él se había ido.

Su hermano mayor, Brad, la recogió en el aeropuerto. "Te daré una advertencia por adelantado", dijo él, después de que ella admirara su nueva camioneta pick-up de tamaño completo y se pusieran en camino. "La casa es un caos".

"Dijiste que se la ibas a comprar a mamá, ya que necesitabas el espacio y ella no." Haley se había enterado de ese plan en el otoño y pensaba que era bueno. "Y que ibas a convertir esa enorme habitación sobre el garaje en un apartamento separado para ella."

"Correcto. Ese es el plan. La renovación se llevará a cabo en la primavera. Por el momento, ella se mudó del dormitorio principal a otro dormitorio." Él hizo una mueca. "Está bien. El problema es todo lo demás."

Haley sonrió. "Dos juegos de platos".

"Ojalá tuviéramos tanta suerte. Creo que hay cuatro juegos de platos, tal vez cinco, más al menos dos de todo lo demás. Lo llamo el cambio de régimen." Su frustración era clara y Haley se compadeció. Brad habría pensado solo en la logística y los aspectos prácticos de comprar la casa de mamá.

"Supongo que algunas cosas tienen que desaparecer", sugirió ella.

"Pero el sentimentalismo es alto. Me siento estúpido por no haberlo esperado nunca."

"¿No puedes poner algunas cosas en el sótano por un tiempo? Fuera de la vista y fuera de la mente, por lo que sería más fácil para que ellos eventualmente se vayan."

"Las grandes mentes piensan igual", dijo Brad con una sonrisa. "Eso es exactamente lo que he estado haciendo. Aun así, está tardando mucho más de lo que esperaba."

Haley reprimió una sonrisa. Eso era algo que ella y sus hermanos tenían en común: su interés en los logros y no en las posesiones. Su hermana, Tiffany, quería todas las cosas y a menudo se burlaban de eso. "Probablemente pensaste que conservarías lo que mejor se ajustaran o fuera más útil. Eso es lo que yo hubiera esperado."

"¡No puedo creerlo!" Brad se rió. "No puedo imaginarte peleando a muerte por mantener tu elegante porcelana que nunca usas en lugar de la elegante porcelana de otra persona que ella nunca usa. Necesito recordar que me casé con alguien más como Tiff."

"Mamá y Katie lo resolverán".

"Bueno, espero que lo hagan pronto. No podemos renovar cuando la casa está atascada hasta las vigas con cosas." Él hizo una pausa por un momento, y su tono era esperanzador cuando continuó. "Podrías llevarte un poco, ¿sabes?"

Haley se rió. "¡De ninguna manera! Llevármelo significaría que yo tendría que quedármelo, para que Katie o mamá pudieran venir a visitarlo, solo para asegurarse de que esté bien. No, gracias."

"¿Ves? Somos iguales." Brad parecía arrepentido, pero había un brillo en sus ojos. "Esto podría acabar conmigo".

"Creo que deberías mantenerte al margen", aconsejó Haley. "No puedes elegir un bando y ganar".

"No lo sé". Él tomó la salida, dirigiéndose hacia la casa. Condujeron en silencio durante unos minutos.

"También hay otra advertencia", dijo él cuando entró en la subdivisión. "Una solo para ti".

"¿Para mí? ¿Por qué?" Haley tenía un mal presentimiento, pero había estado tratando de descartarlo.

"Mamá está encantada con que te mudes a casa. Me pregunto si ella cree que podrá mudarse contigo y traer sus cosas, ya que todos sabemos que tú no tienes nada."

Haley se sorprendió, aunque sabía que no debería haberlo hacerlo.

"No te veas tan asombrada", dijo Brad. "Tienes que haber visto venir eso".

"Yo sabía que ella quería que me postulara para el trabajo, pero eso no es lo mismo que instalar una casa aquí juntas. Pensaba que le ibas a hacer un apartamento sobre el garaje."

"Lo hago, pero ella podría ver tu regreso a casa como una mejor oportunidad."

"Las cosas." Haley hizo una mueca.

"Las cosas." Brad sonrió. "Bueno, siempre dijiste que no te ibas a casar. No nuestra mujer de carrera, Haley."

Haley se sentía como si Garrett estuviera sentado en el asiento trasero, esperando un hueco en la conversación. ¿A quién estaba engañando? Garrett no esperaba nada. Él hacía sus oportunidades. Su confianza en que el mundo era su ostra era una de las cosas que ella más admiraba de él. Él creía que podía hacer lo que quisiera y parecía que el mundo compartía su convicción. Todo se le había ocurrido tan fácilmente.

Como estaba destinado a ser.

¿Lo vería Haley en este viaje? Ella tenía que estar preparada para eso. Fría. Casual. Indiferente, si pudiera manejarlo.

Puede que no.

"Eso es diferente de vivir con mamá", dijo ella, porque Brad estaba esperando su respuesta. Pasaron la escuela secundaria y Haley notó que se parecía mucho.

"Una vez que llene tu casa con sus cosas, será como si nunca te hubieras ido de casa".

Haley se estremeció. "Y nunca podré volver a tener relaciones sexuales".

Brad se rió con ganas entonces. "Podría valer la pena casarse, en lugar de ser célibe para siempre".

"No voy a vivir tanto, pero si fuera célibe..."

"... seguro que se sentiría como una eternidad", dijeron juntos y se sonrieron el uno al otro.

Haley sintió el peso de las expectativas de su familia y no le gustó mucho. "Mira, todavía no he decidido mudarme a casa", protestó ella. "Es solo una entrevista de trabajo".

Brad la miró. "No hay 'solo' en el mundo de mamá cuando se trata de que todos sus polluelos vuelvan a estar cerca del gallinero". Él exhaló. "Por no hablar de sus cosas siendo realojadas. Probablemente ella ofrecería el pago inicial de la casa que ustedes dos pudieran compartir, a menos que, por supuesto, que tú también planees casarte."

Haley se sentía acorralada porque su aceptación de un trabajo se consideraba un trato hecho, incluso antes de que le ofrecieran el trabajo. A ella realmente le disgustaba que su estado civil volviera a ser objeto de discusión. "Déjame adivinar. Tú y mamá han preparado una lista de solteros elegibles y esta noche vendrá uno a cenar."

"Esta noche no", reconoció Brad.

"No lo hiciste".

"No hice nada". Él suspiró. "Bien podría ser el primero en decirte que Garrett está divorciado."

El corazón de Haley dio un vuelco de esa forma salvaje que ella siempre asociaba con la apariencia de Garrett. ¿Divorciado? Ella tragó saliva y deliberadamente no respondió al comentario anterior de Brad. Ella realmente esperaba que no hubieran decidido invitar a Garrett a cenar. Ella no necesitaba una audiencia para esa reunión. "¿De verdad? Es una pena."

"¿Lo es?"

"El divorcio siempre lo es. ¿Tenían hijos?

"Creo que sí."

"Entonces, será difícil para ellos". Haley mantuvo su tono ligero. "De todos modos, no estoy segura de querer irme de Nueva York".

"¿Incluso por el trabajo de tus sueños?"

"No sé si lo es, todavía no. Suena interesante ".

"Te vas a tomar muchas molestias por algo interesante".

Haley suspiró. "No creo que explorar oportunidades suponga muchos problemas".

"Uh oh", dijo Brad. "Ahí lo tienes, sonando terca de nuevo. Dime que no solo estás bromeando con mamá, que al menos existe la posibilidad de que aceptes el trabajo si te lo ofrecen."

"Estás siendo protector con ella".

"Ahí tienes razón. Alguien tiene que serlo."

Haley se sentía muy consciente de la ausencia de su padre y se preguntó si Brad también lo haría. Ellos nunca hablaban de eso y ella no estaba segura de querer hacerlo ahora. Haley se sentía agitada y cohibida, exactamente como no quería sentirse en una entrevista de trabajo.

"Hay muchas variables", dijo ella en su lugar. Las contó con los dedos.

"El trabajo debe ser lo que espero que sea; la paga debe ser tan buena como la anunciada; la autoridad tiene que coincidir con la responsabilidad; en primer lugar, me tienen que ofrecer el trabajo... "

"¡Está bien, está bien!" Brad sonrió. "Sé lo suficiente para reconocer cuándo te has clavado en el puesto".

Haley no dijo nada. Ella no se había clavado en el puesto. Ella estaba explorando. Ella aún no había tomado una decisión. No había llegado el momento de tomar una decisión.

Pero ella sentía que su hermano estaba decidiendo por ella de todos modos.

Garrett estaba divorciado... Su corazón se aceleró y ella deseó a medias que Brad no se lo hubiera dicho.

No. Era mejor estar advertida.

Haley no había tenido el nerviosismo por la entrevista, pero esa noticia lo había arreglado. Había toda una flota de mariposas en su estómago.

Brad dobló calle abajo hacia la casa. "Si no lo supiera mejor, creo que no tienes intención de aceptar un trabajo aquí", dijo él. "Lo cual no tiene sentido ya que supuestamente es el trabajo que siempre has querido". Él le dirigió otra de esas miradas atentas mientras entraba en el camino de entrada. "A menos que, por supuesto, exista una razón específica por la que quieras quedarte en Nueva York".

"Me gusta mi trabajo. Esa es una muy buena razón."

"Además de tu trabajo", dijo Brad y Haley sintió como si la hubiera atrapado en medio de algo una vez más. Su hermano mayor siempre había sido demasiado perspicaz. "Como un hombre".

Él no esperó su respuesta, salió de la camioneta y agarró su bolso, dirigiéndose hacia la puerta mientras buscaba sus llaves. Era uno de sus movimientos favoritos, lanzar una bomba verbal y luego alejarse, dejando que la otra persona corriera detrás de él y le explicara.

"Ningún hombre", dijo Haley cuando lo alcanzó. Ella sonaba sin aliento, como si estuviera mintiendo, y lo sabía.

Brad también. Él le sonrió. "Lo sabía. Ya era hora, Haley. Él podría mudarse aquí contigo, sabes. Serías la primera en decirme que el trabajo del tipo no lo decide todo."

"No, eso no funcionaría. Es socio en un negocio... Haley se mordió la lengua y guardó silencio.

"Ningún hombre oficialmente, pero un hombre de todos modos." Brad negó con la cabeza. "No eres de las que juegan juegos, Haley, no con mamá y no con este tipo. Decide lo que realmente quieres y no te metas con las expectativas de los demás. No te conviene."

"Esa no es mi intención", dijo ella, sintiendo cada palabra y escuchando su propia vehemencia. "Simplemente no conozco ese trabajo todavía".

Brad la estudió durante un largo momento y luego asintió. Y tal vez no sepas de él. Lo suficientemente justo. Al menos sé que no tardarás en decidirte. Simplemente no está en ti vacilar." Él le dio un golpe en el hombro amigablemente. "Y me alegra escuchar las noticias que no son noticias. Mamá hablará sobre Garrett, pero entre tú y yo, nunca pensé que él te mereciera."

Haley parpadeó, porque ella estaba segura de que todos pensaban que Garrett era increíble, y que había cometido un gran error al dejarlo "escapar". Ella miró a Brad. "¿De verdad?"

"De verdad. Te gusta hacer cosas por la gente. Eres agradable. A él le gusta ser el centro del mundo. Yo no estaba seguro de quién iba a cuidar de ti en esa relación." Brad asintió con la cabeza y luego abrió la puerta, elevando la voz a un grito. "¿Alguien en casa? ¡Haley está aquí!"

Hubo un chillido de emoción y Haley estuvo rodeada por sus sobrinas y sobrinos emocionados antes de que ella pudiera pasar el vestíbulo. Ella vio a Brad y Katie en sus rasgos y su corazón se retorció de una manera nueva y extraña.

Ella nunca había pensado mucho en tener hijos. La maternidad nunca había sido su objetivo, incluso con Garrett. Una carrera era algo con lo que ella podía contar. Pero cuando se vio envuelta en lo que Brad llamaba alegremente el caos doméstico, Haley sintió el anhelo de algo ausente en su vida.

Tal vez un buen trabajo y un gato intratable no fueran suficientes.

Garrett estaba divorciado.

DOCE

Todos los socios estaban presentes en la reunión de negocios del miércoles por la noche en F5F, ya que Kyle y Theo habían volado de regreso para el funeral de Natasha. Damon estaba un poco cohibido por causar tanta interrupción, pero ellos expresaron su simpatía y preguntaron qué podían hacer para ayudar.

Era tal como había dicho Haley. Ellos realmente lo respaldaban.

Damon ni siquiera podía contar la cantidad de veces que ellos insistieron en que él debería habérselos dicho.

Él había traído los planos finales para el diseño de F5F Oeste, y esa era la primera orden del día. Estudiaron minuciosamente los planos y Cassie planeaba la apertura incluso cuando Ty reducía los costos de la construcción. Después de que se discutieron las ideas y se decidieron los cambios, Damon se aclaró la garganta.

"Hay una cosa más que tengo que decirles", admitió él.

"La mordedora", dijo Kyle, moviendo un dedo hacia él. "¿Quién es ella?" Todos se rieron pero Damon no respondió.

Él juntó las manos y sus modales los dejaron a todos sobrios. "Nunca les dije que era USMC. Serví en Afganistán." Él tragó, consciente de que tenía toda su atención. "Y tengo Estrés Post Traumático".

Theo dio un silbido bajo. "Esa es una gran carga para llevar solo, incluso sin que tu mamá estuviera enferma."

Cassie se movió al lado de Damon y puso su mano sobre la de él. "¿Qué podemos hacer?"

"Estoy llegando a eso". Damon respiró hondo. "Fui a terapia y aprendí estrategias de afrontamiento cuando dejé el servicio, y eso funcionó hasta que mi mamá se enfermó. Las pesadillas volvieron, lo que supongo que es bastante típico, pero ahora han cambiado. Mi terapeuta piensa que eso es algo bueno y algo con lo que trabajar, así que quiere que participe en un programa intenso. Él quiere ver si puede llevar mi curación al siguiente paso."

"Boston", dijo Ty en voz baja.

"Boston", coincidió Damon. "Por un mes."

Kyle se giró en su silla y luego señaló a Theo. "¿Qué tal si tú te encargas de la construcción en el oeste? Yo podría quedarme aquí y asegurarme de que los turnos en el club estén cubiertos."

"No hay problema", dijo Theo, indicando los planos. "Con esto, realmente podemos ponernos en marcha".

"Tal vez podamos abrir en junio", dijo Cassie. Ella le sonrió a Damon. "Estoy despierta tres noches a la semana en el club durante el mes, así que puedes tomar ese programa".

"Gracias, Cassie."

"Yo lo haré los viernes", dijo Ty. "Y no olvides que ahora tenemos a Hunter."

"Los jueves y sábados son míos", dijo Kyle. Él agarró un bloc de papel y empezó a tomar notas. "¿Qué hay de tu entrenamiento personal?" preguntó. "Puedo tomarlos mientras estás fuera, si me actualizas sobre cada miembro."

"Tengo notas sobre cada uno de ellos", dijo Damon. "Metas y avances, fortalezas y debilidades, áreas para impulsar".

"Genial. Debería ser fácil para mí intervenir ".

"No me extrañarás en absoluto", bromeó Damon, aliviado de que hubiera sido tan fácil de manejar.

"Por supuesto, te extrañaremos", dijo Cassie. "Tendrás que llamar y mantenernos informados".

"No, en realidad, esa es la cosa." Damon les contó el último detalle. "Controlan el medio ambiente por completo. Necesito entregar mi teléfono celular cuando me registre."

"¡Retirada de las redes sociales!" dijo Kyle y fingió contraerse. "Nunca sobreviviría un día, y mucho menos un mes".

"Meesha podría caer en coma", dijo Cassie.

"Puedo llevar un libro", les dijo Damon.

"Que duro", dijo Theo.

"Él era un infante de marina", reprendió Cassie. Ella se encontró con la mirada de Damon con firmeza. "Creo que es genial que tengas esta oportunidad de una nueva terapia y que estés pidiendo ayuda. También creo que es increíble que nos lo hayas confiado." Para sorpresa de Damon, ella le dio un abrazo impulsivo. "Siento que ahora nos estamos convirtiendo en amigos."

"Oh, así que ahora le vas a mostrar tu nuevo tatuaje antes de que yo pueda verlo", dijo Kyle, rodeando la mesa para darle una palmada en la espalda a Damon. Ty le estrechó la mano y Theo le dio un abrazo. Él sentía que tenía una red de apoyo.

Una que siempre había tenido, pero que nunca se había atrevido a usar.

Así era como Haley había dicho que sería.

"Todavía está hinchado", se quejó Cassie.

"Tonterías. Simplemente no quieres mostrármelo ", se quejó Kyle. "¿Te hiciste el nombre de tu único amor verdadero sobre tu corazón?"

"No, ese es tu truco", respondió Cassie. Ella agarró los bordes delanteros de su sudadera. "Supongo que podría mostrártelo, si haces que valga la pena".

"¿No se supone que te traerá amor y romance?" Preguntó Theo.

"¡Por eso quiere trabajar en el club!" Dijo Kyle. "¿Dónde mejor para conocer a un hombre atractivo y encontrar el romance?"

"Si Cassie no quiere mostrárnoslo, no tiene por qué hacerlo", dijo Ty.

"Creo que ella quiere mostrárnoslo", dijo Damon y ella le sonrió.

Cassie se quitó la sudadera y se dio la vuelta. "¡Ta da!" Ella llevaba puesto su traje de yoga negro, con el pelo recogido en una cola de caballo. Debajo de la sudadera, llevaba una camiseta negra sin mangas que mostraba su definición muscular con ventaja. En su bíceps izquierdo estaba el nuevo tatuaje.

Kyle lo miró. "¿Zapatos?" preguntó él, sus cejas juntas en confusión.

El tatuaje mostraba un par de zapatos, del tipo Mary Janes con tacones altos que usan los bailarines. Uno estaba de lado. Detrás de los zapatos estaban los números 2006 y en el medio había un solo corazón rojo.

"No cualquier zapato", dijo Cassie. "Esos son zapatos de baile".

"Correcto." Kyle puso los ojos en blanco. Él levantó las manos. "¿Por qué zapatos?"

"¿Dónde bailaste en 2006?" Preguntó Damon. "Te debe haber encantado".

"¡Ajá! Al menos alguien es perspicaz —dijo Cassie, volviéndose hacia Damon con una sonrisa brillante. "Radio City Music Hall. Fui una Rockette por una temporada navideña y tienes razón, me encantó."

"No inventes", dijo Kyle.

"Wow", dijo Ty. "¿No es un trabajo duro?"

"Los meses más duros de mi vida", dijo Cassie, sacudiendo la cabeza al recordarlo. "Nunca había estado tan adolorida, antes o después. Dejé la universidad cuando obtuve el trabajo, pero volví a entrar en enero."

"Con dolor de pies", dijo Theo.

"Con todo dolorido", corrigió Cassie. "Resultó que solo me perdí un semestre y lo recuperé. El segundo espectáculo del día siempre era brutal, pero seguíamos sonriendo." Ella se puso seria. "Me enseñó que yo podía hacer mucho más de lo que pensaba, si no me rendía."

"Conozco ese sentimiento", dijo Damon, cuando una vez se habría quedado callado. "Lo llaman campo de entrenamiento."

Se rieron juntos.

"Mañana a las dos", dijo Theo, señalando a Damon con un dedo.

"Realmente aprecio que todos hayan venido", dijo él, con la voz tensa.

"Por supuesto", dijo Ty. "Eres parte del equipo".

Era cierto, aunque Damon no lo había creído completamente hasta ahora.

Él tenía que agradecerle a Haley por ese cambio en su vida.

KATIE, la esposa de Brad, llegó después del trabajo y también la mamá de Haley. Todos trabajaron juntos en la cocina para preparar la cena juntos. Era ajetreado, ruidoso y divertido, y Haley volvió a reírse de los chistes aburridos de su hermano.

Su hermana Tiffany entró a cenar antes de su turno de medianoche para lucir su anillo de compromiso. Los planes ya estaban en marcha para la boda de primavera. Matt había cambiado la hora de su llamada semanal a su madre desde Kabul para también poder hablar con Haley.

Cuando Haley se retiró a la antigua habitación de Tiffany, que servía como habitación de invitados, ella estaba exhausta, no solo por el clamor de la familia, sino por todas las insinuaciones. Podría valer la pena quedarse en Nueva York, solo para tener algo de privacidad o tiempo para escucharse a sí misma pensar.

La habitación todavía estaba llena de cosas de Tiffany, a pesar de que la hermana de Haley tenía su propio apartamento. Ella hizo un pequeño espacio en el extremo de la cómoda para su neceser. Había un par de pulgadas de espacio en el armario para su traje para la entrevista del día siguiente. Tenía que haber seis vestidos de dama de honor metidos allí junto con todo lo demás, evidencia del ejército de amigas de Tiffany y su mala suerte con los vestidos de dama de honor. Haley no podía decidir cuál era más espantoso.

El armario estaba lleno, el tocador estaba lleno y la estantería estaba atascada. Incluso los viejos anuarios de Haley se habían fusionado en la colección de su hermana, junto con los libros de bolsillo de Agatha Christie que Haley pensaba que habían ido a una tienda de segunda mano o una venta en la iglesia. Apenas había espacio para moverse, pero esa habitación tenía que ser la menor de las preocupaciones de Brad.

En un impulso, Haley tomó el anuario de su segundo año de secundaria de la estantería. Hojeó las páginas hasta encontrar la que quería ver. Bien podría haber doblado la esquina, porque sabía exactamente dónde estaba.

La foto de Garrett. Él tenía el tipo de atractivo clásico que envejece bien. Ella miró su sonrisa asesina y su corazón dio un vuelco.

¿Ella lo vería al día siguiente? Él se había hecho cargo de la consulta de su padre en la ciudad, pero podría estar en el hospital si alguno de sus pacientes estaba allí.

Ella no estaba segura de poder soportar volver a verlo.

Haley respiró hondo y pasó la punta de un dedo por su mensaje garabateado.

Te amo, por siempre.

Bueno, tal vez no del todo.

Divorciado.

Evidentemente, él tampoco había amado a su esposa por siempre.

Haley cerró el anuario y volvió a dejarlo en el estante. Ella estaba moviendo todos los juguetes de peluche de la cama, maravillándose de que ella y Tiffany pudieran estar emparentadas, cuando alguien llamó a la puerta. Ella se asomó por la puerta para encontrar a Tiffany en el pasillo.

Ella saludó, su diamante brillando. "¿Tienes un minuto? Quiero pedirte un favor antes de ir a trabajar."

"¿Se trata de un vestido de dama de honor con zapatos teñidos a juego?" Bromeó Haley. La verdad era que ella se pondría cualquier cosa por su hermana, al menos por un día, pero el contenido del armario era aleccionador.

Tiffany se rió. "Probablemente no. Aunque, ya sabes, muchos de ellos todavía están en ese armario."

"Ya vi. ¿Por qué no te deshaces de ellos?"

"Pueblo pequeño. La novia podría verlo en la tienda de segunda mano y saber por el tamaño que es mío y que, después de todo, no lo había guardado para fiestas. Puedo prescindir de ese drama."

Haley dio un paso atrás y abrió la puerta de par en par. Tiffany entró y cerró la puerta detrás de ella, luego rebotó en la cama. Ella cogió un oso de peluche y lo abrazó. "Qué bien que te quedes en mi antigua habitación".

"Está más ordenada de lo que nunca la había visto."

Tiffany se rió de nuevo. "Dos hermanas, completamente opuestas. Una es un monstruo del orden y la otra un tsunami de desorganización. Debería pasarme en medio de la noche y estropear tus cosas mientras duermes."

"Te será difícil encontrar mis cosas aquí".

"Cierto." Tiffany asintió. "Tienes las inclinaciones minimalistas en esta familia".

"Difícilmente. Brad y Matt tienen su parte ".

"Entonces, es más exacto decir que soy el paquete familiar".

"Si el zapato calza…"

Tiffany sonrió. "Hablando de eso, quiero ir a Nueva York a comprar mi vestido de novia".

Haley lo comprendió de inmediato. "Puedes quedarte en mi casa, si quieres. Las dos encajaremos en el sofá cama." Y era posible que aún pudieran moverse por el apartamento si Tiffany solo se quedaba unos días. Haley sabía por experiencia que el equipaje de su hermana parecería explotar al llegar y que sus pertenencias cubrirían todas las superficies disponibles en cuestión de minutos.

"Wow, lo ofreciste sin siquiera hacer una mueca".

Haley sonrió. "Asumo que no te quedarás mucho tiempo".

"No lo haré. Pero un lugar libre para quedarse no lo es todo. Tienes que ir de compras conmigo."

"¿Por tu vestido de novia?" Entonces Haley hizo una mueca. La idea de gastar miles de dólares en un vestido durante un solo día siempre la molestaba. "¿En serio?"

"En serio. Debes tomarse cinco días libres, de miércoles a domingo. Iré el martes por la noche, compraremos durante cuatro días y viviremos la fantasía de la boda." Haley gimió. "Luego iremos a bailar y nos emborracharemos mucho el sábado por la noche antes de que yo me arrastre al aeropuerto el domingo."

"Tenemos taxis. No tienes que arrastrarte todo ese camino."

"Probablemente tendré que arrastrarme hasta la acera para tomar el taxi". Tiffany le dio un codazo a Haley. "Tal vez te encuentre una cita caliente, a menos que, por supuesto, te vuelvas a ligar con Garrett".

Haley ignoró eso. "Entonces, ¿esa sería tu despedida de soltera o tu última aventura?"

Los ojos de Tiffany se agrandaron. "Dios, espero que no. Eres mi hermana mayor. Puedes evitar que haga algo de lo que pueda arrepentirme."

"Como arrastrar a casa a un hombre sexy".

"Exactamente eso."

Haley negó con la cabeza. "No creo que tres quepan en el sofá cama".

"Una consideración excelente. Y a cambio de tu sentido común y sabio juicio, compraré todas las comidas y el transporte para la aventura de compras, además de tus bebidas en nuestra gran noche." Tiffany hizo una cruz sobre su corazón y levantó los dedos. "Te prometo que ni siquiera me meteré en la organización de tus alacenas."

Haley sonrió. "Suena como una oferta que no puedo rechazar".

"Esa era exactamente la idea". Tiffany sonrió. "Podríamos hacernos tatuajes conmemorativos".

Haley puso los ojos en blanco. "Supongo que ya elegiste las fechas".

"No. Mira tus turnos y elige un fin de semana. Cuanto antes, mejor."

"Entonces, así sabrás que consigues el vestido".

"¡No! ¡Así sabré que todavía estarás en Nueva York!"

Otra referencia a su inevitable mudanza. "Ven la semana que viene", dijo ella impulsivamente. "Lo tengo libre".

"¡Excelente! Déjame ver si puedo conseguir los días."

"Y no cuentes con mi mudanza antes de que incluso sobreviva a la entrevista de trabajo".

Tiffany rechazó el comentario. Lo conseguirás. Lo dominas todo. Solo piensa: ¡vivirás aquí a tiempo para la boda!" Ella besó a Haley en la mejilla y se dirigió hacia la puerta antes de que Haley pudiera protestar.

Tatuajes conmemorativos. Tal vez ella y Tiff no estuvieran realmente emparentadas.

DAMON ESTABA en la iglesia con el sacerdote y las cenizas de su madre y se encontró pensando en Haley. Habían pasado dos semanas desde que él la había incitado a que se fuera, dos semanas durante las cuales ella ni había llamado ni se había pasado por su casa. Dos semanas desde que él había escuchado su voz o sentido su toque.

Dos semanas en las que él la había echado de menos más que a nadie que hubiera perdido.

Incluso a su mamá.

Sin duda habían sido las dos semanas más largas de su vida.

Damon se decía a sí mismo que era bueno que hubiera terminado las cosas cuando lo había hecho, antes de que hubiera alguna posibilidad de que él realmente la lastimara. Eso no cambiaba cuánto la extrañaba.

Ser responsable no parecía algo tan bueno.

Él estaba empezando a tener la esperanza de que el terapeuta tuviera razón y que, algún día, pronto, tendría más que ofrecer a Haley Slater de lo que tenía ahora.

Por el momento, él quería agradecerle por patearle el trasero.

Él observaba la puerta, hambriento de volver a verla. Él le informaría al personal del hospital sobre el funeral. Había aparecido en el periódico local y, debido a la carrera de su madre, los periódicos más importantes habían recogido el obituario. El sacerdote esperaba una iglesia llena, pero a Damon eso no le importaba.

Solo había una persona a la que quería ver.

Entonces, un tipo entró en la iglesia y Damon estuvo tan completamente sorprendido que pensó que sus ojos lo estaban engañando. ¿Ese era Nate Buchanan? No podía ser. El hombre en cuestión agitaba su mano derecha, saludando a Damon con dos dedos. Él tenía la mano enguantada.

Porque era una prótesis.

Buchanan había ido, a pesar de que Damon no había respondido a sus mensajes. Damon estaba asombrado y humillado por su presencia.

Su garganta estaba apretada.

Ty y Shannyn llevaron al equipo de F5F a la iglesia, con Kyle y Lauren cogidos de la mano detrás de ellos. Cassie estaba con Theo, todos vestidos de negro. Meesha, Jax y Sonia también habían ido, lo que lo asombró. Ellos fueron directamente hacia Damon y se reunieron detrás de él, como su personal de apoyo. Cassie le dio un beso en la mejilla y Kyle le dio un abrazo improvisado. Jax le estrechó la mano y Sonia le dio un beso en la mejilla. Meesha le dio un abrazo tal que prácticamente fue un bloqueo.

"Podemos quedarnos contigo o dar un paso atrás", dijo Ty y Damon indicó el primer banco.

"Me alegraría tenerlos conmigo", dijo él con voz ronca.

La iglesia estaba toda de pie cuando comenzó el funeral. El sacerdote había sugerido que Damon reuniera fotos de su madre de cuando estaba sana, y Damon había creado un collage, que estaba en el altar. En el medio había un dibujo que él había hecho de ella años antes, riendo con su habitual abandono. Damon mantuvo la mirada fija en él durante el servicio, sin escuchar realmente las palabras, llenando su mente de recuerdos. Había flores de amigos y los lirios tenían un fuerte aroma dulce. Celebraron la comunión, porque su mamá lo hubiera preferido, y cuando se hizo el servicio, la gente vino a hablar con él.

Damon estaba abrumado por su amabilidad.

Los vecinos de su madre habían salido a la calle y varios de ellos le prometieron guisos y pan recién horneado. Algunos de ellos ya le habían dejado comida. La señora O'Toole de la academia de baile no había cambiado mucho y le agarró las manos al recordar los días en que su madre daba clases particulares a niñas pequeñas. Había mujeres jóvenes que habían sido esas niñas, muy pocas eran bailarinas ahora, pero todas con una postura perfecta y los ojos llenos de lágrimas. Había damas de la iglesia y bailarinas profesionales jubiladas que él recordaba vagamente de su infancia. Para su asombro, muchos de los niños del gimnasio de Zeke habían ido a darle el pésame y él estaba impresionado al ver en qué buenos hombres se habían convertido.

Y por último, estaba Nate Buchanan, un brillo familiar en sus ojos. Damon recordaba cómo este tipo podía encontrar el lado positivo en cualquier tormenta.

"Lo siento, Damon", dijo él y le ofreció la mano. Damon no sabía qué hacer, ya que la mano derecha de Nate era la prótesis. Nate simplemente negó con la cabeza. "No puedes romperla, hermano", dijo.

Damon le estrechó la mano y luego se encontró con la mirada de Nate. "Lo siento mucho."

"¿Por qué? No fue tu culpa."

"Lo fue..."

"No, Damon, no fue tu culpa", interrumpió Nate, su tono severo. "No hiciste la granada, no tiraste del pasador y no nos la arrojaste."

"Pero Foster..."

"Él sabía exactamente para lo que se había apuntado. Todos lo sabíamos." La mirada de Nate era de acero. "El mejor equipo con el que trabajé fueron tú y Foster. Lo extraño todos los días, pero no me arrepiento de haber servido a nuestro país y haber dado lo mejor de nosotros. Él dio su vida haciendo lo que amaba, y no creo que se arrepienta."

"Me arrepiento de haberlo perdido".

"Es increíble que no estuviéramos todos perdidos. Fue por ti."

"No. Yo fui quien le recordó el R.O.E."

"Tú fuiste quien pateó a esa cosa. Si Foster no hubiera saltado en la misma dirección debido a ese fuego enemigo, habría estado bien."

Damon frunció el ceño. "No recuerdo el fuego enemigo".

"Porque recibiste un golpe en tu casco. ¿No te acuerdas, Damon? Caíste, pero pateaste la granada mientras caías. Te agarré y salté fuera del camino. Foster saltó en la otra dirección. Fue una mala suerte que la granada saliera en la misma dirección que él. Podría haber sido cualquiera de nosotros o los tres."

Pero tu mano. Eso fue la granada."

"No, eso fue el fuego enemigo. Foster se llevó toda la granada."

Damon se frotó la frente, consciente de que sus compañeros lo estaban mirando. "No es así como lo recuerdo".

"Lo sé. Ahora veo eso." Nate le dio una mirada y luego un fuerte abrazo. "Te has estado culpando a ti mismo, ¿no es así?"

"Pensaba que era mi culpa. Pensaba que te había decepcionado.".

"No fue así, hermano. Eras la roca del pelotón. No puedo creer que no lo supieras."

Damon negó con la cabeza, incapaz de aceptar que las cosas hubieran sido tan diferentes de lo que él recordaba. "El terapeuta dijo que podría estar recordando mal. Él dijo que debería hablar contigo, pero no pude hacerlo."

"Estúpido", dijo Nate y golpeó a Damon en el hombro. Luego miró con sentimiento de culpabilidad al sacerdote que fingió no haber oído. "Eso me enseñará a no dejarte esquivar mis llamadas."

"Sí, no lo haré. He aprendido mi lección." Se sonrieron el uno al otro. "Quiero que conozcas a mis amigos", dijo Damon y se volvió hacia sus socios. "Este es Nate Buchanan. Servimos juntos."

"Ooo-rah", dijo Kyle y consiguió una risa de Damon y Nate.

Damon continuó. "Nate, estos son mis socios en Flatiron 5 Fitness..."

"¿Ese gimnasio?" Preguntó Nate, luego se volvió hacia Damon. "¿Espera un minuto? ¿Eras tú en esa valla publicitaria? Pensé que se parecía a ti, pero nunca fuiste tan grande cuando servimos."

"Ha estado trabajando en eso", dijo Kyle. Él tocó su propio pecho. "Tenía un entrenador realmente bueno".

Damon resopló.

"Kyle es absurdamente modesto, como puedes ver", le dijo Cassie a Nate.

Kyle le ofreció la mano a Nate. "Kyle Stuyvesant. Gusto en conocerte."

"Wow", dijo Nate después de que se hicieron las presentaciones. "Realmente has logrado algo. Ese lugar es bueno."

"¿Has estado en F5F?" Preguntó Theo.

"¿Me estás tomando el pelo? Nunca podría pagarlo." Theo sacó un pase de un día y se lo entregó a Nate, cuyos ojos se iluminaron. "Me estás tomando el pelo."

"No, ven y pruébalo", dijo Ty.

"¡Gracias!" Nate le dio un codazo a Damon. "Creo que es poco probable que pueda acercarme a la cantidad de flexiones que puedes hacer".

"Tal vez no ahora, pero puedes entrenar un poco", dijo Damon. "Voy a ir a Boston durante un mes la semana que viene."

La comprensión apareció en los ojos de Nate. "Perfecto. Nos veremos cuando vuelvas." Chocaron los puños, luego Nate volvió a mirar la tarjeta. "No puedo esperar a ver este lugar por dentro. ¿Cuánto tiempo puedo quedarme?"

"Todo el día", dijo Kyle. "Abrimos de seis a medianoche."

"Impresionante. Vas a perder dinero con este pase de un día."

"Podemos hacerlo mejor que eso", dijo Cassie con suavidad. "Acabo de pensar en nuestra próxima promoción." Todos se volvieron hacia ella y ella sonrió. "Vamos a ofrecer un descuento en la membresía a hombres y mujeres del servicio militar, ya sean activos o no".

"Tú serviste: obtienes el descuento", asintió Theo con un movimiento de cabeza. "Me gusta."

"Como Disneyland", dijo Kyle. "Eso será totalmente genial".

"Me ahorraré mis centavos", dijo Nate con entusiasmo.

"Necesitas instalar la aplicación para planificar tu día", dijo Meesha y se hizo cargo del teléfono de Nate. Cassie explicó que podía reservar sus clases en línea o simplemente consultar el horario y todo el grupo se dio la vuelta para salir de la iglesia.

Damon siguió a los demás con el sacerdote. Él había organizado una pequeña recepción en la sala que la iglesia usaba para funciones sociales y podía escuchar la conversación que ya se estaba construyendo a medida que se acercaba. Un par de muchachos trajeron las fotos y él no podía creer lo mejor que se sentía.

Toda esa energía compartida por otros realmente había ayudado.

Era tal como había dicho Haley.

Sin embargo, ella no había venido. Él sabía por qué. Ella quería que él la llamara, que la invitara, que diera el siguiente paso por una vez, y él no lo había hecho.

Él lo arreglaría bien lo antes posible.

HALEY ESCUCHÓ la voz de Garrett antes de verlo.

Eso solo le dio tiempo para tener un pequeño ataque al corazón y componer sus rasgos antes de que él la alcanzara. Ella estaba saliendo de la entrevista y cruzando el vestíbulo del hospital, empezando a pensar que tal vez no lo había visto, cuando lo escuchó reír. Ella no se dio la vuelta sino que siguió caminando, dejando que él la alcanzara.

Su corazón estaba tronando.

La inevitable reunión estaba sobre ella y se sentía más nerviosa por eso que por la entrevista.

La entrevista había ido bien. Haley había llegado temprano, gracias a que su madre se había ido y le había prestado el auto, y su propia inclinación a dejar mucho tiempo para giros equivocados. A ella le agradaba el médico y la enfermera jefe que habían encabezado el programa y pensó que sería fácil trabajar dentro del esquema de su plan. Haley se sentía a gusto con ellos y no creía que se hubiera equivocado en ninguna de las preguntas de la entrevista.

Ella se había estado preguntando qué haría el resto del día cuando escuchó a Garrett.

Por supuesto, él no dejaría su encuentro al azar.

Garrett era grande en hacer su propia suerte.

Haley pensó que tenía que agradecerle a su madre que Garrett supiera sobre su entrevista. Probablemente ella había programado su aparición en el vestíbulo para que coincidiera con su partida. Sin duda, su plan era verla después de la entrevista y no antes, cuando podría estar nerviosa. Garrett planeaba todas las variables.

¡Haley Slater! ¿Eres tú?" llamó él, su voz profunda retumbando a través del vestíbulo del hospital. Haley estaba segura de que todas las personas en un radio de media milla se volvían a mirar.

Ella se giró para mirarlo y trató de parecer sorprendida, como si no hubiera estado esperando y temiendo ese encuentro desde que había salido de la camioneta de Brad. ¡Garrett! Qué sorpresa. Te ves bien."

Eso era un eufemismo. Él se veía fabuloso. Garrett siempre había sido alto y guapo, pero ahora era un hombre de éxito. Él se había llenado un poco y tenía un toque de plata en las sienes. Todavía tenía una sonrisa asesina y el aspecto de una estrella de cine. Esa confianza rezumaba por todos los poros. La gente se volvía para mirarlo dondequiera que fuera, atraída por algún magnetismo que poseía. Él se las arreglaba para lucir guapo, glamoroso y decidido mientras caminaba hacia ella, con un estetoscopio alrededor del cuello y un gráfico bajo el brazo. Haley no pudo evitar que su cuerpo respondiera a la vista.

Oh, cuánto ella había amado a ese hombre. ¿Ella todavía lo amaba? Su corazón se apretó con fuerza cuando él se inclinó para besar su mejilla. Ella recordó la sensación de sus bigotes contra su piel por la mañana, el peso de su mano en su cadera mientras dormía, la pequeña sonrisa reservada que le dedicaba cuando estaba pensando en algo malo. Ella cerró los ojos cuando percibió el olor de la colonia que él usaba, la que todavía le doblaba los dedos de los pies, luego él la miró intensamente a los ojos tal como siempre lo había hecho. Ella se había burlado de él diciéndole que podía leer sus pensamientos cada vez que la miraba así. Él todavía la dejó sin aliento.

Azul, azul, azul. Mil tonalidades de azul. Y esa preocupación concentrada. Era como mirar al sol. La boca de Haley se secó.

Garrett todavía podía hacerlo. Él todavía podía hacerla sentir como si fuera la única persona de importancia en el planeta y el centro de su universo. Esa mirada todavía convertía sus rodillas en mantequilla y hacía que su corazón diera vueltas. Ella tenía las palmas de las manos húmedas, como si volviera a tener dieciséis años.

¿Era eso el destino?

Haley trató de recordarse a sí misma que él la había dejado por Krista y fracasó en eso.

En cambio, ella recordó que estaba divorciado.

"Haley", murmuró, su voz cálida. Su mirada la recorrió y se llenó de admiración. "Te ves fantástica. ¿Cómo estuvo la entrevista?"

Haley parpadeó. Por supuesto, él sabía por qué ella estaba en el hospital. Su mamá probablemente le había contado todo. "Bastante bien, creo."

"Bastante bien", repitió él, sacudiendo la cabeza. Tú y tu modestia. Es como un soplo de aire fresco. ¿Sigues siendo un idealista creyendo que los buenos tienen que ganar?

"¿No todos piensan eso?"

Garrett se rió. "¿Tienes tiempo para tomar un café con un viejo amigo?" Él ya la había reclamado por el codo y la estaba guiando hacia la cafetería.

Haley sintió que sus cejas se levantaban y dijo algo que nunca habría dicho antes. "¿Viejo amigo?" repitió ella levemente. "¿Eso es lo que somos?"

"¿No somos amigos, Haley?" Su mirada de reojo era penetrante y muy azul.

Haley miró hacia abajo, sus sentimientos mezclados. "Creo que la mayoría de las mujeres no tienen buenos recuerdos de un prometido que se haya casado con otra persona", dijo ella con cuidado.

"Pero no estábamos realmente comprometidos", protestó él.

"Divertido. Yo pensaba que lo estábamos."

"Pero eso fue solo entre nosotros, Haley. No lo habíamos anunciado.

No había comprado un anillo." Sonrió, como si eso lo explicara todo, pero el estómago de Haley se retorció.

Ella recordó su insistencia en que eligieran los anillos después de que él terminara su residencia.

Ella se sentó, sus pensamientos daban vueltas, y él les sirvió un café a los dos. Él encantó a la mujer detrás del mostrador y Haley no creía que él hubiese pagado por los cafés. A ella no le sorprendió que recordara como le gustaba el suyo, porque el hombre tenía memoria fotográfica.

¿Era posible que Garrett no fuera perfecto después de todo?

Haley sabía que Damon no habría jugado juegos de palabras como ese. Él hacía lo que decía que iba a hacer y se negaba a ofrecer lo que no podía hacer.

"Confía en ti para ir al grano", dijo Garrett cuando se sentó frente a ella. Él la miró a los ojos y ella notó que se estaba preparando para que él le dijera algo que no era del todo cierto. "Cometí un error al casarme con Krista y ambos finalmente lo admitimos. El divorcio será definitivo a finales de mes."

"Lo siento", dijo Haley, porque pensó que debía hacerlo.

"Yo también." Él frunció el ceño con una preocupación que Haley sabía que hacía palpitar los corazones de sus pacientes. El de ella también palpitaba, a pesar de que ella lo sabía mejor. "Es difícil para los niños".

"¿Cuántos tienes?"

"Dos. Ambos niños. De cinco y de un año."

Haley tomó un sorbo de café, pensando que las cosas no podrían haber sido tan malas si él y Krista tenían un hijo de un año.

"¿Qué estás pensando?" Preguntó Garrett.

"Parece que parte del matrimonio estaba funcionando bien", dijo ella, porque no tenía nada que perder.

"El sexo es la parte fácil". Garrett negó con la cabeza. "El resto siempre fue complicado. Yo quería tener hijos más pronto y más juntos en edad, pero Krista es tan ambiciosa..."

Haley se sentía extrañamente protectora con la ex esposa de él, una mujer que apenas había conocido. "Recuerdo que tú eras ambicioso".

La sonrisa de Garrett brilló. "Punto a tú favor. Pero es difícil que un matrimonio funcione cuando ambos cónyuges quieren seguir su carrera a su manera."

Haley miró fijamente su café, escuchando lo que él no decía. Una vez, ella habría dejado pasar el asunto, pero no pudo evitar desafiarlo. "Entonces, ¿estaba bien que uno de la pareja hiciera eso, como tú, pero no estaba bien que ella quisiera hacer lo mismo?"

"Eso suena como una acusación, Haley."

Ella se encogió de hombros. "Ambos son médicos. Tenías que saber que tenían mucho en común. Se necesita mucho trabajo y compromiso para construir una carrera."

"Tal vez yo no estaba pensando con claridad", admitió Garrett y Haley tuvo la sensación de que él estaba molesto con ella. "El caso es que Krista y yo nos separamos porque cometí un error, y aquí estás, volviendo a este mismo hospital, lo que me da la oportunidad de hacer las cosas bien." Él le sonrió a Haley y, una vez más, ella se encontró explicando que su regreso no era un trato hecho.

"No sé si volveré a este hospital", dijo ella. "Todavía no me han ofrecido un trabajo, e incluso si lo hicieran, no estoy segura de que será adecuado para mí."

Garrett se rió. "Por supuesto, será adecuado para ti. Está hecho a tu medida."

Haley lo miró fijamente. "¿Qué significa eso?"

"Oh, no parezcas tan sorprendida", dijo Garrett con una sonrisa. "Te dije hace años que tienes que hacer tu propia suerte."

"¿Pero cómo?"

"Estoy en el consejo asesor. Tu mamá ha mencionado tu interés a lo largo de los años, así que cuando se propuso la idea, yo estaba detrás de ella. Será una gran adición a nuestros servicios. Todo lo que necesitará ahora es una o dos palabras tranquilas en los oídos correctos, porque tú eres la candidata ideal y estarás de regreso en la ciudad." Él bebió un sorbo de café, completamente convencido de que todo encajaría como él pretendía. Haley lo miró sorprendida. "Debes querer estar cerca de tu familia nuevamente. Tu mamá estará encantada de tenerte cerca, especialmente cuando tengas familia."

"¿Familia?"

"Seguro. No me molestaría tener más hijos."

De repente, Haley se alegró mucho de no haberse casado con Garrett. Él estaba seguro de que ella haría lo que él quisiera, solo porque él lo quería. Él ni siquiera se daba cuenta de que ella podría querer algo más.

O si lo hacía, no pensaba que su opinión fuera relevante.

Damon tenía razón. Ella nunca debería haber considerado a ese hombre como un ideal de masculinidad.

A Brad no le agradaba. Haley apostaría a que a su padre tampoco le habría gustado. Ella ya sabía que Damon no pensaba bien de él.

Garrett le sonrió, pero esta vez, su encanto no dio en el blanco. "¿Quieres ir a cenar esta noche? Podemos ponernos al día, sentar nuevas bases para el futuro."

Haley dejó su café con fuerza. "No, pero gracias por preguntar."

"Crees que es demasiado pronto." Él frunció el ceño un poco y luego se inclinó más cerca, con la intención de persuadirla. "La gente va a hablar de todos modos. Así es como es."

"No, mi respuesta no tiene nada que ver con tu divorcio, ni siquiera contigo."

Garrett se sorprendió y se quedó en silencio.

"Voy a pasar esta noche con mi familia, antes de volver a Nueva York".

"Pero..."

"¿Me harías un favor, Garrett?"

"¡Claro, lo que sea!"

"Por favor, ahórrate la molestia de hacer esas sugerencias en los oídos correctos."

Él se asustó. "¿Pero por qué?"

"Si me ofrecen el trabajo aquí, quiero que sea porque me lo gané, no porque alguien lo arregló para mí y ciertamente no para que le deba algo a alguien por eso"

Garrett se erizó, se insultó y un poco se molestó. Él trató de taparlo con una sonrisa. ¡Haley! Tu idealismo significa que haces las cosas de la manera más difícil."

"Es mi camino. Me gusta."

Él sacudió la cabeza, divertido. "Así no es como funciona el mundo, Haley. No es así como las personas exitosas logran sus objetivos."

"Así es como logro los míos." Ella dejó que su voz bajara mientras insistía. "Prométemelo."

Garrett encontró su mirada, decepción en sus ojos. "No diré una palabra".

"Lo digo en serio, Garrett."

Él parecía agitado. "¡Prometido, Haley!"

Ella no le recordaría las promesas que había roto antes.

"Gracias." Haley se puso de pie y recogió su bolso. "Cuídate, Garrett. Fue bueno verte otra vez. Gracias por el café." Haley giró y abandonó la mesa, sabiendo que ambos estaban igualmente decepcionados el uno del otro.

Al menos, su pequeña discusión había abierto los ojos de Haley y cerrado un capítulo en su vida. Ella había sido lo suficientemente buena para Garrett hasta que Krista le había ofrecido más. Ella le resultaba interesante ahora, porque él pensaba que ella estaría agradecida, tal vez incluso que le sería útil.

Pero Haley no era la misma mujer a la que Garrett le había roto el corazón tantos años atrás.

Capítulo trece

DAMON CAMINÓ por la nieve hasta el apartamento de Haley, porque él necesitaba tiempo para descubrir la mejor manera de disculparse con ella. Él no era el hombre más elocuente del planeta y lo sabía, pero eso nunca le había parecido tan peligroso hasta ese momento.

Estaba oscureciendo cuando él llegó. Echó un vistazo a la ventana de su apartamento y vio la silueta de ese gato en el alféizar. Su cola se movía y su único ojo parecía luminoso. ¿Lo estaba mirando? Damon supuso que sí.

Él tocó el timbre del apartamento de Haley, pero no hubo respuesta. Él lo intentó de nuevo, pero ya había adivinado que ella estaba fuera.

¿Estaba ella en el trabajo?

Él metió las manos en los bolsillos de su chaqueta, deseando haber consultado con ella antes del funeral. Él había elegido un jueves porque era cuando ella parecía estar libre.

¿Y si su horario hubiera cambiado?

Él vio a un hombre mayor barriendo el suelo al otro lado de la puerta de seguridad y llamó al cristal. El hombre se acercó con cautela y abrió la puerta, bloqueando el espacio con su cuerpo. "Si buscas a alguien, simplemente llama a su apartamento. No soy portero."

"Estoy buscando a Haley Slater. Pensé que estaría en casa, pero no hay respuesta."

"Te lo dije, no soy portero y estoy seguro de que no soy niñera." El hombre empezó a cerrar la puerta.

"Pero realmente necesito hablar con ella. Y el jueves es siempre uno de sus días libres ".

El hombre estudió a Damon. "¿Tú sabes eso?"

"Ella es enfermera en el hospital. Trabaja por las noches, cinco turnos de ocho horas y luego dos días libres. De viernes a martes. Miércoles y jueves libres." Él se encogió de hombros. "A menos que sustituya a otra persona como un favor."

"Parece que la conoces".

"Y conozco a ese gato." Él señaló hacia arriba. "No me gusta ni confío en él. ¿Qué pasa si no puede contestar el timbre porque se cayó o algo así? Ese gato se la comería viva sin remordimientos."

El hombre mayor sonrió. "Ella no responde porque está de viaje."

"¿De viaje?"

"Parece que no la conoces tan bien".

"¿Cómo puede estar de viaje? Ella no mencionó nada al respecto."

"Mira, señor, no sé a quién conocen mis inquilinos, y mucho menos qué le dicen a quién, pero sé que Haley Slater ha ido a casa de su mamá por un par de días porque me encargué de alimentar a ese gato que le gusta tanto." Él sacudió la cabeza. "Y no me gusta más que a ti, pero ella parece pensar que el gato tiene un corazón de oro."

"Es demasiado grande para un gato doméstico", dijo Damon. "Y demasiado mala para ser una mascota."

"Bueno, podría estar de acuerdo contigo en eso, pero no es de mi incumbencia. Las reglas dicen que un gato por apartamento y no especifican el tamaño o el temperamento, por lo que ella está dentro de las reglas, si quiere vivir con esa bestia." Él extendió su mano. "Mira esto." Él tenía arañazos en el dorso de la mano y Damon sabía qué los había provocado.

"Gato malo".

"Puedes apostar. Esto por abrir una lata de pescado." El hombre mayor bajó la voz. "Cuando estuve allí ayer, ese gato había derribado el jarrón de la encimera y lo había roto. Si no hubiera vuelto a poner esa rosa en el agua, no se habría visto muy bonita cuando Haley llegue a casa."

"¿Rosa?" Preguntó Damon.

"Un rosa roja", confirmó el superintendente. "Bonita como puede ser. Alguien debió dársela justo antes de que se fuera de la ciudad." Él miró a Damon con los ojos entrecerrados. "¿Fuiste tú?"

"No. No envíe rosas."

El hombre mayor se rió entre dientes. "Bueno, ese podría ser el problema, hijo. Quien envió esa rosa es importante para la Señorita Slater, te apuesto mi último dólar a eso." Él asintió. "Apuesto a que ella le dijo a él que iría a casa de su madre".

Una rosa roja.

Y Haley de viaje.

Damon se volvió para irse. Era inevitable que Haley conociera a alguien más que la apreciara.

Él se recordó a sí mismo que eso era lo que él quería para ella.

"Probablemente no estaría de más decirte que ella regresará mañana".

"Gracias", dijo Damon. "Me pondré en contacto con ella entonces".

"Y volveré a alimentar a ese gato miserable". El hombre mayor asintió y aseguró la puerta, luego dejó la escoba a un lado y se dirigió al ascensor.

Damon se subió el cuello de la chaqueta y salió del edificio, pensando.

No era descabellado que otro hombre se hubiera enamorado de Haley. Ella era atractiva. Ella era linda. Ella era apasionada, inteligente y amable. Podía ser que ella no creyera en el amor y en los felices para siempre, pero él tenía la sensación de que un hombre con un felices para siempre en su mente podría convencerla de que lo intentara.

Ese tipo no podía ser él.

Entonces, ¿por qué estaba celoso? No había duda de que eso era lo que estaba sintiendo. Damon estaba molesto y enojado, como si lo hubieran engañado, pero él fue quien le dijo que se fuera a casa. Fue él quien no se disculpó ni la invitó al funeral.

Él se había equivocado y no le gustaba.

Damon se dirigió a casa, luego recordó lo que había escuchado sobre Haley la primera noche que había preguntado por ella en el hospital. Solo había un día del año en el que ella no trabajaba.

27 de enero.

Eso sería sábado ese año. En dos días. Él consultó su reloj para asegurarse.

Pero si ella estaba en casa de su madre, entonces estaba en Illinois. Y si volvía mañana, no iba a estar con su familia el sábado. ¿Por qué ella no se quedaría en casa de su madre durante el fin de semana si tuviera tiempo libre?

Porque ella tenía algo que hacer aquí mismo.

Era un cumpleaños familiar. Eso es lo que sospechaban las enfermeras. Haley no iba a casa para celebrar ese cumpleaños. Ella regresaba a Nueva York.

Al darse cuenta de eso, Damon tuvo una muy buena idea de lo que iba a hacer Haley con esa única rosa roja y dónde la encontraría el sábado.

Menos mal que tenía unos días libres.

***

A HALEY le ofrecieron el trabajo, incluso antes de que volara de regreso a Nueva York.

Ella no se le dijo a su mamá, porque también había perdido su período.

No mucho, solo un par de días, pero Haley nunca se retrasaba. Y ella se sintió llorosa por la perspectiva de dejar Queens. Haley sentía que estaría abandonando a su padre. Haley le había dado a Ninja un gran abrazo cuando regresó al apartamento y él lo había mucho más que tolerado.

No se trataba solo de pescado.

Ella estaba segura de que la gran bestia la había echado de menos, aunque también sabía que él no lo habría admitido, incluso si hubiese podido hablar.

Ella se preguntó acerca de otro macho oscuro inquietante, pero estaba decidida a no llamar a Damon. Era decepcionante que él no la hubiera llamado, pero ella no quiso insistir en eso.

¿Ella debería aceptar el trabajo o no?

Haley sacó una hoja de papel e hizo una lista, los beneficios por un lado y las desventajas por el otro. Todo lo bueno estaba en el lado positivo, con solo "salir de Nueva York" y "la influencia de Garrett" en el lado negativo.

Por el lado positivo, la oferta había llegado tan rápido que Garrett no habría tenido tiempo de decirle nada a nadie. Ella debía haber conseguido el trabajo por sus propios méritos.

Aun así, su corazón estaba en guerra con su cabeza, y eso no podía ser algo bueno.

Ella decidió consultar todo con la almohada.

Todo eso.

<hr>

PARA CUANDO HALEY se dirigió al centro de la ciudad hacia el monumento al World Trade Center el sábado por la mañana, la posibilidad de un embarazo se avecinaba en sus pensamientos. Era demasiado pronto para que un análisis de orina mostrara resultados y ella todavía no quería hacerse un análisis de sangre.

Ella tenía que agregarlo a la lista a favor de aceptar la oferta de trabajo. Ella sabía lo suficiente sobre bebés para reconocer que ser madre soltera no era para los débiles de corazón.

Era exactamente el tipo de cosas de las que le hubiera gustado hablar con su padre.

Su mamá era demasiado práctica. Inmediatamente enumeraría las opciones de Haley, las sopesaría y haría una recomendación. Para la mamá de Haley, las emociones que la habían puesto en esa situación serían menos importantes que el resultado y las perspectivas del niño. Incluso sin hablar con ella, Haley esperaría que su madre le aconsejara que entregara al niño en adopción. Su madre discutiría su argumento y luego esperaría una decisión, una racional, en quince minutos.

Sin embargo, el padre de Haley la habría escuchado. Él habría querido saber sobre Damon y por qué ella había rechazado su regla de sexo seguro con él. Él habría querido saber qué admiraba ella de Damon y cómo se sentía con respecto a esta concepción, y le habría preguntado gentilmente cuál pensaba que era la mejor solución. Él podría terminar recomendando el mismo curso de acción, pero su método para llegar allí sería totalmente diferente.

Y Haley necesitaba esa discusión. Ella se sentía extrañamente insegura. No eran solo hormonas. Ella tenía sentimientos encontrados sobre la perspectiva de trabajo en Illinois. Era una gran oportunidad y un sueño hecho realidad en muchos sentidos. Sonaba ideal. Por otro lado, le agradaba el equipo de este hospital y se sentía como en casa en Queens. Era su espacio y su vida, tal como era. No importa cómo lo mirara, unirse al resto de su familia se sentía como una rendición de su independencia, o tal vez incluso de su identidad. Su madre estaba segura de la decisión final de Haley, pero la convicción de su madre de que Haley tenía muy poco que dejar en Nueva York estaba mal.

A ella no le gustaba que Garrett hubiera interferido en absoluto en el proceso. Era un poco desconcertante descubrir que no lo admiraba tanto como había creído, y ciertamente ya no lo amaba. Ella sentía como si el Polo Norte se hubiera movido de repente.

Si ella aceptaba el trabajo, sería por el trabajo.

No hace mucho, esa habría sido una buena razón.

Haley sentía que Queens era su hogar, a pesar de que solo se había convertido en su hogar en la última década. Ciertamente, ella no tenía conexiones profundas en el vecindario. Ella trabajaba mucho. Haley tenía un gato rescatado y un apartamento casi vacío.

Pero era su vida y eso tenía que contar para algo.

Ella no podía soportar la posibilidad de no volver a ver a Damon nunca más. Ella sabía que tenía que hablar con él sobre el bebé si lo había, pero decidió esquivar el tema hasta estar segura. Tomar el trabajo en Illinois eliminaría cualquier posibilidad futura con él. Aunque Haley dudaba que tuvieran alguna posibilidad de futuro, no quería tomar una decisión final e irrevocable.

Quizás ella era más romántica de lo que se había imaginado.

El sábado por la mañana, Haley tomó el metro del centro y caminó las últimas cuadras, como siempre hacía, porque no se atrevía a tomar el metro hasta esa estación. Era un día claro y frío y se alegró de haber envuelto la rosa en plástico transparente. Estaba en un frasco de plástico con agua y todavía se veía bien.

Se le hizo un nudo en la garganta cuando se acercó al monumento, como siempre lo hacía, y caminó alrededor una vez, como siempre lo hacía. Ella inclinó la cabeza hacia atrás y miró hacia el cielo, donde solían estar las torres, luego miró hacia el agujero más oscuro del monumento donde habían terminado. Tragó saliva y bajó por un lado hacia el lugar que había ido a visitar.

Ella recordaba los nombres que significaban que se estaba acercando. Ella los murmuró en voz baja, luego se movió para caminar más cerca del borde. Ella se quitó el guante y pasó la yema del dedo por el frío borde del monumento durante los últimos tres metros.

Y ahí estaba.

El nombre de su padre, tallado en la piedra.

Cada año, una parte de ella deseaba que su nombre desapareciera. Ella se imaginaba que podría ser como una película, que descubriría un espacio donde había estado su nombre, luego se daría la vuelta en estado de shock, solo para encontrar a su padre detrás de ella, mirándola. Sus brazos estarían cruzados sobre su pecho; habría amor brillando en sus ojos y una sonrisa en sus labios. Ella gritaba de alegría y corría hacia él y él la levantaba alto, balanceándola incluso mientras él se quejaba de que se había vuelto mucho más grande. Luego ella lo abrazaría con tanta fuerza que tal vez nunca lo soltaría, olería su piel, sentiría su calor. Apoyaría la mejilla contra su pecho, como lo había hecho cuando era niña, y escucharía su corazón latiendo bajo su oído.

Pero el corazón de su padre ya no latía con fuerza.

Y, como todos los otros años, su nombre estaba justo donde ella lo recordaba.

Haley trazó las letras con la yema del dedo y lloró en silencio, como siempre lo hacía. Ella lloraba porque él se había ido. Ella lloraba porque él había muerto haciendo lo que amaba y lo que creía correcto. Haley lloraba porque había tantas cosas que deseaba haberle dicho, y tantas cosas que le hubiera encantado poder contarle desde su muerte. Lloraba porque su recuerdo más vívido de su padre siempre le llegaba justo antes de encontrar su nombre, en este lugar, en su cumpleaños. Ella sentía su presencia más fuerte ahí, con tanta fuerza que si cerraba los ojos, podía imaginar que él estaba a su lado, escuchando.

¿Podría ella soportar entregar eso?

Y así, como todos los años, Haley se apoyó en la piedra, trazando su nombre repetidamente con la punta de un dedo, y habló con su padre.

POR POCO DAMON casi no ve a Haley.

Ese sábado estaba abarrotado en el monumento, probablemente por el día de la semana y también por el buen clima. Él supuso que ella estaría en el lugar donde estaba grabado el nombre de su padre, pero él no buscó el apellido Slater para descubrir dónde podría estar. En cambio, él caminó alrededor del perímetro del monumento, sintiendo su efecto como lo había sentido cada vez que lo había visitado. Estaba a las tres cuartas partes del camino cuando la vio.

Ella agarraba la rosa en una mano y tocaba la piedra con la otra. Ella se había quitado el guante y él pudo ver que su piel estaba roja por el frío. Ella también estaba llorando, ajena a todos los que la rodeaban.

Él la miró durante un largo momento, su propio corazón se rompió al verla tan alterada. Él no podía arreglar nada y pensó por un momento que sería mejor dejarla con su dolor. Luego recordó el consejo de su padre sobre compartir energía y dar fuerza a los demás para ayudarlos a sanar. Damon pensó que Haley podría necesitar algo de él.

Él caminó hacia ella lentamente, sin querer asustarla.

Ella ni siquiera miró hacia arriba hasta que él estuvo justo a su lado, entonces se sorprendió. Ella parpadeó sorprendida, como si pensara que sus ojos la engañaban. Había llorado bastante, porque sus ojos estaban rojos e hinchados. "¿Damon?"

"Hola." Él ofreció la rosa roja de tallo largo que había traído, empaquetada en plástico transparente y con un frasco de agua en la punta. "Pensé que podrías necesitar otra".

"¿Pero cómo sabías que estaría aquí?"

"No lo sabía. Adiviné."

"¿Pero cómo?"

"Dijeron que solo había un día en que no tomarías un turno por nadie más. Pensé que tenía que ser un día especial para ti. Me preguntaba si podría ser el cumpleaños de tu papá."

Ella asintió con la cabeza y lloró de nuevo, luego buscó en el bolsillo de su chaqueta un pañuelo de papel. Ella se sonó la nariz, mirándolo. "Entonces, ¿por qué viniste?"

Ella no había cogido la rosa.

"Porque te debo una disculpa, de nuevo, y porque quería darte las gracias." Él tenía un regalo envuelto en su bolsa de mensajero para ella, así que indicó la bolsa. "Un tipo diferente de agradecimiento.". Él la miró, preguntándose qué estaría pensando y por qué dudaba, pero para su alivio, ella finalmente aceptó la rosa.

Ella la estudió, evitando su mirada, pero al menos no se apartó.

"Gracias por presionarme para organizar el funeral", dijo Damon, tranquilizado cuando Haley le lanzó una mirada. "La gente fue muy amable y ayudó.".

"Me alegro."

"Lamento no haberme acercado para invitarte".

"Yo estaba fuera de la ciudad."

Damon asintió. "Tengo toda esta energía del funeral para mi mamá, y pensé que podrías necesitar un poco." Él se quitó el guante y le ofreció la mano.

Haley vaciló solo un segundo antes de poner su mano en la de él.

"Tienes frío", le reprendió, luego la tomó en sus brazos. Haley no luchó contra él, solo se acurrucó contra él, con las manos y las rosas entre ellos. Él la sintió estremecerse. "Tienes mucho frío".

"Simplemente estoy triste, de verdad".

"¿Qué puedo hacer para ayudar?"

"Esto es bueno." Ella respiró hondo y luego lo miró. "¿Crees que es una locura?"

"¿Que vengas aquí? ¿No, porque debería?"

"Eso no."

"¿Entonces qué?"

"Que yo le hable".

"¿Es eso lo que estabas haciendo?"

Ella asintió con la cabeza, todavía cautelosa. "Le digo lo que me molesta y le pido consejo".

Esto fue dicho como un desafío, aunque Damon no podía entender por qué. "¿Él te responde?"

"No directamente. A veces recuerdo algo que él me dijo antes y eso ayuda." Ella parecía indecisa, lo cual no era característico.

"¿Quieres decirme qué te molesta?"

"No estoy segura de que quieras saberlo".

"Eso suena siniestro".

"No está destinado a serlo. Simplemente prefieres mantener todo a distancia." "Estoy tratando de hacerlo mejor que eso". Damon sonrió un poco cuando ella lo estudió. "Llamé al terapeuta con el que trabajé antes y volveré para una sesión intensa."

"Eso suena prometedor".

"Él no está dando ninguna garantía, pero tú me ayudaste a ver que necesito pedir ayuda." Sus miradas se aferraron durante un largo momento.

"Recibí una oferta de trabajo", dijo Haley. "En Illinois. Él trabajo soñado."

No había tanto entusiasmo en su voz como él hubiera esperado.

Damon asintió, recordándose a sí mismo que no podía prometerle nada, todavía no. "Entonces, ¿es hora de empacar e irse?"

Haley respiró hondo y se alejó. "Ninja tiene sentimientos encontrados al respecto."

"Supongo que tu mamá se alegrará de tenerte más cerca".

Haley asintió, mirando el monumento. El silencio se extendió entre ellos y Damon finalmente se aclaró la garganta. "Hoy hace frío. Ya sabes, solía haber un gran lugar de tapas justo allí y a la vuelta de la esquina. ¿Qué tal si almorzamos? ¿Una copa de vino, algo picante para calentarnos?"

"Eso sería bueno", dijo Haley, luego hizo un gesto hacia el monumento. "Yo solo..."

"Lo sé. Tómate tu tiempo."

Damon dio un paso atrás y la miró, asombrado de que ella pudiera parecer tan pequeña y vulnerable. Él había pensado en ella como remilgada; la había considerado una pequeña tigresa; había sido mordido por ella y la había abrazado con fuerza mientras ella se rendía al placer. Él quería ver a Haley de todas las formas posibles, pero primero tenía que asegurarse de estar curado.

Él no ofrecería más de lo que pudiera dar, por mucho que se sintiera tentado a hacerlo. Haley ya estaba bastante herida. Él no le volvería a hacer daño.

Damon vio cómo ella trazaba el nombre de su padre con las yemas de los dedos de nuevo, moviendo los labios aunque él no podía escuchar sus palabras. Ella desenvolvió la rosa que él había traído, la besó y luego la arrojó a la fuente. Damon la perdió de vista casi de inmediato. Luego ella hizo lo mismo con la segunda, la que ella había traído. Esta vez, Damon estaba seguro de que ella decía "Te amo" antes de tirar la rosa. Ella se quedó mirándola durante un largo momento y luego inclinó la cabeza. Él vio sus lágrimas fluir, luego ella se enderezó y se secó las mejillas.

Haley volvió a ponerse el guante y se volvió hacia él, con una sonrisa vacilante en los labios. "Está bien, estoy lista", dijo ella y Damon no pudo evitar tomar su mano en la suya.

Él se dijo a sí mismo que solo le estaba calentando los dedos, pero sabía que era más que eso. Ella era la indicada para él, pero tenía que ser lo suficientemente fuerte para merecerla.

Su terapeuta iba a descubrir que Damon era un paciente muy motivado.

EL BAR de tapas estaba oscuro y cálido y no estaba demasiado lleno. Olía maravilloso y Haley se dio cuenta de que tenía hambre. Consiguieron un reservado en un rincón tranquilo y ella dejó que Damon ordenara. Cuando la mesera se fue, él abrió su bolsa de mensajero. "Esto es para ti, mi forma de darte las gracias", dijo él y ella tuvo la sensación de que él se sentía incómodo.

El paquete era cuadrado y estaba envuelto en papel normal. Era pesado y Haley supo tan pronto como lo aceptó que el borde exterior era un marco.

"¿Es uno de tus dibujos?" preguntó ella antes de recordar que se suponía que no los había visto.

Damon sonrió lentamente. "El mejor que he hecho en mucho tiempo".

¿Y por qué se lo estaba dando a ella? ¿Cómo recuerdo? Haley no podía adivinar. Ella abrió el papel con cuidado para poder volver a sellarlo y llevárselo a casa. El marco era negro y sencillo, como los de la habitación de su madre.

El dibujo era de ella.

Haley lo miró asombrada. Ella estaba segura de que nunca se había visto tan bonita como él la había dibujado, y dudaba que su cabello estuviera alguna vez tan enredado y exuberante. Ella casi tocó el cristal con las yemas de los dedos, maravillándose de que él pudiera crear un dibujo que se parecía tanto a una fotografía.

"Estoy dormida", dijo ella, alzando la mirada hacia él.

"Estás soñando", respondió él con una sonrisa.

"Parece que es un buen sueño. Estoy sonriendo un poco ".

"Estás radiante. Sé que es un buen sueño." Él pasó las yemas de los dedos por el marco y frunció el ceño. "Sé que dices que no crees que el verdadero amor sea para ti y que no existe tal cosa como para siempre. El problema es que creo que sí crees en las sirenas. Creo que alguien te lastimó y entonces tratas de olvidar lo que crees, pero en tu corazón, lo haces."

"No entiendo."

Damon levantó la mirada hacia ella. "Así es como te ves cuando susurras su nombre."

Haley se sorprendió. Ella miró la imagen y se dio cuenta de que eso era lo que la hacía lucir tan diferente. Ella parecía una mujer locamente enamorada, pero nunca se veía a sí misma con esa expresión porque la encerraba.

Y estaba mal. Ella se había equivocado. Ella ya no amaba a Garrett, ya no. Quizás nunca lo había amado tanto como había creído. A ella le había encantado la idea de él, o tal vez el recuerdo de él, pero él ya no tenía su corazón.

"Garrett está divorciado", dijo ella sin tener la intención de hacerlo. "Él está ahí."

"¿Dónde está el trabajo?" Preguntó Damon, pero no esperó más que un asentimiento. "Entonces es el destino"

Era el destino, pero no era Garrett a quien amaba Haley.

Era a Damon.

El vino llegó entonces y el momento en que ella podría haberle dicho a Damon la verdad se le escapó. Él cambió de tema después de que la camarera se fue, preguntándole dónde habían vivido cuando ella era una niña, preguntando por sus hermanos y hermana y su mamá, evitando todos los temas excepto el que ella quería hablar.

Él pareció tomar su partida como un trato hecho, algo fuera de toda duda. Tomaron el tren a casa y caminaron hasta su apartamento, Damon cargaba con el dibujo enmarcado. Él la dejó en la puerta, saludando a Ninja y luego mirándola a los ojos por última vez. "Buena suerte, Haley", dijo, luego se alejó.

Haley lo vio irse, apretando el dibujo contra su pecho, y no pudo llamarlo. Resultó que el único riesgo que no podía correr era pedirle a Damon lo que quería.

Él no había intentado convencerla de que se quedara.

Él no había intentado hacerla cambiar de opinión.

Ella sabía que si le decía que podía estar embarazada, él haría lo correcto, pero quería que Damon la quisiera por ella, no por su deber. Ella quería que él tuviera la libertad de seguir su terapia, fuera la que fuera. También quería ser justa con su hijo, si es que iba a tener uno. Era un desastre, no importaba cómo lo mirara, pero Haley no podía lamentar nada de estar con Damon.

Incluso si su relación le había complicado la vida. Ella se sentía más viva. Damon la había descongelado y le había enseñado a rendirse a la pasión y al impulso. Él le había recordado cómo era vivir, respirar y tocar.

Ella le avisaría cuando volviera a trabajar el lunes.

Haley se volvió para abrir la puerta de seguridad, sabiendo que había tomado una decisión difícil, pero la correcta. Todavía la dejaba con la sensación de que había levantado el ancla y estaba a la deriva, pero eso era solo un cambio.

No se trataba de Garrett. Se trataba de conseguir un buen trabajo. Empezaría de nuevo.

Quizás ella llevaría a su hijo a conocer a su abuelo en un año.

Tal vez ella verificaría con Damon entonces.

Parecía un millón de años en el futuro.

TRECE

Nate planeó su día en F5F con la precisión de una invasión.

Esa era su mejor oportunidad previsible de conocer mujeres e iba a hacer que valiera la pena.

Él razonó que las mujeres de su edad tendrían trabajo, por lo que eligió un sábado.

Pensó en ir cuando Damon regresara de Boston, pero no podía esperar tanto. Entraría solo y estaría bien.

Él estudió detenidamente las descripciones de las clases publicadas en el sitio web de F5F, buscando las que tenían más probabilidades de tener mujeres inscritas. Pilates. Zumba. Spin. Aquafit. Yoga en todas sus variantes: hatha, ashtanga, moksha, anusara, kundalini, bikram y más. Quizás una de principiante sería mejor para él. Él se sentía atraído por el nado de pecho y la pared de escalada, pero pensó que sería difícil hablar con las mujeres en cualquiera de ellos. Estaba seguro de que las salas de pesas estarían tan bien equipadas que pensaría que había muerto y se había ido al cielo, pero estaban divididas por género en F5F. Él debatió el mérito de correr la pista. Estudió el horario de clases en la aplicación, decidido a aprovechar al máximo cada momento en el club.

No había sido fácil tener un sábado libre en la tienda, pero su tío finalmente había cedido.

Nate todavía estaba ajustando su plan para el día mientras viajaba en el metro del centro. Él llevaba la prótesis que la gente encontraba menos preocupante, la que parecía la mano de un maniquí de vidriera. Él no lo encontraba tan útil como sería ideal, así que había empacado la que llamaba El gancho. La necesitaría si quería hacer algún ejercicio serio, pero Nate sabía por experiencia que aterrorizaba a las mujeres.

Trish no había podido correr lo suficientemente rápido.

Cassie estaba enseñando la primera clase de yoga que Nate tomó y lo saludó calurosamente.

"¿Primera vez?" preguntó la linda pelirroja a su lado.

"Sí. Pensé que sería bueno para mí."

"Es genial, aunque parece imposible al principio. No te desanimes ", le dijo ella y le dio una sonrisa de aliento. Eso funcionaba para Nate a lo grande.

Cuando Cassie se dio cuenta de que era su primera vez, lo invitó al frente para ayudarlo con sus poses. Nate tenía la atención indivisa de veinticinco mujeres, pero hubiera sido mejor si hubiera logrado una sola pose.

"Un gran aplauso para mi asistente de enseñanza", dijo Cassie al final de la clase y le dio un beso en la mejilla.

"Estuviste genial", dijo la pequeña pelirroja mientras salían de la clase. "Será más fácil la próxima vez".

"¡Gracias!" Dijo Nate, pero ella se estaba alejando apresuradamente. Ella lo saludó con la mano y luego se metió en el vestuario de mujeres.

"Melanie tiene nado de pecho", dijo alguien y Nate se volvió para encontrar a Kyle a su lado. El otro hombre sonreía. "Todos tienen sus rutinas".

"Tal vez necesito nadar algunas vueltas", dijo Nate, pero Kyle se interpuso en su camino.

"Conozco esa mirada", dijo él, su voz era un murmullo bajo y su mirada fija.

"¿Cuál mirada?"

"Mujeres", dijo Kyle, luego emitió un ronroneo entre dientes. Él vio a dos mujeres entrar en la sala de yoga y Nate hizo lo mismo. Suspiraron simultáneamente con admiración y las mujeres se rieron.

"Mujeres", asintió Nate, sabiendo que había encontrado un espíritu afín. "No conozco a muchas de ellas en el trabajo".

"¿A qué te dedicas?"

"Ayudo en la tienda de artículos de caza de mi tío." Él levantó una mano. "Es un buen trabajo. Paga bastante bien. Muchas horas."

"Pero nada de dulces para la vista".

Nate negó con la cabeza.

Kyle asintió con simpatía. "Entonces, quieres que tu día aquí cuente a lo grande".

"Bueno, ese era el plan."

"¿De verdad quieres ser el payaso en la clase de yoga que no tiene los movimientos?"

"Es mejor que la lástima".

Kyle asintió y luego señaló la prótesis de Nate. "¿Qué tan fuerte es esa cosa?"

"No lo es. Necesito El gancho para hacer las cosas realmente ".

Kyle arqueó una ceja. "¿Tiene el aspecto que creo que tiene?"

Nate suspiró y asintió. "Envié a mi prometida corriendo hacia las colinas."

"Bueno, entonces no la necesitabas", dijo Kyle con tono despectivo. "Mira. Estoy pensando en el muro de escalada."

"¡Yo también!" Admitió Nate. "Se ve impresionante."

"¿Lo podrías hacer?"

"Por supuesto." Él hizo una mueca. "Con el gancho".

Kyle asintió, tomó una decisión. "Okey. Competiré contigo hasta la cima. Reúnete conmigo allí a las 10:45. Nos arreglaremos y correremos a las 11. "

"Pero necesitaré El gancho".

Kyle miró su reloj. "¿Te lleva más tiempo prepararte?"

"No pero..."

Kyle se inclinó más cerca. "Separa el trigo de la paja de una vez, Nate. Las mujeres que importan estarán más interesadas en que me patees el trasero que en que lo hicieras con El Gancho."

Nate sonrió. "Está bien. Estoy en eso. Prepárate para perder."

NATE NO ESPERABA UNA AUDIENCIA, pero tenían una. Para cuando se acercó a la base del muro, había una multitud reunida para mirar. Kyle estaba llamando a más miembros a medida que pasaban y Nate se dio cuenta de que les había estado contando a todos sobre su desafío.

Él tenía El Gancho puesto y pensó que se veía imponente. Sin embargo, Nate sabía que esa opinión no era universal.

El tipo que supervisaba la pared los instaló a ambos y le mostró a Nate cómo cada asidero tenía una pequeña depresión. Su nombre era Tom y estaba realmente en forma. Había una mujer negra vestida de rosa con una cámara y otra mujer de cabello corto y oscuro tomando un trillón de fotografías.

Entonces, habría evidencia. Él era bueno en eso.

Nate se alegró de que El Gancho tuviera un agarre texturizado en el interior. Él se paró en la parte inferior y miró hacia la pared, asombrado de encontrar una tan alto en la ciudad.

"¿Todo bien?" Preguntó Kyle en voz baja.

"Te van a patear el trasero tan mal", dijo Nate y Kyle se rió.

Él se volvió hacia la multitud. "¿Escucharon eso? ¡Nate cree que me va a ganar!" Hubo risas y vítores. "Elijan su escalador: Kyle o Nate." La gente empezó a corear nombres, la mayoría cantando para Kyle. Nate escuchó a algunas personas decir su nombre y miró por encima del hombro.

La linda pelirroja estaba al frente. Ella le dio un pulgar hacia arriba.

Ella no debía haber notado El Gancho.

Nate volvió su atención a la pared, eligiendo su curso incluso antes de que comenzaran. Tom hizo una cuenta regresiva, luego hizo sonar un silbato y se fueron.

Él se abalanzó sobre la pared como una araña, casi catapultando la altura de la misma. Él sabía sus próximos tres movimientos en cualquier momento, pero se sorprendió de que Kyle se quedara atrás. Él escuchó a Kyle maldecir y supo que el socio no tenía intención de perder. No se trataba de lástima. Era una pelea limpia y Nate la iba a ganar.

Él subió por la pared. Su agarre se resbaló, pero se contuvo y evitó caer, aunque el arnés no lo hubiera dejado caer. Kyle avanzó un poco sobre él en ese precioso momento. Estaban a mitad de camino de la pared, con

Nate solo un poco más adelante. A dos tercios del camino hacia arriba, él tomó una clara ventaja. Escuchó un grito desde abajo y se coreó su nombre.

Él se abalanzó sobre la parte superior de la pared, moviéndose más rápido de lo que hubiera creído posible y agarró el borde en la parte superior. Se incorporó y soltó un rugido sin pensar en ello. "¡Oooo-rah!"

La multitud de abajo tomó el grito.

Kyle se subió a la cima junto a Nate, su respiración estaba acelerada y su cabello estaba húmedo. "Maldita sea, eres rápido", dijo él.

"¿Qué te tomó tanto tiempo?" Nate preguntó con una sonrisa.

Se rieron juntos y llamaron a sus aseguradores, luego bajaron en rápel por la pared, Nate primero. Tom, que supervisaba el muro, le dio un choque de palmas, sin inmutarse ni un poco con El Gancho. La pelirroja aplaudía, sus ojos brillaban. "¿Eres un infante de marina?" preguntó ella, su aprobación de eso más que clara.

"Lo fui. Estoy retirado del servicio activo."

Ella ni siquiera miró su mano, pero le ofreció la suya. "Soy Melanie".

"Nate".

Ella sacudió su prótesis como si no fuera gran cosa, pero sus siguientes palabras prácticamente eliminaron su optimismo. "¿Alguna vez has oído hablar de la biblioteca humana?"

Nate negó con la cabeza.

"Es un programa en el que las personas son los recursos compartidos. Está diseñado para superar prejuicios y suposiciones. Doy clases de sexto grado en una escuela en Nueva Jersey y tratamos de tener un día de biblioteca humana cada dos meses. La idea es que alguien venga y responda preguntas sobre lo que los hace diferentes. Es genial para los niños. Se mueven y hablan con cada persona."

Nate levantó el gancho. "¿Quieres que hable sobre vivir con esto?" Realmente él no quería estar en un espectáculo de fenómenos. Él sentía que vivía en uno todos los días de su vida.

Pero ella era linda.

"¡No! Quiero que vengas y hables sobre ser un infante de marina ", dijo Melanie, su mirada fija en la de él. "¿Qué te hizo elegir alistarte? ¿Cómo fue? ¿Cuál fue la mejor parte? Creo que sería genial."

"Claro", dijo Nate, tranquilizado. "Yo podría hacer eso". Ella sacó su teléfono para intercambiar números con él y Cassie apareció al lado de Nate.

"Estoy tan contenta de que hayas vencido a Kyle", dijo ella. "Es bueno para él ser humillado de vez en cuando."

"Quizás me dejó ganar".

Cassie se rió. "No. Eres rápido y asombroso ".

"Spider-Man", estuvo de acuerdo Melanie.

Nate supuso que todo su entrenamiento de comando era bueno para algo.

"Hola, soy Meesha", dijo la mujer de rosa con una sonrisa brillante. Ella le ofreció la mano y también estrechó El gancho.

"Diosa de las redes sociales para F5F", susurró Cassie y Nate asintió entendiendo.

"¿Te importa si usamos algunas imágenes tuyas en nuestras redes sociales?" Meesha preguntó: "La gente estaba realmente interesada en esto y me encantaría compartir eso".

"Seguro."

Ella hizo un gesto a la mujer de cabello oscuro con la otra cámara. "Shannyn también tiene un montón de fotos. Puedes elegir lo que quiere que mostremos."

"Haz lo que quieras", dijo Nate. "Estoy bien con eso".

La sonrisa de Meesha brilló. "Prepárate para ser famoso", dijo ella, ofreciéndole un puñetazo. "Vas a ser tan compartido".

Nate miró a Melanie, quien sonrió y asintió. "Oh, sí", dijo ella, dándole una mirada agradecida y sonrojándose un poco.

Era oficial. Él estaba en el cielo.

"¿Podemos hablar de ti posando para un anuncio de F5F para nuestro nuevo descuento para personas del servicio militar?" Preguntó Cassie.

"¿Yo? ¿Veinte pisos de altura?

"Absolutamente", dijo Cassie. "Escalando esa pared, luciendo engreído como el infierno".

"¡Sí!" Melanie asintió con una sonrisa solo para Nate.

"Claro", dijo él. "Estaría encantado."

"No lo hagas gratis", le aconsejó Kyle en voz baja. "Haz que ella te dé una membresía de por vida".

"Hecho", dijo Cassie.

"Bien, porque mis posturas de yoga necesitan un trabajo serio", dijo Nate, sintiendo como si su suerte hubiera cambiado de una manera seria.

"Tengo algo de tiempo antes de mi próxima clase", dijo Melanie. "Si quieres ayuda".

"¡Gracias!" Nate había esperado que ese día en F5F cambiara las cosas, pero no esperaba que cambiara todo. Él le debía un gran agradecimiento a Damon, pero claro, Pérez siempre se había preocupado por el equipo.

HALEY IBA al aeropuerto con su hermana el domingo por la mañana cuando notó que estaban reemplazando la valla publicitaria de F5F.

Tiff había llegado al apartamento de Haley el miércoles anterior como un huracán azotando la playa. A los cinco minutos de haber cruzado la puerta, todas las superficies horizontales estaban cubiertas con sus cosas. Haley había ocultado su frustración, sabiendo que su hermana no se quedaría mucho tiempo, pero Ninja no toleró la invasión. Le había dado un manotazo a las cosas de Tiff, enviándolas al suelo y haciendo espacio para él en el mostrador, la mesa y el alféizar de la ventana.

Los dos habían estado en guerra durante toda la visita.

Por el lado positivo, Ninja se había acostumbrado a acurrucarse contra Haley mientras dormía, vigilándola durante toda la noche. Tiff decía que ella debería haber llamado al gato Sauron, pero Haley no creía que Ninja fuera malvado en absoluto.

Habían sido cuatro largos días, pero Tiff tenía su vestido, encontrado en una venta ambulante por un precio ridículo, y el triunfo temprano había significado que las hermanas tenían tiempo para ser turistas en Nueva York. También habían visitado el monumento juntas.

"Entonces, ¿qué pasa con el tipo que hizo el dibujo?" Tiff preguntó de nuevo mientras Haley miraba por la ventana hacia la valla publicitaria. "¿Es el hombre que no es un hombre o no?

La imagen de Damon había sido eliminada, y había una pareja en esa. El tipo estaba mirando hacia afuera, su mirada ardía, y abrazaba a una mujer. Ella parecía casi orgásmica y estaba a punto de tocarle el pecho con los labios. Llevaban anillos de boda y ambos estaban extraordinariamente en forma.

Obtén suerte en F5F.

Era una gran foto sexy, pero Haley ya extrañaba la de Damon. "¿Qué hombre que no es un hombre?"

"El que Brad me dijo que buscara". Tiffany le dio a Haley una mirada atenta. "El que podría convencerte de quedarte en Nueva York".

"No lo hizo. Acepté el trabajo ".

Tiffany negó con la cabeza. "Confía en ti para elegir el trabajo sobre el amor".

"¿Quién dice que lo hice?"

Ese dibujo. El tipo que hizo eso está loco por el tema. Esa eres tú, en caso de que lo hayas olvidado ".

Haley se sintió nerviosa. "No lo creo. No le interesa el compromiso... "

"¿Y a ti?"

Haley no estaba segura de qué decir.

Tiffany hizo una mueca. "No es Garrett, ¿verdad? Porque sería diecisiete tipos de errores si terminas con él después de lo que te hizo."

"No es Garrett".

"¡Bien! No dejes que mamá te diga lo contrario." Condujeron en silencio por un momento. "¿Fue tu gato el que lo asustó?"

"Bueno, a Ninja no le gustan las visitas".

"Ninja. Realmente deberías llamarlo Sauron. Pude ver ese ojo brillando en la oscuridad toda la noche, todas las noches."

"No pensaba que estuvieras despierto mucho".

"Cada vez que lo estaba, él me miraba". Tiffany se estremeció. "No sé lo que ves en esa bestia".

"Me gusta él. Compartimos la afición por el pescado ".

Tiffany se rió y luego tocó a Haley. "¿Y de qué se trata la sirena?"

"Tienes muchas preguntas esta mañana."

"Y tú tienes un montón de secretos. Nunca pensé que fueras tan interesante. Haley Slater con un tatuaje." Tiffany negó con la cabeza, sonriendo.

"Me emborrachaste y te aprovechaste de mí."

"Ni siquiera sabía que era posible emborracharte". Tiff suspiró. "Aunque te pusiste un poco malhumorada, hermana".

"Lo siento."

"¿Y la sirena?"

"Es una especie de broma privada. Un recordatorio."

"UH Huh." Estaban entrando en el aeropuerto y Haley pensó que el interrogatorio podría haber terminado. "Entonces, ¿le dijiste?"

"¿Decirle qué?"

"Que lo amas".

"No puedo hacer eso. No sería justo ".

"Porque él no quiere un compromiso".

"Porque... bueno, porque. Es complicado."

"Siempre lo es cuando importa". El taxi se detuvo junto a la acera y Tiffany pagó el pasaje a pesar de las protestas de Haley. Sin embargo, no salió del taxi. "Entonces, díselo", dijo.

"¿Decirle a quién qué?" Preguntó Haley, aunque lo sabía.

Tiffany arqueó las cejas.

"Vas a perder tu vuelo".

"Entonces será mejor que lo llames pronto. No se sabe qué hará ese gato si aparezco de nuevo." Tiffany sonrió, su actitud expectante.

"No hay razón para llamarlo", dijo Haley, porque era cierto. Su período había comenzado el día anterior. Ella no tenía excusa para llamar a Damon y no quería hacer ningún tipo de confesión por teléfono.

"Entonces perderé mi vuelo. Eh. Bueno, podemos compartir la cama por otra noche."

Haley miró a su hermana, quien le devolvió la sonrisa. "Estás siendo agresiva."

"Te estoy recordando lo que ya sabes. Papá me dijo una vez que puedes quedarte parado y ver pasar el desfile o puedes unirte y marchar con los demás." La mirada de Tiffany se mantuvo firme. "Gracias a Garrett, has estado viendo el desfile durante demasiado tiempo."

Haley frunció el ceño mientras miraba a la gente en la acera. "¿No tienes miedo? ¿No te preocupas a veces de que Stefan no vuelva a casa?"

"¿Cómo papá no lo hizo?" Tiff le dio a Haley una mirada dura. "¿Cómo Garrett no lo hizo?"

"Él regresó."

"Recién casado con otra persona. Ese no era el plan." Tiff se miró las manos y Haley supo que estaba componiendo sus pensamientos. "Lo pienso. Quiero decir, veo las sorpresas de la vida cada vez que trabajo en un turno. Pero aquí está la cuestión: quiero cada momento con Stefan que pueda tener, independientemente de lo que depare el futuro."

Haley lo entendía

Tiff le dio un golpe en el hombro. "Quizás el hombre que no es un hombre no quiere un compromiso, pero déjalo decidir con toda la información. Únete al desfile, Haley. Papá querría que lo hicieras."

Haley buscó en su bolso su teléfono y respiró hondo antes de llamar al número de Damon.

"Incluso en marcación rápida", murmuró Tiffany con una expresión angelical.

"Cállate." La llamada fue inmediatamente al buzón de voz y Haley pensó que probablemente era algo bueno. Ella cerró los ojos, disfrutando del sonido de la voz de Damon, incluso en una grabación. "Hola, soy Haley", dijo ella cuando llegó el momento de dejar un mensaje. Ella odiaba lo jadeante que sonaba. "Gracias por el dibujo. Y, um, sólo quería decirte que um, me hice un tatuaje. De una sirena. Porque tal vez tengas razón y tengas que creer para encontrar una." Ella tragó. "Y te amo. Si cambias de opinión sobre las posibilidades y las promesas, llámame." Ella terminó la llamada y miró a Tiffany con la boca seca. "¿Contenta?"

"Mi corazón se acelera. De verdad, Haley, no exudabas calidez exactamente."

"¡Bueno, no tuve tiempo de prepararme!"

"Tal vez mejorarás con la práctica", dijo Tiffany con una sonrisa traviesa. "Te amo, hermana." Le dio a Haley un abrazo y un beso. Nos vemos en un par de semanas, a menos que él acepte esa oferta.

Y luego se fue, girando para saludar antes de entrar en la terminal.

Haley la vio echarse a correr, como si acabara de darse cuenta de que llegaba tarde.

Le serviría bien Tiffany perder su vuelo.

Haley pensó en la valla publicitaria mientras el taxi regresaba a Queens. Ella sostuvo su teléfono con fuerza pero no sonó.

Obtén suerte en F5F.

Los anillos eran la gran diferencia. Esos dos estaban juntos todo el tiempo.

Su tiempo con Damon, sin embargo, había sido solo una cosa temporal.

Él no iba a devolverle la llamada. Él cumplía su palabra.

Pero él la había animado a que se arriesgara y comenzara de nuevo. Quizás eso era lo importante.

Haley no estaba convencida, pero se dijo que debía acostumbrarse.

Damon era parte de su pasado.

Era curioso cómo tener su carrera como el centro de su vida, incluso con el trabajo de sus sueños, ya no se sentía tan ideal.

CATORCE

Después de poco más de un mes de terapia, Damon regresó de Boston, confiando nuevamente en que podría vencer sus pesadillas. Él se sentía más fuerte y resistente. El terapeuta estaba convencido de que Damon estaba en el camino correcto. Él mismo había estado seguro, incluso antes de recuperar su teléfono y escuchar el mensaje de Haley.

Te amo.

Ese era todo el estímulo que él necesitaba.

Aun así, Damon lo escuchó una docena de veces.

Su primera parada fue en F5F, donde se puso al día con todas las noticias de Cassie y Kyle y, por supuesto, de Meesha. La tienda de tatuajes del vestíbulo también estaba abierta.

Hablando sobre una tienda única.

Damon llamó a la puerta de la tienda de tatuajes y la mujer rubia de atrás se dio la vuelta. Ella estaba vestida de cuero negro con una tonelada de delineador de ojos. Llevaba una camiseta rota y puntas rosas en el pelo. Parecía tan amigable como el gato de Haley, así que él decidió no hacer ningún comentario sobre la muerte del punk rock. "Hola. Soy Damon Pérez, uno de los socios de F5F."

"Chynna", dijo ella, ofreciéndole la mano. Sus dedos estaban fríos y su mirada evaluativa. "Eres el tipo de diseño, ¿verdad?"

"Correcto."

"¿Entonces? ¿Qué opinas del resultado?" Ella indicó la tienda.

"Se ve genial. Más grande y brillante de lo que esperaba." Su diseño había sido en blanco y negro, un piso negro con las fases de la luna en blanco y muchas baldosas de vidrio negro en las paredes que brillaban como si estuvieran llenas de estrellas. Había corazones rojos esparcidos en lugares clave. Él había designado una pared para las fotografías de su portafolio y realmente le gustaba cómo se veían, enmarcadas en negro como el arte que eran. Chynna había agregado cortinas de terciopelo de tamaño entero en rojo intenso, en caso de que un cliente quisiera privacidad y muchas luces de colores. El nombre de la tienda, Flatiron 5 Tattoo, llenaba la pared trasera con neón rojo e incluso había un pequeño corazón de neón al final que palpitaba.

El tatuaje que ella regalaba era un pequeño corazón, después de todo.

"El espejo de pared fue una gran idea y me encanta el mosaico de azulejos de vidrio." Chynna sonrió. "Deberías verlo de noche cuando las luces de colores están encendidas".

Damon asintió. "Lo haré. ¿Está abierto?"

"Extraoficialmente. Resolviendo los problemas."

"¿Cuándo es la inauguración oficial?"

"El 31. Esa será la próxima luna llena."

"¿Alguna posibilidad de que puedas hacerme un tatuaje antes de eso?"

Chynna asintió. "¿Tienes un diseño en mente?"

Damon desdobló su dibujo. Él había vuelto a dibujar el tatuaje original de todos esos años atrás, el que cubría el tribal. "Tenía este antes", explicó él, contándole la historia detrás de él. "Lo quiero en el otro brazo con un memorial debajo."

"Alguien que no volvió a casa", dijo ella, comprendiendo de inmediato. "¿Tienes tiempo ahora?"

"Seguro."

Ella le hizo una seña, con un nuevo propósito en sus modales. "Quítate la camisa y déjame ver el lienzo."

DAMON NO QUERÍA HABLAR con Haley por teléfono la primera vez. Él quería verla en persona. Él compró un gran ramo de rosas rojas en una floristería local, soportando los comentarios sobre el amor y felices para siempre con más buen humor del que podría haber tenido un año antes. Él le hizo señas a un taxi, temiendo por las rosas en el frío.

El taxista echó un vistazo y ahogó una sonrisa. "Un poco tarde para el día de San Valentín, ¿no?"

"Solo espero no llegar demasiado tarde", admitió Damon, porque era verdad.

El viaje en taxi fue afortunadamente corto. Su corazón latía aceleradamente cuando se acercaron al edificio de Haley y mil dudas lo asaltaron. Ella podría estar trabajando. Ella podría haber salido con amigos. Ella podría tener una cita con otro hombre.

Ella podría estar con otro hombre.

No importaba. Incluso si lo mejor que podía hacer era agradecerle debidamente, eso era lo que haría. Él pagó el pasaje y se quedó un momento en la acera, reuniendo coraje. Él miró hacia su ventana y frunció el ceño.

Había cortinas en la ventana en lugar de persianas.

Él pudo ver un jarrón azul lleno de palos y flores falsas que no se parecía a algo que Haley tendría en su apartamento.

Y no había ningún gato sentado en el alféizar.

¿Ella había aceptado ese trabajo, el de Garrett?

¿Y su mensaje?

El pánico se apoderó de Damon.

Él se dirigió al vestíbulo y comprobó el tablero. El nombre de Haley ya no estaba allí, ya no. Él llamó a la unidad del superintendente, pero no hubo respuesta. Él se dio la vuelta en el vestíbulo del edificio, preguntándose qué hacer, luego vió al superintendente en el vestíbulo de más allá. Él golpeó el cristal y el hombre mayor miró hacia arriba, luego sonrió al reconocerlo. Apoyó la fregona contra la pared y se dirigió hacia la puerta de seguridad, tardando unos mil años en hacerlo.

Su mirada se posó en las rosas, cuidadosamente envueltas en plástico transparente, luego negó con la cabeza. "Llegas demasiado tarde, hijo. Ella se ha ido."

"¿Ido? ¿Se ha ido a dónde?

"Ella tomó un trabajo en otra ciudad. Olvidé dónde."

"Illinois", dijo Damon entre dientes.

"Quizás. Todo lo que me importaba era que ella se mudaba y tenía prisa. Realmente es una lástima. Ella era una buena inquilina. Siempre pagaba el alquiler a tiempo. Tranquila." Él asintió. "Buena muchacha."

El pecho de Damon estaba tan apretado que no podía respirar. "¿Cuándo?"

"Ella pagó hasta febrero, pero se fue a mediados de mes." Él señaló las rosas con la cabeza. "Apuesto a que te costaron caras en esta época del año".

"No importa. Gracias." Damon se alejó, sus pensamientos dando vueltas. Él sacó su teléfono y llamó al número de Haley, pero estaba fuera de servicio.

Mierda.

El hospital.

Él llamó a la sala de oncología, que todavía estaba programada en su teléfono. La enfermera que mejor recordaba contestó el teléfono, porque reconoció su voz. "¿Es Khadija?" preguntó él, tratando de no parecer apresurado.

"Puede ser."

"Hola. Este es Damon Pérez. Quería agradecerles a ti y al equipo por cuidar tan bien a mi mamá."

Su voz se calentó de inmediato. "De nada. Ella era una dulzura. Todos lamentamos su pérdida. Y gracias por la canasta de regalo. Esos chocolates no duraron mucho."

"De nada. Realmente aprecio todo lo que hiciste allí para mantenerla cómoda."

"Es lo que hacemos".

Damon se aclaró la garganta. "¿Te acuerdas de la otra enfermera que le dio un par de masajes a mi mamá? Su nombre era Haley y estaba en otro departamento. Yo también quería agradecerle a ella. ¿Sabes cómo puedo llegar a ella?

"Oh, Haley ha dejado el hospital. Ella consiguió otro trabajo. Gran trabajo, de hecho, dirigiendo un nuevo departamento para ofrecer terapias alternativas a los pacientes."

"Como un masaje terapéutico".

"¡Exactamente! Era perfecto para Haley."

"Pero ella tuvo que mudarse, supongo."

"Sí, era en Illinois. Ese hospital tiene una excelente reputación y su familia también está allí."

"Eso facilitaría la mudanza".

"Supongo que sí." Khadija suspiró. "Sin embargo, lamenté verla irse, al igual que todos los demás. El hospital de aquí se ofreció a crear un puesto equivalente para ella, pero estaba decidida a irse."

"Quizás ella quería estar más cerca de su familia".

"Quizás. Solo entre tú y yo, creo que había un hombre del que quería alejarse. Ella parecía estar enamorada de él, pero no era mutuo."

Damon hizo una mueca. "Eso es muy malo. Ella parecía muy agradable ".

"Haley es agradable. Lamento no poder darte una dirección de envío para ella. Eso cae bajo la política de privacidad del hospital." Ella hizo una pausa. "Probablemente no debería haberte dicho todo eso."

"Aunque te lo agradezco. Gracias por tu ayuda. Podría probar la asistencia de directorio."

"No puedo hacer daño". Khadija bajó la voz y susurró el nombre de un hospital de la ciudad.

Damon sonrió, sabiendo que era donde había ido Haley. "Muchas gracias."

"De nada. Sé que ella estará encantada de saber de ti. Cuídate, señor Pérez:"

Damon se dirigió a la estación de metro, sacando un mapa en su teléfono. Él no iba a reservar un vuelo, no con otra tormenta de nieve que se avecinaba, y de todos modos no había muchos vuelos directos. A él nunca le habían gustado los trenes y, en este caso, eran demasiado lentos. Él llamó a Ty.

"Hola, Damon. ¿De regreso a la ciudad?"

"No por mucho tiempo. Me iré por unos días."

"Suena urgente".

"Lo es. ¿Recuerdas cuando dijiste que solo tenía que preguntar si necesitaba algo?"

El tono de Ty se volvió cauteloso. "lo recuerdo."

"Necesito un auto. Un auto rápido. Y lo necesito ahora."

"Oh no", susurró Ty, obviamente conectando los puntos.

"Tú tienes el auto más rápido. Necesito tu auto."

"¿A dónde vas?"

"A dar las gracias".

"¿Por qué tiene que ser rápido?"

"Porque hay un largo camino hasta Illinois y llego tarde." Damon se metió en la estación de metro, se apresuró a bajar las escaleras y la señal comenzó a interrumpirse.

"¿Estás bien?" exigió Ty.

"Aún no. Pero déjame tu auto y, para cuando regrese, puede que lo esté."

"Mira, no estoy seguro de esto..."

"Lo prometiste, Ty."

Ty suspiró. "Yo lo hice."

"Estoy en la estación de metro. Vamos a perder la conexión. ¿Dónde está el auto?"

"En la casa. En el garaje." La voz de Ty se endureció. "A salvo de una ventisca".

"¿Está Shannyn en casa?"

"Sí...."

"Por favor, dile que llegaré tan pronto como pueda. Gracias de antemano por las llaves."

"¡No destroces mi auto!" gritó Ty justo antes de que se perdía la conexión.

<hr>

EL CIELO EMPEZABA A ACLARARSE cuando Damon dobló por la calle suburbana de Illinois. No había muchos Slater en la lista con números de teléfono y él esperaba tener el correcto. B. Slater. Él estaba seguro de que Haley había dicho que el nombre de su hermano era Brad.

Damon había hecho un buen tiempo y había superado la previsión de nieve. Diecisiete horas y diez minutos, y sin multas por exceso de velocidad.

Tampoco había abolladuras en el auto de Ty. Él incluso había llenado el tanque con gasolina premium, suponiendo que Ty también lo hacía.

Damon comprobó la dirección que había encontrado en internet y condujo lentamente por la calle, buscando el número. Las casas eran muy similares entre sí y parecían haber sido construidas unos treinta años antes. La mayoría de ellas estaban bien cuidadas con camionetas y SUVs bastante nuevos en los caminos de entrada. Él redujo la velocidad cuando los números le dijeron que estaba cerca y estacionó en la acera frente a un ordenado bungalow. Había una camioneta pickup roja de tamaño completo en el camino de entrada, una bastante nueva, con el logo de un bombero en la matrícula.

Su hermano era bombero.

Damon estaba en el lugar correcto.

Él se pasó una mano por la barbilla, sabiendo que tenía una saludable sombra de las cinco y se alegró de haberse cepillado los dientes en la última parada de descanso. Se aclaró la garganta y salió del auto, con las rosas. Se veían un poco menos que las mejores, pero él no quería perder el tiempo buscando otro ramo. Él tocó el timbre y escuchó el eco de las campanas dentro de la casa.

La puerta fue abierta inmediatamente por un tipo alto con cabello castaño, aproximadamente de la misma edad de Damon, sus cejas juntas en un ceño fruncido. Él tenía los ojos del mismo azul que los de Haley, pero eran penetrantes y decididos. Él miró abiertamente a Damon y claramente no le gustó lo que vio. Sus labios se tensaron en una delgada línea cuando consideró las rosas. "¿Sí?"

Ese tenía que ser el hermano mayor de Haley.

Tan protector y espinoso como ella había dicho.

A Damon le agradó de inmediato. "Estoy aquí para ver a Haley".

El hermano miró deliberadamente su reloj. "Ella está durmiendo y no la voy a despertar. ¿Por qué no vuelves en otro momento? "

Su tono sugería que Damon no regresara en absoluto.

"¿Podrías preguntarle, por favor? Dile que es Damon." Él tragó y supo exactamente qué decir. "Dile que conduje toda la noche."

Los ojos del hermano se entrecerraron y miró a Damon de arriba abajo. "¿Por qué suena importante?"

"Porque lo es."

El hermano cerró la puerta y Damon retrocedió hasta el borde del porche. Esa canción había estado en su cabeza desde Brooklyn, alimentando su urgencia, recordándole a Haley bailando en su cocina. Él recordaba el olor de ella, la sensación de ella, la suavidad generosa de ella, y supo que nunca volvería a ser el mismo si ella ya no lo deseaba.

Ya él estaba mucho mejor de lo que había estado antes de conocerla, pero Damon quería más.

Él lo quería todo.

Con Haley.

El cielo se iluminó un poco más pero la casa detrás de él permaneció en silencio. La puerta seguía cerrada. Él escuchó la tranquilidad del vecindario, ni una sirena cerca, y observó una bandada de pájaros volar sobre su cabeza.

Él había perdido su oportunidad.

Él lo había arruinado por completo.

Damon exhaló como si le hubieran dado una patada en el estómago, pero sabía cuándo había perdido y sabía cómo aceptarlo amablemente. Él volvió al auto, preguntándose qué haría ahora.

Volver a Nueva York.

Volver a F5F.

Hacer ejercicio, duro y dedicarse al negocio, que era prácticamente lo único que le quedaba.

La perspectiva se sentía vacía, lo cual era una forma de mierda de sentirse por el resto de su vida antes de los cuarenta, pero ahí estaba.

Él abrió la puerta del auto y tiró las rosas en el asiento del pasajero, sintiéndose más derrotado de lo que se había sentido en toda su vida.

Que era decir algo.

"¡Damon!" La puerta se abrió y Haley salió de la casa, con el pelo al aire, la camisa desabrochada y los pies descalzos. Ella estaba a medio vestir y tenía círculos debajo de los ojos, pero estaba sonriendo y corría hacia él y él nunca había estado tan feliz de ver a nadie en su vida. Él la encontró a mitad de camino y la agarró para abrazarla, enterrando la nariz en su garganta e inhalando profundamente su olor somnoliento.

Ella también estaba llorando. "No pensé que volvería a verte", susurró ella. "No devolviste mi llamada".

"No se me permitía tener mi teléfono."

"Oh. ¡Oh!"

Él la besó antes de que ella pudiera disculparse por algo que era culpa suya.

Cuando ella levantó la cabeza, sus ojos brillaban, aunque todavía estaban llenos de lágrimas.

"Te amo", dijo él con brusquedad y sus lágrimas se derramaron. "Tenía que decírtelo, aunque no lo supe a tiempo. O tal vez simplemente no quería admitirlo lo suficientemente pronto."

Su sonrisa era radiante. "Yo también te amo."

"¿Qué hay de Garrett?"

Ella hizo un gesto de desdén. "Me equivoqué con él".

"Pero aceptaste el trabajo".

Sus ojos brillaron. "Porque sin ti, solo había trabajo. Es un buen trabajo. Me gusta. Desafiante e interesante."

"Bien."

"¿Cómo te fue con tu terapia?"

"Genial. Increíble, en realidad ". Damon le sonrió. "Puedo dirigir la pesadilla a veces, e incluso cuando no puedo, no es tan malo. Hicimos algunos entrenamientos con ruidos y golpes repentinos. Me siento mucho más fuerte." Él se inclinó y tocó la frente con la de ella. "Ya no le tengo miedo".

Su sonrisa era como un rayo de sol. "¿Puedo ayudar? Dime qué hacer."

"Tengo muchos materiales de apoyo".

"Bien. Me gusta tener los hechos." Haley le pasó las manos por la cara, como si no pudiera creer que él estuviera realmente con ella. "Condujiste toda la noche", susurró ella. "Realmente condujiste toda la noche".

Damon asintió con la cabeza, le gustó que ella comenzara a sonreír. "Yo lo hice. Eso era lo correcto para hacer. Era lo único que podía hacer."

Ella se sonrojó un poco, claramente complacida.

"Nunca me había sentido así antes, Haley."

"Yo tampoco." Ella estaba sujetando su mano con tanta fuerza que Damon pensaba que sus dedos podrían entumecerse. No le importaba.

Él se inclinó para susurrarle al oído, asombrado de que pudiera tener tanta suerte de tener a esta mujer en su vida. "Te debo una disculpa y necesito darte las gracias. Eso está muy atrasado."

"Me gusta la forma en que dices gracias", susurró ella.

"Sí. A mí también me gusta, pero solo contigo."

Ella se echó hacia atrás un poco entonces, claramente encantada, sus manos todavía recorrían su cuerpo. "Necesitas algo de comer, luego una ducha..."

Ella lo estaba haciendo de nuevo, su adorable selección y elaboración de listas, pero esta vez, él era el centro de su atención. El corazón de Damon se apretó con fuerza al pensar que Haley lo cuidaría, se preocuparía por él, incluso cuando le tapó los labios con el pulgar para silenciarla.

"Te necesito a ti", dijo él, porque era verdad. "Y ni una cosa más".

Ella parecía un poco más preocupada de lo que esperaba. "¿Qué pasa con F5F?"

"No lo sé. Trabajaremos en algo. Ellos hablaban de una sucursal en Chicago, poco después de que se pusiera en marcha la de San Francisco. Hay otros gimnasios."

"¿Dejarías Nueva York por mí?" Ella parecía asombrada. "¿Dejarías Flatiron 5 Fitness?"

"El hogar es donde tú estás, Haley. Si este es el trabajo de sus sueños, estaremos aquí."

"¿Aunque todavía tengo Ninja?" preguntó ella, sus ojos brillando.

Damon miró hacia arriba para ver una silueta familiar en el alféizar de la ventana, moviendo la cola. "Aun así."

"Pero no puedes dejar el club. Son tus amigos y socios, y has trabajado muy duro para ello."

Una vez más, él la silenció con un toque. "No importa tanto como estar contigo".

Ella negó con la cabeza, tan terca que él sonrió. "No, los dos tenemos que perseguir nuestros sueños juntos".

"Pero..."

"Ellos dijeron que me crearían un trabajo similar en Queens, si lo quería. Yo dije que no, porque no quería pasar todo el tiempo pensando en ti y extrañándote, pero tal vez no sea demasiado tarde. Déjame llamar y preguntar."

"Tú puedes ser bastante persuasiva".

Ella rió. "Lo intentaré. Quiero que los dos tengamos lo que necesitamos y creo que tú necesitas a tus amigos." Ella tomó su mano y le dio un pequeño tirón. "Ahora, ven y conoce a mi hermano mayor cuando no está siendo un oso protector, y a mi mamá, y..."

Damon la detuvo. "Sólo una última cosa", dijo él, enmarcando su rostro entre sus manos. Ella lo miró a los ojos, con los ojos muy abiertos y los labios ligeramente curvados en una sonrisa. Damon tragó. "¿Quieres casarte conmigo, Haley Slater?"

"¡Sí, oh sí, oh sí!" dijo ella, saltando a sus brazos. Damon la besó, vertiendo su alivio en su beso y trató de mostrarle con su toque lo que no podía expresar con palabras.

Él no estaba completamente curado. Podía no estarlo nunca. Pero Damon sabía que él y Haley podrían vencer cualquier obstáculo que se les presentara, porque lo harían juntos.

Y esa era la mejor promesa de todas para el futuro.

Era el primer domingo de marzo y Ty estaba sentado a la mesa de la cocina de la casa de Brooklyn que compartía con Shannyn. El cielo era azul claro y la luz del sol parecía más brillante debido a la forma en que se reflejaba en la nieve fresca. Todo estaba cubierto de blanco y la superficie de la nieve en el patio brillaba como si tuviera diamantes. La casa estaba afortunadamente silenciosa, ahora que se habían hecho las renovaciones. También estaba mucho menos polvorienta. Shannyn estaba arriba y él podía escucharla cantar para sí misma mientras elegía colores para la pintura de la pared en cada habitación.

Ty tenía su computadora portátil y estaba revisando los números una vez más. Todavía funcionaban. Las nuevas iniciativas en Flatiron 5 Fitness eran más exitosas de lo que el equipo había esperado y generaban muchos ingresos. La cantidad de contenido en su canal de YouTube estaba creciendo a un ritmo exponencial, y muchos de sus instructores grababan sus propios podcasts para el club. Meesha no era solo una diosa de las redes sociales, era una experta en la publicidad dirigida y la mercancía de F5F fluía hacia las puertas más rápido que nunca. Todo eso había financiado la expansión en el mercado de California, y el hecho de que el club ya tuviera seguidores virtuales allí disminuía enormemente el riesgo.

Eso también iba a financiar la salida de Ty de Fleming Financial. La promoción del Día de San Valentín con las imágenes de él y Shannyn había mejorado las cosas, lo cual era simplemente increíble. Ty estaba convencido de que F5F podía permitírselo ahora y de que había trabajo más que suficiente para que él estuviera allí a tiempo completo. De hecho, él pronto podría necesitar un asistente. Él sospechaba que todo el equipo necesitaría asistentes y lo había agregado a sus cálculos. Hunter era el primero de los recién contratados, pero no sería el último.

En el frente personal, la casa se veía fabulosa. Shannyn estaba encantada y Ty también. Tenían mucho espacio, un fantástico dormitorio principal nuevo, baño y armarios. Durante el verano que se avecinaba, trabajarían en el paisajismo. Si él vendía el ático en F5F, eso les daría un pequeño amortiguador financiero adicional, aunque Ty sabía que no podía vendérselo a cualquiera. Si no lo vendía, aún podría hacer que el dinero funcionara.

Todo era por Shannyn y su brillante idea.

Él cerró su computadora portátil, sonriendo al escucharla bajar las escaleras. Sus pasos eran más lentos de lo habitual y se preguntó si algo andaba mal. "Eres un genio, lo sabes", dijo él antes de que ella entrara a la cocina. "Y ahora vas a estar atrapada conmigo".

Ella se dejó caer en la silla de enfrente y Fitzwilliam saltó a su regazo. Ella lo palmeó con una mano, casi como si estuviera evitando la mirada de Ty. "¿Qué quieres decir?" Su tono era ligero, pero él se dio cuenta de que ella en realidad no estaba prestando atención.

Ty se inclinó más cerca. "¿Qué ocurre?"

Shannyn frunció el ceño y luego abrió la otra mano. La había cerrado en un puño y Ty vio que tenía una varita de plástico. Él no tenía idea de qué era y se encontró con su mirada, sabiendo que su pregunta se mostraba. "Estoy embarazada", admitió ella en voz baja, con los ojos muy abiertos y oscuros. "Esta es la tercera prueba que lo dice."

Ty no podía leer su estado de ánimo. Él estaba asombrado. "Pero, pensaba que no podías quedar embarazada".

"Yo también."

"Entonces, ¿cómo sucedió esto?"

Shannyn sonrió, solo un poco, y Ty se sintió aliviado al ver un poco de brillo en sus ojos nuevamente. "Sospecho que de la forma habitual. No es como si lo hubiéramos inventado, o nos preocupáramos mucho por evitarlo." Ella frunció el ceño ante la prueba, se la ofreció y Ty leyó el resultado.

Embarazada.

¡Embarazada!

Él respiró hondo, pensando en las ramificaciones de eso. Su primera reacción fue alegrarse de no haber dejado Fleming Financial todavía, luego se dio cuenta de que realmente no tendría tiempo para dos trabajos. Era hora de saltar a F5F con ambos pies. ¿Y un bebé? ¿Estaba él listo para ese cambio? Él no sabía mucho sobre niños, y cargar con su sobrino Ethan durante unos minutos de vez en cuando realmente no contaba. Parecía una responsabilidad abrumadora, pero también algo divertido.

Él se dio cuenta de que Shannyn lo estaba mirando.

"Lo siento. Oficialmente has sacudido mi mundo otra vez ", dijo él y ella realmente sonrió.

"¿Cómo te sientes al respecto?" preguntó ella.

"Eso depende de cómo te sientas tú al respecto".

"No, no es así. Tienes la oportunidad de tener tu propia reacción. Solo porque somos un equipo, no tenemos que tener todo en común." Ella se estaba burlando de él, otra buena señal.

"Bueno, me parece bastante emocionante. Pero también da miedo. ¿Tú?"

Shannyn asintió y respiró hondo. "Exactamente. Emocionante pero aterrador."

Ella parecía tan insegura que Ty se giró en su silla, empujándola hacia atrás y abriendo los brazos en señal de invitación. Inmediatamente ella se puso de pie, desalojó a Fitzwilliam y rodeó la mesa. Ella se acurrucó en su regazo, haciendo un sonido de satisfacción cuando él la abrazó. El gato los rodeó y luego saltó sobre el mostrador para mirar. "Todo esto es un territorio nuevo para mí", admitió Ty. "¿Qué pasa después?"

"Voy al médico y me hago un análisis de sangre. Ella ya había cambiado mis multivitaminas después de casarnos."

"¿Por qué?"

"Ella quería que yo tuviera más ácido fólico, por si acaso. Me preguntó qué estábamos haciendo para la anticoncepción y no dije nada. Ella quería saber qué pasaría si me quedaba embarazada y le dije que tendríamos un bebé. Nos reímos un poco de eso. Sobre todo me reí porque pensé que nunca sucedería." Ella echó la cabeza hacia atrás para encontrar su mirada. "¿Esto es lo que quieres?"

"Quiero estar contigo", le recordó Ty. "Tal vez haya bebés en nuestra aventura juntos y tal vez no los haya. De cualquier manera está bien para mí. Lo tomaremos como viene."

"No quiero decepcionarte".

"No puedes. No lo harás." Él extendió la mano y tocó su computadora portátil. "Estaba comprobando los números de nuevo, y lo has logrado totalmente. Tu idea para el club ha llevado sus ingresos al siguiente nivel. Hablaré con el equipo en nuestra próxima reunión, para asegurarme de que todos estén bien conmigo en F5F, luego comenzaré mi proceso de salida de Fleming Financial." Él apretó un poco su agarre sobre Shannyn. "Lo hiciste. Encontraste una manera de que yo trabajara un poco menos."

Ella se rió de él. "Quizás encontré una manera de llenar tu tiempo libre."

Ty le devolvió la sonrisa. "Tal vez lo hiciste". Entonces la besó, amando cómo ella se ablandaba contra él y se envolvía a sí misma alrededor de él. ¡Un bebé! Él apenas podía creerlo. Emocionante y aterrador fue el resumen perfecto. Cuando levantó la cabeza, Shannyn se apoyó en su hombro, con los ojos brillantes.

"Tu mamá va a estar sobre la luna. Ella podría tener que decidir que le agrado después de todo ".

"¡Le agradas!"

Shannyn se rió. "Ella se está acostumbrando a mí. Eso no es exactamente lo mismo."

"¿Ya le dijiste a tu mamá?"

"Iba a esperar hasta que se hiciera el análisis de sangre. Me gustaría que fuera nuestro secreto por un tiempo."

Ty entendió lo que ella no estaba diciendo y la comprensión hizo que su corazón se apretara en memoria de los bebés que ella una vez había perdido. "¿Qué tal si esperamos hasta que se note, hasta que no podamos no decírselo a la gente?"

"Me gustaría eso", admitió ella. "Realmente me entiendes mejor que nadie".

"Lo intento."

Ella tocó su boca. "Y creo que te entiendo. Si necesitas decírselo a tus socios, por mí está bien. Sé que están todos muy unidos."

"¿Qué hay de Kirsten?" preguntó él, refiriéndose a su mejor amiga.

"Podría decírselo pronto también". Ella reemplazó la yema del dedo con los labios y Ty la besó más profundamente, sintiendo ese familiar calor subir entre ellos. Él se puso de pie, levantándola en sus brazos sin romper el beso, planeando retirarse a la nueva suite del dormitorio principal para una pequeña celebración, pero escuchó un auto en la entrada.

Su auto. Él reconocería el sonido del motor en cualquier lugar. El auto brilló plateado a la luz del sol cuando el conductor se acercó al garaje y estacionó.

"Damon; ha vuelto", dijo Shannyn.

Ty vio a su compañero abrir la puerta del pasajero. Una mujer menuda con cabello rubio oscuro salió y se estiró, luego miró a su alrededor. "Y tiene compañía. Parece que su misión fue un éxito."

"Entonces tomaré un cheque a cobrar por esa celebración", dijo Shannyn con una sonrisa.

Ty no tenía ninguna intención de dejarla olvidar eso.

HALEY Y DAMON habían conducido directamente desde Illinois hasta Brooklyn. Los caminos estaban despejados después de la tormenta y los campos estaban cubiertos de nieve fresca. Haley se sentía ligera y feliz. Todo se había resuelto sin problemas, como si estuviera destinado a ser. Ella había hablado con su ex supervisor en el hospital de Queens y le habían creado ese nuevo puesto tan rápidamente que ella sabía que realmente la querían de regreso. El otro hospital lamentó su elección, pero como ella aún no había comenzado a trabajar, simplemente continuaron con su proceso de selección para encontrar otro candidato. Su madre estaba decepcionada, pero menos después de conocer a Damon. Brad se reconcilió con la realidad de mezclar las cosas de Katie con el tesoro de su madre. Tiff se había entrometido y le había prometido, o amenazado, que iría de visita. Era posible que ella y Stefan se detuvieran en Nueva York de camino a su luna de miel.

Y a través de todas las preguntas de su familia, Damon se sentó con Haley, tranquila y segura. Ella sentía como si su propio Peñón de Gibraltar hubiera llegado y supiera que él no iría a ningún lado nunca más. Eso le sentaba muy bien.

Esperaron a que las carreteras estuvieron despejadas y su trabajo se resolviera antes de regresar al este. Ninja viajaba en el asiento trasero del Porsche en su porta gatos, con el ceño fruncido durante todo el camino.

Haley podía sentir la diferencia en Damon desde su intenso tratamiento con su terapeuta. Él estaba más sereno y confiado. Él no había tenido una pesadilla desde que había llegado a Illinois y ella a menudo se despertaba para encontrarlo durmiendo profundamente a su lado. Habían decidido vender la casa de su madre y empezar de nuevo con un lugar propio, y Haley estaba entusiasmada con eso.

"Voy a extrañar este auto", dijo él mientras conducían por Brooklyn ese domingo por la tarde.

"No sabía que te gustaban los autos".

"Yo tampoco. Nunca he tenido uno, pero este, esta es una buena máquina". Él acarició el volante. "Ahora entiendo por qué a Ty le gusta tanto".

"Tal vez puedas pedirlo prestado a veces".

"Quizás no sería muy divertido conducir en la ciudad." Él redujo la velocidad y luego giró hacia el camino de entrada al lado de una casa antigua. Él apagó el motor mientras Haley miraba la casa.

"Qué hermoso lugar."

"Era de Shannyn. Han hecho muchas renovaciones desde que se juntaron."

"Y él es el tipo del dinero, ¿verdad?" Haley esperaba tener los detalles correctos.

"Correcto. Tyler McKay. Shannyn Hawke también trabaja en el club. Ella es fotógrafa." Damon le sonrió. "Vamos a decir hola y gracias".

Él salió y luego dio la vuelta para abrirle la puerta. Ninja estaba sentado, con expresión de indignación cuando sacaron su transportador de gatos del coche y lo dejaron en el suelo. La canasta de regalo que habían armado era pesada y Damon la sacó del baúl. Haley tomó a Ninja, no queriendo dejarlo solo, y él gruñó cuando el portaaviones se balanceó un poco.

Una pareja salió de la cocina al porche trasero y el hombre saludó con la mano. Era la pareja que estaba en el anuncio del club que Haley había visto de camino al aeropuerto con Tiffany y sonrió al darse cuenta de que realmente eran una pareja.

Obtén suerte en F5F.

"¿Cómo estuvo el viaje?" gritó Tyler.

"¡Increíble!" Dijo Damon. "Este es un auto caliente, Tyler". Él cruzó el patio con la canasta enorme y le estrechó la mano, luego le entregó la canasta.

"No tenías que traernos nada", protestó Ty mientras la tomaba.

"Haley quería. Y reservé una limpieza con Marcus por ti, cuando estés listo. Realmente aprecio el uso del automóvil."

"Todo esto y también una limpieza", bromeó Ty y los hombres se abrazaron. Cuando Haley llegó al porche, Shannyn sonrió y se agachó para hablar con Ninja, quien claramente no estaba impresionado.

"Esta es Haley", dijo Damon, volviéndole una de esas sonrisas ardientes. "Nos vamos a casar."

"¡Felicidades!" dijo Shannyn y saludó a Haley con entusiasmo. "Soy Shannyn. ¿Entrarás y tomarás un café o algo de comer? Debes haber estado conduciendo todo el día."

"Toda la noche", dijo Haley con una rápida mirada a Damon. Él sonrió y ella se animó con su propia broma. "No queremos ser un problema".

"No lo serán. Yo tenía la esperanza de conocerte y de esta manera, podemos conocernos un poco ", dijo Shannyn, abriendo la puerta. "Apuesto a que tampoco hay comestibles en la nevera de Damon". Haley vio un gran gato Maine Coon sentado en la cocina, como si estuviera vigilando el umbral. El gato Siseó."

Ninja siseó en respuesta, el pelaje de la parte posterior de su cuello se elevó.

"Tal vez eso no sea una buena idea", dijo Haley, pero Shannyn la instó a entrar.

"Fitzwilliam es todo charla. Él se esconderá en la sala de estar tan pronto como entres."

Haley dejó la canasta del gato de Ninja junto a la puerta y, efectivamente, el otro gato siseó por última vez. Rodeó la canasta, como si provocara a Ninja, luego salió de la cocina con la cola en alto.

"¿Ves? ¿Qué puedo ofrecerte?" Shannyn preguntó y Haley tuvo que admitir que tenía hambre.

"¿Huevos revueltos y tostadas?" sugirió ella y Shannyn sonrió.

"Pan comido." Shannyn preparó otra taza de café mientras Haley miraba a su alrededor. La cocina era hermosa, grande y soleada, y muy acogedora. Los gabinetes eran blancos y había mucha madera, pero los azulejos de las paredes tenían un magnífico toque de color. Haley miró bien, sabiendo que tenía que mejorar su juego cuando se trataba de convertir una casa en un hogar. Parecía que Shannyn podría darle algunas ideas.

"Vamos a vender la casa de la mamá de Damon y comprar otra casa, para empezar de nuevo".

"Eso suena genial. ¿En Queens?

Haley asintió.

"La hermana de Ty, Paige, podría conocer a un agente de bienes raíces. Ella está realmente entusiasmada con las casas y él es el contratista que hizo gran parte del trabajo aquí." Shannyn charlaba mientras sacaba la comida del refrigerador y Haley tenía la sensación de que se llevarían bien. Ella se sentía bienvenida en su hogar, como si hubiera entrado en un gran círculo de apoyo de nuevos amigos debido a las conexiones de Damon.

"¿No necesitas el auto para llegar a casa?" Ty le preguntó a Damon. "Quiero decir, Haley debe tener sus cosas con ella."

"Y ese auto no es lo suficientemente grande para nada", dijo Shannyn, con tono burlón. "Puedes poner un cepillo de dientes en el maletero y no mucho más". La pareja intercambió una mirada ardiente y Haley supuso que a Shannyn le gustaba hacerle pasar un mal rato a Tyler por su auto.

"Una bolsa, una foto enmarcada y un gato", dijo Damon. "Podemos arreglárnoslas en un taxi".

"¿Se enviará todo lo demás más tarde?" preguntó Ty, mirando entre ellos.

"No. Eso es todo ", admitió Haley, al ver su sorpresa. "Siempre he estado lista para irme, pero ahora estoy lista para quedarme".

Damon deslizó su brazo alrededor de su cintura y la atrajo hacia sí, su mirada cálida mientras la miraba. "Me queda muy bien", murmuró él y Haley podría haberse ahogado en sus ojos. Ella se sentía la mujer más afortunada del mundo por haberlo encontrado y no le importaba quién lo supiera.

"Me alegro", susurró y Damon lanzó una mirada a Ty y Shannyn. Al parecer, estaban consumidos con sus tareas, rompiendo huevos en un bol y poniendo pan en la tostadora, bromeando entre ellos como si cocinaran juntos todo el tiempo.

Damon le guiñó un ojo y luego se inclinó para rozar con sus labios la boca de Haley. Su corazón dio un salto, justo en el momento justo, luego bajó su cabeza para darle un beso de verdad.

Su futuro ya había comenzado, ella estaba lista para eso y mucho más.

NOTAS

Capítulo 1

1. En otros países a la remolacha se le conoce como beterrada, betarraga, betabel, acelga blanca, beteraba y betarava.

SOLO UN HÉROE LOCAL

FLATIRON 5 FITNESS ESPAÑOL #4

Cassie tiene todo lo que quiere...

La vida de Cassie Wilson es prácticamente perfecta, con un trabajo de ensueño, grandes socios y la libertad de hacer lo que le plazca. Lo último que quiere es volver a Montrose River, la ciudad de la que estaba ansiosa por salir, y visitar el pasado. Pero cuando su mejor amiga le pide que sea madrina, Cassie ve la oportunidad de marcar una diferencia en la vida de Emily. Quizás enseñarle a Emily a soñar en grande sea su legado. Además, un fin de semana en el Medio Oeste no la matará. Ella regresará a Manhattan tan rápido que no tendrán tiempo de extrañarla en Flatiron 5 Fitness.

Reid sabe lo que quiere...

Reid Jackson está convencido de que hay que atraer a la suerte. Mantener los ojos abiertos ha sido el secreto de su triunfo sobre su pasado, junto con mucho trabajo duro. Puede que él haya venido del lado equivocado de los caminos, y puede que tenga la reputación de ser malo hasta la médula, pero ha construido su propia marca de éxito. Cuando Cassie Wilson regresa rápidamente a la ciudad, Reid está listo para descubrir si ella realmente es diferente a los demás. Cassie le da la vuelta a sus expectativas, cumpliendo sus sueños y cambiando su rutina. Pero cuando Cassie decide que quiere más que una aventura, Reid sabe que él no es el hombre que ella quiere que sea, ¿puede Cassie convencerlo de que quiera más?

Solo un héroe local

¡Próximamente!

ACERCA DEL AUTOR

La bestseller y galardonada autora, Deborah Cooke, ha publicado más de noventa novelas y noveletas, que incluyen romances históricos, romances fantásticos, novelas fantásticas con elementos románticos, romances para-normales, romances contemporáneos, romances fantásticos urbanos, romances sobre viajes en el tiempo y novelas paranormales para adultos jóvenes. Actualmente, escribe romance contemporáneo y romance para-normal como ella misma, Deborah Cooke, romance medieval como Claire Delacroix, y ha escrito como Claire Cross. Es un éxito de ventas a nivel nacional, así como una de las autoras más vendidas de USA Today y del New York Times. Su romance medieval de Claire Delacroix, La bella, fue su primer libro en aparecer en la Lista de libros más vendidos del New York Times.

Deborah fue escritora residente en la Biblioteca Pública de Toronto en 2009, la primera vez que TPL organizó una residencia centrada en el género romántico, y ella tuvo el honor de recibir el premio Romance Writers of America PRO Mentor of the Year Award en 2012. Ella está en el Cuadro de Honor de la RWA.

Deborah vive en Canadá con su familia y teje demasiado.

Visite sus sitios web en:

http://deborahcooke.com
http://delacroix.net
http://dragonfirenovels.com

OTRAS OBRAS DE DEBORAH COOKE